이 밤은 괜찮아,

내일은
모르겠지만

이 밤은 괜찮아,

서유미 소설집

민음사

내일은
모르겠지만

차례

밤을 지나는 것만으로도

세 번째 소설집을 내면서 이 소설들을 쓰던 때의 마음을 들여다본다.

일곱 편의 단편소설과 다섯 편의 짧은 소설을 천천히 읽어 가는 동안 내가 쓰고 싶었던 얘기들이 각 단편의 제목에 고스란히 담겨 있다는 걸 알게 되었다.

인생은 모르는 순간, 끝끝내 알 수 없는 것으로 이루어져 있고, 산다는 건 창 너머의 사람들을 바라보는 일인데, 우리는 그것에 대해 말하지 않는다고. 너는 거기 서있고, 우리는 그 새벽을 지나, 그곳으로 가고 있다고. 내일은 모르겠지만 이 밤은 괜찮다고.

　제목들을 풀어놓고 보니 문장으로 길게 이어진다. 내가 인생과 사람에 대해 품고 있던 생각이면서 소설을 대하는 마음과도 닿아 있다. 열 권의 책을 냈는데도 소설은 저만치 서 있는 것 같고 다가가 눈 맞추고 싶은데 아무리 걸어가도 창문 밖에서 바라보는 심정으로 지내왔다. 언제부턴가 소설을 통해 세상을 바라보고 사람들을 인식하고 관계를 맺으며 인생의 알 수 없음을 지나온 것 같다. 인생이 아니라 소설에 대해 좀 더 알게 됐을 때 희열을 느꼈고 인생에 대한 시선도 선명해지는 듯했다. 돌아보면 소설을 제대로 쓰는 세계로 가고 싶다는 열망과 함께 여기까지 왔다.

　오래전부터 조나단 보로프스키의 작품 「노래하는 사람」이 나오는 장면에 대해 쓰고 싶었다. 하늘을 보며 혼자 멜로디를 흥얼거리는 은색의 밋밋한 얼굴이 너무나 인간적으로 느껴져서 일상에서 살짝 밀려난 사람이 그 기계의 입에서 흘러나오는 목소리와 멜로디를 반복해서 들었으면 좋겠다고 생각했다(「노래하는 사람」). 혼자 음악을 들으며 새벽의 거리를 걷는 일로 하루를 마무리하는 사람이 스스로 그곳을 떠나게 되는, 사실상 추방당하는 장면에 대해서도 오래 생각했다(「그 새벽을 지나는 일에 대해」). 익숙했던 공간과 거리, 관계에서 밀려나 이방인이 된 것 같은 심정으로 서성거리는 사람의 얘기는 오래 관심을 가져온 테마다(「거리」, 「모르는 순간」, 「이 밤은 괜찮아. 내일은 모르겠지만」).

개인적으로 소설 속 인물들이 자신이 속한 공간에서 그곳 너머 어딘가를 응시하는 장면을 좋아한다. 소설은 고통 속에서 가만히 응시하는 자들의 것이라고 생각하고 소설의 순간은 그 잠깐의 멈춤과 응시에서 발생한다고 믿는다. 그 바라봄을 통해 인물들은 못 보던 것을 보거나 모르던 것을 알게 되고(「모르는 순간」) 안다고 여겼던 것들이 진짜가 아님을 깨닫게 된다(「창 너머의 사람들」). 누군가를 새롭게 인식해서 동경하게 되고(「너는 거기 서 있고」) 비밀을 알게 된 뒤 돌아서기도 하는 것이다. 그 바라보는 시선, 마음이 이야기가 되고 문장이 되는 순간을 좋아한다.

카페의 창문과 임시로 머무는 숙소의 창 너머에서 예상 밖의 인물과 삶의 순간을 발견하는 사람. 그걸 지켜보

는 동안 그 마음에 떠오르는 감정의 무늬들을 소설 속에
담고 싶었다. 이때의 창문 너머는 일상이면서 특별한 사
연이 펼쳐지는 배경이고 여기가 아닌 타지이자 미지의
세계가 되기도 한다. 고통에 빠진 사람들은 현실에서는
미끄러지면서 잠깐 구경 간 집의 거주자와 창 너머로 보
이는 타인의 모습과 행동에는 깊이 이입하고 만다(「창 너
머의 사람들」). 이들이 머무는 창가는 '창문의 가장자리.
또는 창문과 가까운 곳'이라는 사전적 의미를 넘어 개
인적이고 특별한 공간과 시간이 만나는 지점이 된다. 거
기서 보내는 순간들은 외부의 시선으로 보면 인간의 삶
에서 중요하거나 의미 있는 사건에서 살짝 비껴난 빈틈
같은 지점에 놓여 있다. 소설 속에서 일어나는 일들이 시
시해 보인다면 그건 인생의 중요한 결정이 사소한 지점
에서 발생하기 때문일 것이다. 누군가는 상대의 정수리
에 난 흰 머리 몇 가닥과 눈가의 가느다란 주름을 바라
보다 마음이 열리고 나란히 서 있던 창가의 서늘함과 둘
만의 시간을 비밀스럽게 간직한 채 관계를 유지해 나간
다(「모르는 순간」).

　어느 한시절을 같이 보내며 회사 동료로 지냈거나 애

인, 부부로 살면서 '우리'라는 테두리 안에 있던 사람들이 사실은 서로에 대해 잘 모르고 있었다는 것(「끝끝내 알 수 없는 것」, 「그 새벽을 지나는 일에 대해」). 그걸 깨달은 뒤에 서로를 낯설게 바라보며 타인이 되어 가거나 관계를 돌아보며 무지와 오해에 대해 짚어 가는 서사는 읽고 쓰는 것 모두 좋아한다. 그것은 아무리 가까워도 알 수 없는 타인의 순간을 인정하고 두 사람의 관계에 대해 고찰하는 일인 동시에 인물이 자신의 진짜 얼굴을 들여다보고 확인해 가는 과정이기도 하다.

　5편의 짧은 소설과 7편의 단편소설을 쓰는 동안 저 너머에 있는, 알지 못하는 것에 대해서도 썼지만 우리가 알면서도 말하지 않는 것들과 안다고 생각하면서 오해하고 있는 것들에 대해서도 생각했다. 사람들이 가까운 관계 속에서 어떻게 타인을 억압하고 그 안에서 고통받는지, 상처와 분노를 어떤 방식으로 감추며 불안 속에서 서로 닮아 가고 다시 자기혐오에 빠지는지 들여다보게 되었다.

　이 소설집 속의 인물들은 삶의 문제나 고통과 마주하는 순간 멈추고 말하지 못하고 체념하고 숨고 도망치지만 그 상태에만 머물러 있는 것은 아니다. 누군가 계단에서 떨어지는 걸 보며 마음이 가파르게 추락하고, 자신이 한 일이 아닌데도 간곡하게 사과하고 싶어 한다.(「모르는 순간」) 타인의 우는 얼굴을 보며 이제 그만하라고 말하고(「우리가 말하지 않은 것」) 창문을 열고 소리를 지르며(「창 너머의 사람들」) 길 건너의 너에게 가려고 한다(너는 거기 서 있고). 인물들이 직시의 과정을 통과하며 이전과 다른 관계를 맺고 다른 장면 속에서 살아가기를 기대하는 마음으로 이 소설들을 썼다.

2021년 상반기에는 소설을 쓰기 시작한 뒤로 가장 느슨하게 지냈다. 밑그림을 오래 그렸던 장편을 쓰다가 엎어 버렸고 단편소설 한 편을 퇴고하다가 그대로 두었다. 마감에 쫓기지 않는 편한 날들이자 이야기와 에너지를 비축해 둘 수 있는 안식일들이었고 그저 흩어지는 시간이기도 했다. 아이가 잠들면 불 꺼진 창가에 서서 환하게 불 밝힌 맞은편의 창문을 바라보았다. 그곳의 삶이 특별하지 않다는 것은 알고 있지만 내일은 여기에도 불을 밝히고 싶다고 생각했다.

사람들은 누구나 남에게 말 못하고 드러내기 어려운

고통의 순간과 각자의 밤을 지나간다. 이 소설집 속의 인물들이 각자의 변화를 겪은 뒤에 어떤 장면에 도달하게 될지 알 수 없지만 그 밤을 지나는 것만으로도 희망이 있다고 말해 주고 싶다. 그런 밤을 지나온 사람들이 이 소설을 읽으며 잠시나마 연대의 감각을 느끼고 작은 빛을 바라보며 애쓰고 있다는 격려를 주고받을 수 있다면 그것으로 충분하다. 내일 어떤 일이 기다리고 있는지 모르지만 우리가 나란히 서서 이 밤의 별은 같이 볼 수 있는 것이다(「이 밤은 괜찮아, 내일은 모르겠지만」). 별은 매일 밤 뜨지만 내가 멈춰 서서 그것을 볼 때 그 빛이 여기에 실재하기 때문이다.

서유미

여자는 계단을 올라가 지하철역 밖으로 나갔다. 잠시 숨을 고른 뒤 주위를 둘러보았다. 지상에는 폭염의 기운과 낯선 데시벨의 소음이 넘실거렸다. 이 거리는 주말마다 사람들로 북적거렸지만 오늘은 열기가 더 진한 것 같았다. 보지 않아도 거리의 구석구석을 머릿속에 그릴 수 있을 만큼 익숙한 곳이지만 3년 만에 와 본다는 사실이 여자를 두리번거리게 만들었다. 전체적인 인상은 그대로 인데 건물과 상점, 풍경과 분위기가 미묘하게 달라졌다.

친구와 만나기로 한 카페는 거리의 초입에 위치했다.

민소매 티에 반바지를 입고 플라스틱 총을 멘 사람들이 웃으며 카페 앞을 지나갔다. 그들의 얼굴 위로 해가 쨍했다. 오전인데도 카페 1층에는 빈자리가 눈에 보이지 않았고 플라스틱 총을 멘 사람들이 삼삼오오 모여 있었다. 총은 알록달록했고 사람들은 피 대신 물을 뚝뚝 흘렸다. 여자는 그들을 의아하게 쳐다보며 2층으로 올라갔다. 창가에 앉자 '○○ 물총 축제'라고 쓰여 있는 플래카드가 햇빛 아래 가볍게 흔들렸다. 거리 안쪽에 튜브로 만든 조형물과 행사 부스들이 길게 늘어서 있었다. 물총을 멘 사람들이 장난을 치며 그곳으로 몰려갔다. 누군가 전쟁이다 하고 소리를 질렀다.

전쟁은 언제나 아이의 발열로부터 시작되었다. 아이가 먹지도 자지도 않고 뜨끈하게 달아오른 몸으로 칭얼대면 여자와 남편은 비상사태에 돌입했다. 작은 독재자의 짜증과 투정에 집안에는 긴장감과 전운이 감돌았다. 여자와 남편은 응급실로 달려갈 마음의 준비를 하며 상황을 지켜봤다.

여자는 아이의 열을 재고 해열제를 먹인 뒤 안고 업

고 얼렀다. 물수건을 준비해 이마에 얹었고 몸에 열꽃이 피는지 확인했다. 이유식을 거부하면 젖병에 분유를 타서 입에 물렸다. 짜증과 걱정, 억울함과 절절한 아픔 같은 감정이 공기 중에 떠다녔다. 그래도 18개월이 될 때까지 새벽에 응급실로 달려가거나 입원해서 링거를 맞은 적은 없기 때문에 그들의 일상은 평화로운 편이었다. 열이 떨어지기만 하면 이번 비상사태도 순조롭게 막을 내릴 수 있었다. 여자와 남편은 거기에 기대어 버텼다.

여자와 남편의 크고 작은 충돌은 대부분 고비를 넘기는 순간 경계를 늦추며 한숨 돌릴 때 발생했다. 두 사람은 같은 편일 때는 교신을 주고받으며 잘 헤쳐 나가다가 자기 진영으로 돌아가면 사소한 일에 기분이 상해서 서로에게 총구를 겨누었다. 그 순간에는 아이가 아프다는 걸 잊고 아이가 누워서 쳐다본다는 것도 지운 채 언제든 발사할 수 있다는 사실만 상대에게 반복해서 말했다. 상대가 총을 내려놓으며 싸울 뜻이 없음을 밝히면 감정을 추스르려 애쓰지만 대치 상태가 이어지면 누군가 참지 못하고 방아쇠를 당겼다.

날카롭고 화력이 센 말은 결혼을 부정하고 사랑을 저

주하고 서로의 존재를 찢어 버렸다. 그렇게 한바탕 총탄을 갈겨 대고 나면 승자도 패자도 없이 기진해진 채로 주저앉아 피를 줄줄 흘렸다. 전쟁의 끝이 매번 그러했다는 걸 알면서도 같은 실수를 저질렀다. 남편이 문을 쾅 닫고 나가면 여자는 아이의 옆에 엎드려 울었다. 딸도 커서 엄마가 되는 순간 이 총체적인 고통에 직면하리라는 두려움 때문에 눈물이 멈추지 않았다.

오랜만에 친구를 만나러 나왔는데도 아이의 입가에 핀 발긋한 수포와 땀으로 젖은 이마가 여자를 계속 따라다녔다. 분유를 먹은 아이는 취침 모드의 에어컨 바람 아래 겨우 잠들었다. 규칙적으로 오르내리는 가슴과 새근거리는 숨소리는 경비 태세를 늦추고 편히 쉬어도 좋다는 지시, 친구를 만나러 나가도 좋다는 허락과 같았다. 아이가 깊이 잠든 걸 확인한 뒤 여자는 자리에서 일어났다. 거리의 소음이 아이의 잠을 침범하지 못하도록 창문을 꼭꼭 닫고는 미리 골라 놓은 옷으로 갈아입고서 조심스럽게 방문을 열고 밖으로 나오려는 순간 폭염주의보를 알리는 긴급재난문자가 도착했다. 여자에게 재난은 폭염이 아니라 아픈 아이가 깨는 것이었으므로 재빨리 휴대폰의 전원을 껐다.

3주 전에 친구와 통화하면서 토요일 오전에 만나 브런치를 먹기로 약속했다. 그때 3주 뒤의 토요일은 절대 도착하지 않고 도달할 수 없는 미래 같았다. 남편은 한나절의 육아가 대단한 일이라도 되는 것처럼 생색을 내며 시간을 비워 두겠다고 했다.

약속을 사흘 앞둔 시점에 아이가 수족구 판정을 받자 남편은 약속을 미뤄야 하는 거 아니냐는 말부터 했다. 애가 아픈데 엄마가 옆에 있어야지. 미루는 게 어떠냐가 아니라 미뤄야 하는 거 아니냐는 당위 앞에서 여자는 적의가 끓어올랐다. 하마터면 몸에 지니고 있던 수류탄의 안전핀을 뽑을 뻔했다. 남편은 가끔 상대를 도발해서 상황을 복잡하고 험악하게 만들었다. 사태의 심각성을 깨달은 남편이 항복 태세를 취했으나 여자는 전우애가 차갑게 식어 가는 걸 느꼈다.

아이가 수족구에 걸린 3일 동안 습하고 맹렬한 더위가 지속되었다. 수족구는 전염성이 강한 질병이라 아이들이 많이 모이는 키즈 카페나 백화점 같은 공공장소에는 갈 수 없었다. 에어컨을 약하게 틀어 놓은 채로 여자와 아이는 방공호에 숨어 지냈다. 입과 목의 염증 때문에 혓바닥이 하얗게 들뜬 아이는 먹을 것을 거부해서 얼굴이 쑥 내렸다. 토요일이면 수포가 가라앉고 수족구의 고비도 넘길 거라는 의사의 말을 붙잡고 버텼다.

아이 생각에 빠져 있던 여자는 와자지껄하게 떠드는 사람들 소리에 주위를 둘러봤다. 이곳의 소음이 그곳의 아이를 깨울까 봐 조마조마했다. 십 분 정도 늦을 것 같다는 친구의 문자메시지를 확인한 뒤 커피를 주문하러 내려갔다.

이십 대 초반의 남녀 대여섯 명이 주문한 음료를 기다리며 물총을 가지고 장난을 쳤다. 등에 멘 거북이 모양의 물통이 앙증맞았다. 안경 쓴 남자의 총구에서 분사된 물이 여자의 원피스 앞자락을 적셨다. 일행은 미안하다고 사과하면서도 그 모든 상황이 즐거운 듯 웃음을 참지 못했다. 괜찮다고 대답한 뒤 여자는 배 부분의 물기를 여러 번 털어 냈다. 원피스가 들러붙으니 아이를 낳은 뒤 빠지지 않은 뱃살이 도드라져 보였다. 오랜만에 만나는 미혼 친구에게 임신과 출산과 육아의 흔적을 들키고 싶지 않았다. 남자가 냅킨을 건네면서 고개를 꾸벅 숙였다.

뜨거운 커피를 마시며 여자는 출입문 밖의 사람들이 입을 크게 벌리고 웃으며 서로에게 물총을 쏘는 걸 바라보았다. 물줄기는 사방에서 날아들고 이쪽저쪽으로 뻗어 나갔다. 눈을 뜨기 어려운 폭염 속에서 그들은 신나게 젖기 위해 이곳에 왔고 물총을 겨누는 건 공격이 아니라 축제를 즐기는 방법이었다. 2층 창가에서 커피를 마시는 여자와 창 너머 축제 사이의 거리는 아주 멀었다. 여자는 이 시간이 아주 천천히 지나가기를 바랐다.

그 새벽을 지나는

이웃에 대해

1년에 한 번, 민과 나는 서로의 생일을 축하하기 위해 만났다. 생일 일주일 전쯤 약속을 잡았고 저녁을 먹은 뒤 헤어졌다. 16년 전에는 같은 날 태어났다는 것이 엄청난 운명처럼 느껴졌는데 나이를 먹을수록 별일 아닌 듯 시시해졌다. 가끔은 우리의 생일이 달랐다면 1년에 두 번 만났을까 생각해 보기도 했다. 삼십 대까지는 1년에 한 번이 뭐냐, 자주 보자 얘기하며 헤어졌는데 사십 대가 된 뒤로는 1년에 한 번, 생일을 기념해서 만나는 것도 각별한 우정 같았다.

16년 동안 민과 나는 같이 아르바이트하던 동네에서 생일 축하 모임을 가졌다. 일하던 레스토랑은 5년 전에 문을 닫았고 건물도 최근에 리모델링해서 사실상 없어진 거나 마찬가지지만 우리는 버릇처럼 그 근처에서 만났다. 열여섯 번의 만남 중에 서너 번인가 재도 합류해서 같이 생일 축하 노래를 불렀다. 양복을 입고 나타난 재는 다른 사람처럼 보였는데 웃을 때의 표정이나 목소리는 예전 그대로였다. 술기운이 오르면 옆 사람에게 계속 술을 권한다는 점 역시 변하지 않았다. 잔만 비면 채우려고 해서 내가 세 잔 이상은 안 마신다고 했더니 눈을 크게 떴다. 영이 술을 마다하다니 이게 무슨 일이야. 재는 슬픈 표정으로 자기 잔만 채웠다. 자정 무렵에 가방을 챙겨 일어서자 혀 꼬인 목소리로 영, 벌써 간다고? 옛날엔 새벽까지 술 잘 마셨잖아 하고는 술을 한 병 더 시켰다. 재는 생일 모임에 올 때마다 똑같이 물었고 나도 그대로 대답하는 상황이 되풀이되었다. 재는 매번 나의 변한 모습에 놀라며 서운해했고 나는 재가 기억하는 새벽까지 술 잘 마시는 영이 완전히 사라져 버렸다는 걸 깨달았다. 재가 무심하다기보다는 이십 대의 기억이 워낙 진해서 몇 년 만에 한 번씩 보는 모습으로는 업데이트가 되지 않는 모양이었다. 그것도 모두 삼십 대의 일이다. 사십 대가 된 뒤로는 재를 만나지 못했다.

음식을 주문하고 나서 민은 생일 선물이라며 무선 이어폰을 건넸다. 나는 하얀색의 무선 이어폰을 가만히 내려다보았다. 케이스 안에 든 한 쌍의 이어폰은 매끈하고 군더더기가 없었다. 나란히 놓인 모양새가 작은따옴표 같기도 하고 쉼표처럼 보이기도 했다.

"뭐 살까 하다가 옛날에 너 출근할 때 문 열고 들어오면서 이어폰 한 쪽씩 빼던 게 생각나서."

민은 숄더백을 메고 주머니에 손을 넣은 채 계단을 내려오던 내 걸음걸이와 MP3 플레이어의 정지 버튼을 누른 뒤 이어폰을 한쪽씩 빼서 가방에 넣던 모습을 재현했다. 민은 아르바이트할 때도 사장님과 단골손님들의 흉내를 곧잘 냈다. 똑같다고 할 순 없는데 사람들의 특징을 잘 잡았다. 재나 국, 나의 제스처도 따라 해서 우리를 웃게 만들었다. 새삼스러운 재현에 나는 소리 내어 웃었다.

"써 보니까 편하고 좋더라. 넌 아직 줄 달린 이어폰

쓸 것 같아서."

"고마워, 잘 쓸게."

나는 민의 선물을 가방에 넣었다. 이제는 이어폰을 잘 쓰지 않고 집에 가져가면 아이에게 뺏길 게 뻔하지만 민의 기억 속에 이어폰을 끼고 음악을 들으며 출근하던 내 모습이 남아 있다는 게 묘한 감상을 불러왔다.

민의 말대로 아르바이트를 하던 8개월 동안 나는 이어폰을 낀 채 계단을 내려갔고 일이 끝난 뒤 집으로 돌아갈 때도 이어폰을 끼고 MP3 플레이어로 음악을 들으며 걸어갔다. 하지만 다 같이 모여 생일 파티를 한 다음 날부터 아르바이트를 그만둘 때까지 2주 동안은 이어폰도 MP3 플레이어도 가지고 다니지 않았다. 왜 음악을 듣지 않느냐는 국의 말에 이어폰을 잃어버렸다고 대답했고, 국이 이어폰을 선물한 뒤에는 플레이어가 고장 났다는 핑계를 댔다. 민도 그 전의 내 모습만 기억하고 생일 이후 2주 동안의 나, 그 이후로 계속 이어진 나의 변화에 대해서는 인식하지 못하는 것 같았다.

민은 내 생각을 하며 선물을 준비했는데 나는 영양제와 유산균 사이에서 고민하다 결정을 미루었다. 가방 안에 들어 있는 백화점 상품권을 만지작거리다 건넸다.

"뭘 사야 할지 몰라서."

필요한 게 있으면 보태서 쓰라고 하자 민이 웃으며
받았다.

"상품권이 제일 반갑다. 여름 샌들을 사려고 했는데
잘됐네."

이제 굽 있는 건 못 신겠어. 민은 계단을 내려갈 때
종종 무릎이 시큰거린다며 골다공증인가 하고 미간을
구겼다. 나는 내년 생일 선물은 칼슘 영양제라고 머릿속
에 저장해 두었다.

스파게티와 샐러드에 맥주를 곁들여 먹으며 우리는
사십 대가 된 뒤 달라진 것들에 대해 얘기했다. 몸과 운
동에 대해 얘기하다 음식과 식습관으로 넘어갔고 집에
서 간단하게 만들 수 있는 요리 레시피를 몇 개 나누
었다.

"지금 생각해 보면 그때 레스토랑에서 팔던 음식들
너무 이상했어."

이상하다고 말하면서도 민은 아련한 표정으로 샐러
드를 접시에 덜었다. 두꺼운 갈색 가죽으로 만들어 장엄

해 보이던 메뉴판과 그 안에 들어 있던 가볍고 중구난방이던 식사류와 디저트류의 목록이 떠올랐다. 돈가스와 함박스테이크, 김치볶음밥과 피자, 라볶이, 토스트와 샌드위치가 앞 장에, 원두커피와 탄산음료, 주스류, 크림소다, 파르페가 뒷장에 있었다. 식사류는 어떤 것도 제대로 된 맛을 내지 않았지만 가격에 비해 양이 많았다. 묘하게 중독성이 있어서 한번 먹기 시작하면 계속 손이 갔고 남기는 일도 거의 없었다. 덕분에 근처의 입시 학원 학생들과 그 입시 학원을 다니다 대학에 간 젊고 가난한 학생들이 자주 찾았다.

Restaurant Sailing. 블랙과 화이트의 모던한 간판을 따라 들어가면 나무 계단이 나오고 그 아래 진한 고동색 나무 문이 나타났다. 문을 열고 안으로 들어갔을 때 펼쳐지던 레스토랑의 전경이 지금도 눈에 선하다. 기다란 직사각형 형태의 어둑한 실내와 붉은색과 검은색, 흰색이 섞인 테이블보가 덮인 열 개의 테이블. 그 위에 놓인 소금과 후추를 담은 은색 양념통과 찌그러진 양철 재떨이. 왼쪽에 체크무늬 커튼으로 가려 놓은 주방까지.

스피커에서는 올드 팝이 흘러나왔고 레스토랑의 나

무 바닥은 걸을 때마다 미세하게 삐걱거렸다. 실내 흡연이 가능하던 시절이라 흰색 페인트를 칠한 벽은 색이 조금 바랬고 각종 소스와 담배, 향수가 두루 섞인 냄새가 배어 있었다. 천장에 달린 빔 프로젝터에서 나오는 빛이 주방에서 정면으로 보이는 벽에 영화 「시네마 천국」을 만들어 냈다. 어떤 것을 좋아하게 될 때 전체가 마음에 드는 경우도 있지만 한 부분에 마음을 빼앗길 때가 있다. 나는 올드 팝과 「시네마 천국」이 만드는 세일링의 분위기가 좋았다. 배를 타 본 적은 없지만 커다란 배 안에 있는 것 같았고 지하에 있는 레스토랑이 어딘가를 향해 나아가는 것 같았다. 정신없이 주문을 받고 음식을 나를 때는 인식하지 못하다가 손님들이 돌아가고 테이블에 가만히 앉아 벽을 보고 있을 때면 나무로 만든 배를 타고 낯선 바다를 떠도는 듯한 감각이 온몸에 퍼졌다.

삼십 대 중반인 사장이 카운터를 보고 동생이 주방을 담당한 세일링은 음식이나 운영 모두 주먹구구식이었다. 대학을 갓 졸업한 내가 봐도 영업 방식이 동아리에서 주최하는 일일 호프 같았다. 그 레스토랑에서 민과 재, 국이 먼저 아르바이트를 하고 있었고 한 달 뒤에 내가 합류하게 되었다. 우리는 8개월 동안 같이 일했다.

"재가 늦더라도 온다고 했는데…… 갑자기 장례식장
에 가 봐야 한다네."

휴대폰 메시지를 확인한 민이 아쉬운 듯 맥주를 마셨
다. 재의 메시지를 확인하기 전까지 민은 세일링의 메뉴
에서 빠져나와 사춘기에 접어든 딸의 교우 관계와 학교
생활, 말투와 표정에 밴 무기력에 대한 불만을 털어놓고
있었다. 재의 이름을 말하는 동안 민의 얼굴에 다시 아
까의 아련함이 떠올랐고 십 대 아이를 키우는 사십 대의
여자는 자취를 감췄다.

"요즘 가끔 재 생각을 해. 그때 우리가 계속 만났으면
어땠을까 하고."

나는 민의 얼굴 위로 헐거워진 웃음이 지나가는 것을
보았다. 오늘은 다른 날보다 좀 더 빨리 옛날 얘기로 들
어가게 될 듯했다. 나는 민이 몇 잔의 맥주를 비웠는지
세어 보았다.

이십 대 후반에 결혼을 앞두고 만났을 때도 민은 술
에 취해 재 얘기를 했다. 삼십 대가 되어 아이를 낳고 키

우고 남편의 회사를 따라 다른 도시에서 지내느라 정신 없을 때는 한 번도 재 얘기를 꺼내지 않았다. 파도와 풍랑을 지나며 항해하는 동안에는 배 안의 상황에 집중하다가 항구에 도착하자 비로소 떠나온 곳을 돌아보는 것 같았다. 삼십 대에 재나 국의 소식은 바람결에 이따금 실려 왔다. 나는 주로 민을 통해 들었고 민은 재와 레스토랑의 사장과 꾸준히 연락을 주고받았다. 재가 회사를 옮겼다더라. 국은 공부를 계속한대. 재가 승진했대. 국이 미국에서 결혼했는데 이번에 애가 돌이래. 근황은 처음에는 자주 업데이트되다가 점점 간격이 벌어져 3년이나 5년 주기로 수정되었다. 다들 자리를 잡고 살기 위해 애쓰던 시기였다.

"재하고 만났어도 후회했겠지."

민은 혼자 묻고 혼자 대답했다.

"그럼 나랑 만나서 알바하던 때 얘기도 안 했겠지."

나는 민의 앞에 얼음물을 놓아 주고 캔 콜라를 두 개 주문했다.

"그러네. 추억 우려먹기도 못 하고 그게 제일 나쁘네. 최악이다, 최악이야."

오늘 민은 좀 취하고 싶은 듯했다. 나사가 풀리듯 웃음이 점점 더 헐거워졌다. 민은 사장과 주방장의 소식을 전한 뒤 국의 소식도 전했다. 얼마 전에 재가 만났는데 한국에 완전히 들어왔대. 학교에 자리를 잡았나 봐. 둘이 오랜만에 만나서 알바하던 때 얘기 많이 했다고, 국이 딱 하루만 그때로 돌아가고 싶다고 했다며 자기도 같은 마음이라고 했다.

"그때 우리 일 끝나고 술 마시러 가면 너무 재밌었잖아."

민은 과거를 향해 열심히 노를 저었다. 정말 과거의 어느 날에 도착할 수 있다면 민과 재와 국은 어디에 닻을 내리고 싶을까. 같이 아르바이트하던 스물네 살 때를 떠올리면 나는 그들처럼 마음이 흐물거리면서도 여전히 마주 보기가 힘들었다. 그때 재미있었고 돌아가고 싶다는 심정은 이해하지만 내 마음은 거기에 완벽하게 포개어지지 않았다. 단 하루가 마음의 모양을 변형시켰다.

졸업을 앞둔 4학년 2학기의 교정에는 낙엽이 오래 떨어져 내렸다. 그 풍경이 몇 년 동안 봤던 교정의 여러 모습을 다 덮어 버렸다. 대학 생활 위로 낙엽이 떨어지고 쌓이는 것 같았다. 나는 취업이나 공부, 어느 쪽으로도 마음을 정하지 못한 채 일주일에 두 번 수업을 들으러 학교에 갔다. 오전 수업이 끝나면 이어폰으로 음악을 들으며 도서관 뒤쪽 벤치에 앉아 있거나 바싹 마른 낙엽만 골라 밟으며 도서관 주변을 걸어 다녔다. 충전해 온 MP3 플레이어의 배터리가 세 칸에서 두 칸으로 줄어들 때쯤이면 다음 수업을 들을 시간이 되었다.

2학기 내내 학교에서 나는 혼자였다. 친하게 지내던 동기들 셋은 나름대로 진로를 정한 뒤 그쪽으로 나아갔다. 한 명은 휴학하고 한 학기 동안 번 돈으로 배낭여행을 하겠다며 떠났고 다른 한 명은 편입 공부를, 또 다른 한 명은 언론사 시험 준비를 시작했다. 나는 어떤 목표도 없이 도서관 주변을 배회했다. 미룰 때까지 미루다 개학을 앞두고 일기 쓰기를 몰아서 하는 아이처럼 4년의 대학 생활을 돌아보며 뭔가를 찾아보려 애썼다. 밀린 일기를 쓰기 위해 돌아보았던 방학이 그랬듯 대학 생활도 몇 개의 인상적인 장면을 빼고는 비슷한 날들의 연속이었다. 지난 시간들을 짚어 봐도 공부를 더 하고 싶다거나 취업에 매달리고 싶은 마음이 생기지 않았다. 여행도 연애도 시큰둥했다. 수업을 듣지 않는 3일도 딱히 할 일이 없어 학교에 가서 커피를 마시며 도서관 주위를 걸어 다녔다. 다행히 엄마는 아직 건강하고 돈도 벌었고 나에게 좋은 회사나 결혼에 대한 기대를 내비치지 않았다. 당분간 나는 엄마가 여기저기서 꾸어다 쓴 등록금과 내 용돈만 해결하면 되었다.

교정에 낙엽이 다 떨어지고 벤치에 앉아 있는 게 춥다고 느껴지던 날 나는 평소보다 빨리 학교 밖으로 나왔다. 버스를 타고 집에 가다가 입시 학원과 옷가게와 음식점과 커피 전문점이 많은 사거리에서 내렸다. 번화하고 북적거리지만 묘하게 소박한 거리를 걸으며 쇼윈도와 출입문에 붙어 있는 '아르바이트 구함'이라는 종이를 가만히 쳐다보았다. 취업에 도움이 되는 일보다 단순하게 반복되는 일을 하며 겨울을 보내고 싶었다. 그렇게 마음을 정한 뒤에는 '아르바이트 구함'을 찾아 걷기 시작했고 몇 군데의 카페와 음식점에 연락처를 남겼다. 한 군데만 더 가 보자는 생각으로 사거리에서 조금 벗어난 건물 지하에 있는 Restaurant Sailing에 도착하게 되었다.

5시의 세일링은 저녁 메뉴를 준비 중이었고 사장님은 주방에서 커다란 돈가스 소스 통을 들고 나오다가 계산대 앞에 서 있는 나를 보았다. 우리가 얘기하는 동안 민과 재, 국이 테이블 주변을 어슬렁거렸다. 나는 사장님이나 내 또래의 세 사람보다 흰 벽 위로 영화 「시네마 천국」의 장면들이 지나가는 게 흥미로워서 그쪽을 자주 보았다. 집이 어딘지, 학생인지, 나이는 몇인지, 아르바이트 경험은 있는지 묻던 사장님이 내일부터 일할 수 있느냐고 물었다. 내일부터요? 내가 반문하자 달력을 보며 아무래도 무리겠지, 다음 주부터는 가능하려나, 우리가 좀 급한데 하고 중얼거렸다. 나는 내일이라는 말에 대해 곰곰이 생각했다. 내일도 음악을 들으면서 도서관 주변을 서성거리다가 뜨거운 커피를 마시며 하루를 보낼 게 뻔했다. 그런 하루를 당겨 급한 곳에 써도 괜찮을 것 같았다. 하루 종일 일해도 월급은 많지 않지만 학교 안을 낙엽처럼 떠도는 것보다는 낫겠지. 그렇게 마음먹으니 당장 못 할 것도 없었다. 그때 나는 계획도 없고 돈도 없지만 세상과 미래에 대해 겁나는 게 없었다. 인생에 대해 잘 모르기도 했고 가진 게 별로 없어 잃을 것도 없었다.

레스토랑 아르바이트는 해 본 적이 없어서 첫날 점심 시간에는 열 개의 테이블 사이에서 몇 번이나 길을 잃었다. 테이블 번호와 메뉴가 익숙하지 않았고 여기저기서 부르는 소리에 다리가 꼬였다. 주문을 받아 주방에 전하는 건 그럭저럭 할 만한데 주문을 변경하거나 이 테이블에서 소스, 저 테이블에서 피클을 더 달라고 하면 뒤죽박죽이 되었다. 나는 흘러내리는 머리를 높이 올려 묶고 앞치마도 꽉 동여맸다. 점심시간이 지난 뒤 네이비색의 긴 앞치마를 벗으니 땀 때문에 청바지와 맨투맨 티셔츠가 몸에 들러붙었다.

이틀쯤 지나자 일이 손에 익었다. 2시가 넘어 테이블이 한산해지면 사장님은 박수를 두 번 치며 주방 쪽에다 점심을 먹자고 소리쳤다. 음식과 디저트를 직접 만들어 먹었는데 메뉴에 있는 건 뭐든 몇 개라도 주문이 가능했다. 주방장과 재, 민이 식사 담당, 사장이 디저트, 국이 설거지 담당이었다. 음식과 디저트가 완성되어 테이블에 모여 앉으면 일하는 사람들의 점심시간이 시작되었다.

민은 메인 메뉴는 다양하게 골랐지만 디저트는 늘 크림소다를 먹었다. 나는 이틀 연속 김치볶음밥과 캔 콜라를 골랐다. 재는 식사류에서 두 개, 국은 차가운 디저트와 뜨거운 디저트를 모두 골랐다. 민과 재, 국, 세 사람은 점심을 먹는 내내 쉴 새 없이 이야기하고 웃었다. 그들의 소박한 바람은 점심시간이 좀 더 길었으면 하는 것, 원대한 꿈은 세일링을 그만둔 뒤 돈을 벌어 백만장자가 되는 것이었다. 점심 먹은 테이블을 정리할 때 민이 밤에 회식이 있는데 같이 가자고 했다. 아르바이트생 세 사람은 월급 타는 사람이 돌아가며 쏘는 전통을 만들었고 오늘이 재가 월급을 타는 날이라고 했다. 회식이라는 말만으로도 신나는지 세 사람의 얼굴에 기대감이 넘실댔다. 나는 민과 재와 국의 얼굴을 차례로 살펴보았다. 일한 지 이틀밖에 안 돼서 예의상 물어보는 건지 거절하면 분위기를 망치는 건지 상황 파악이 되지 않았다. 눈이 마주치자 그날의 물주인 재가 고개를 끄덕거리며 같이 가요, 같이 가 했다.

주문을 마감하고 테이블을 정리한 뒤 세일링 밖으로 나오자 거리에 초겨울 밤의 기운이 가득했다. 어두운 거리에 Sailing만 불을 밝힌 채 떠 있고 가로등이 저 멀리 서 있었다. 민과 재와 국과 나는 주머니에 손을 넣은 채 입김을 뿜으며 입시 학원이 있는 사거리까지 걸어갔다. 대화를 나누는 세 사람의 입김이 한데 모여 섞이다가 흩어졌고 그들보다 살짝 뒤처져 걷는 내 입김은 바닥으로 떨어졌다.

그날 우리가 새벽까지 술을 마시며 어느 시점에서 말을 놓고 자기 얘기를 털어놓았는지는 기억나지 않는다. 잘 모르는 사람들과 마주 앉아 술을 마시고 대화를 하는 것 자체가 오랜만이라 처음에 나는 어색하게 앉아 있었다. 그런데 진실 게임을 하며 앞으로 어디로 가야 할지 모르겠다는 말, 사랑도 친구도 남은 게 없다는 얘기에 마음이 움직였고 대화에 동참하게 되었다.

우리 넷은 동갑이라는 것 외에는 공통점이 없었다. 출신 학교와 전공, 사는 동네, 아르바이트를 하게 된 계기나 이유도 제각각이었다. 이 레스토랑에 머물고 있지만 언젠가 다른 곳으로 가야 한다는 걸 알았고 어디로 가야 할지 몰라 막막한 상태로 정박 중이었다. 바깥세상은 망망대해처럼 넓고 가능성이 많아 오히려 길이 보이지 않았고 세일링의 홀 서빙은 직업이 될 수 없었다. 그날 새벽 나는 오랜만에 술을 마시며 속마음을 꺼내 놓았다. 아직도 초겨울 하면 머릿속에는 그 검고 차가운 공기 속을 걸어가던 네 사람의 뒷모습과 어딘가에 닿고 싶어 하얗게 번지던 입김이 떠오른다.

첫 회식 이후 나는 조금씩 세일링에 정착했다. 일도 익숙해지고 세 친구와 같이 지내는 것도 즐거웠다. 툭하면 사장이 도움을 요청해서 우리 넷은 오픈 전이나 손님이 없을 때 주방에 모여 마늘과 양파를 깠다. 내가 갔을 때 민과 재, 국이 반갑게 맞이했던 것이며 카페보다 시급이 몇백 원 더 비싼 이유가 거기 있었다. 주방 보조라고 하면 사람을 구하기 어려우니까 홀 서빙으로 뽑아 놓고 급할 때마다 주방 일을 도와 달라고 부탁했다. 사장은 기분파라 가끔 보너스도 주고 인심이 후했지만 우리는 대놓고 그를 악덕 고용주라고 놀렸다.

가끔 예전에 아르바이트했다는 사람들이 둘씩, 셋씩 몰려와 밥을 먹고 갔다. 사장은 카운터를 비워 놓은 채 그 테이블에 앉아 같이 웃고 떠들었다. 그들이 돌아가고 나면 "너네도 나중에 놀러 와. 다 공짜로 줄 테니까." 하며 자기 배를 팡팡 두드렸다.

졸업과 다름없는 겨울방학이 시작된 뒤 나는 매일 레스토랑에 출근했다. 세일링은 주말에도 문을 열고 주중에도 휴무일이 없었기 때문에 돌아가며 하루씩 쉬었다. 나는 집과 세일링만 오갔고 민과 재, 국 외에는 만나는 사람이 없었다.

세일링에서 우리는 서로를 성이 아니라 이름의 끝 자로 불렀다. 나를 부를 때면 모두가 영 하고 끝을 길게 늘였다. 누가 먼저 시작했는지 모르겠지만 이름을 부를 때마다 옛날 영화의 성우가 된 것 같은 기분이 들었다. 점심을 먹고 나면 재와 국은 소리 없이 흐르는「시네마 천국」의 장면을 보며 엉터리 더빙을 했다. 같은 장면의 대화가 매일 달라지는 노릇을 지켜보는 것이 즐거웠다.

나와 국은 설거지 메이트였다. 점심을 먹고 나면 우리는 싱크대에 나란히 서서 고무장갑을 꼈다. 둘 다 음식 솜씨가 없기도 했고 국 혼자 하기에는 설거지의 양이 많았다. 국이 거품을 묻힌 수세미로 그릇을 닦아서 넘겨주면 내가 물로 헹군 다음 그릇 건조대에 쌓았다. 처음에는 설거지에만 집중해서 그릇이 덜그럭거리는 소리와 물 흐르는 소리만 났는데 점점 얘기를 주고받으며 그릇을 넘기고 쌓았다.

국은 유학 문제로 진지하게 고민 중이었다. 부모님은 외국에서 학위를 따야 학교에 자리잡는 데 유리하다며 밀어붙이고 국도 그게 맞다는 걸 아는데 세일링에 와서 아르바이트를 시작한 뒤로 망설이게 된다고 했다. 자꾸 여기서 친구들과 같이 졸업하고 취직하고 부대끼며 살고 싶어진다는 것이다. 나는 국의 고민이나 마음을 완전히 이해할 수는 없지만 결정하기 어려운 문제이며 그가 중요한 기로에 서 있다는 건 알 수 있었다. 우리가 같이 설거지를 하는 시간은 언젠가 끝날 것이고 결국 세일링을 떠나게 되리라는 걸 모두 알고 있었다. 그런데도 우리는 끝내고 싶지 않았다. 나 역시 대학 생활을 연장하고 싶어 도서관 대신 세일링 안에 머물렀고 매일 함께 지내다 보니 민과 재, 국이 나의 동기 같았다.

집에 가는 방향이 달랐지만 국과 나는 일이 끝난 뒤 가끔 같이 걸었다. 요일이나 횟수를 정한 것도 아닌데 수요일과 금요일쯤이면 우리 집 쪽으로 가는 정류장에 국이 서 있었다. 우리 집까지 걸어가며 설거지할 때 못다한 얘기를 이어 가기도 하고 다른 화제를 꺼내기도 했다.

밤의 산책은 가끔 새벽까지 이어졌다. 우리는 목적지 없이 먼 곳까지 걸어갔다가 돌아오기도 하고 회차 지점을 정해 놓은 뒤 그 사이를 여러 번 오가기도 했다. 서로에 대해 아는 것보다 모르는 게 더 많고 함께한 시간이 얼마 되지 않아 나와 국은 더 많이 알고 싶었고 알려 주려고 애썼다.

국이 나를 좋아하고 나도 국을 좋아하는데 우리가 어떤 관계를 시작한 건 아니었다. 좋아하는 마음이나 서로 좋아한다는 걸 아는 것만으로 무엇이 시작되지 않고 나아갈 수 없다는 걸 아는 나이가 되었다. 그저 우리가 같이 걷고 있고 생각과 감정을 나눈다는 것이 중요했다.

라일락이 피면서 봄날이 이어지고 공기 중에 아카시아 꽃 향기가 퍼지면서 여름의 기운이 몰려왔다. 퇴근하면 국과 나는 손을 잡고 걸었고 헤어질 때는 서로를 꼭 끌어안았다. 어떤 순간에는 좀 더 가까이 닿고 싶었지만 그러지 않는 게 좋겠다에 둘 다 동의했다. 좀 더 나아가고 싶은 마음이 들면 나는 국의 가슴에 귀를 대고 쿵쿵거리는 심장 소리를 들으며 국의 냄새와 새벽 공기에 섞인 아카시아 향기를 맡았다. 새벽의 거리에서 서로에게 좋아한다고, 시간이 지나 많은 것을 잊어버려도 이 순간을 잊지 못할 거라고 고백했다.

민은 무알코올 칵테일을 마시며 세일링의 시절에 대해, 그때의 우리와 자신과 재에 대해 얘기했다. 재의 어떤 면이 좋았는지, 재가 언제 고백했는지, 첫 키스는 어디에서 했는지, 세일링에서 둘이 비밀스럽게 연애한 얘기를 두서없이 늘어놓았다. 결혼 전의 민이 취한 상태에서 이미 다 털어놓은 얘기지만 나는 꿈꾸는 듯한 표정의 민이 하는 얘기를 흥미롭게 들었다. 이십 대 후반의 기억과 사십 대가 넘어 민의 입에서 흘러나오는 얘기는 미묘하게 달라졌다. 재는 좀 더 멋진 사람이 되었고 둘의 연애는 필터나 파스텔컬러를 덧입힌 것처럼 부드럽고 특별해졌다.

민은 얘기 중간중간 현실로 돌아와 딸이 보내는 메시지에 답을 보냈다.

"얘는 나랑 말하는 건 싫어하면서 톡하는 건 좋아해. 집에서도 이름 부르지 말고 할 말 있으면 톡으로 보내래."

민은 딸이 남편과 얼마나 닮았는지, 그런데 두 사람이 얼마나 안 맞는지, 그래서 중간에 낀 자신이 얼마나 힘든지 얘기했다. 딸의 흉을 봤다가 남편의 욕을 했다가 신세 한탄을 했다. 목소리나 표정이 재에 대해 말할 때와 달랐다. 혹시 지금 민이 재와 어떤 사이인가는 관심 없었다. 따로 만나는 관계라면 술 마시고 애달파할 이유도 없을 것이다. 어떻게 접근하고 어느 쪽에서 바라봐도 민의 남편은 재에게 질 수밖에 없었다. 재가 더 괜찮은 인간이어서가 아니라 재는 현재의 사람이 아닌 청춘의 존재이기 때문이다.

"예전부터 묻고 싶었는데 그때 왜 국하고 흐지부지된 거야? 유학 때문이야?"

민이 국에 대해 묻는 게 처음은 아니었다. 결혼 전에 많이 취했을 때도 왜 국에게 쌀쌀맞게 대했느냐고, 정을 떼려고 그런 거냐고, 두 사람 정말 잘 어울렸는데 하며 화를 내듯 말했다.

내가 왜 국을 피하고 아르바이트를 서둘러 그만두었는지, 국이 유학 가기 전에 모인 송별회에서도 형식적인 얘기만 주고받았는지 말하려면 그날로 돌아가는 수밖에 없다. 그날 새벽에 아무 일도 일어나지 않았다면 국과 나는 다른 시간을 보냈을지 모른다. 그것으로 인해 우리의 미래가 달라지지 않았을지라도.

생일을 2주 앞두고 민과 함께 액세서리 전문점에 갔다. 민은 재와 맞출 커플링 디자인을 보러 갔고 나는 액세서리에 관심이 없지만 재미 삼아 따라갔다. 민은 반지도 껴 보고 귀걸이도 이것저것 대 보며 어떠냐고 물었다. 귓불 아래에서 반짝거리는 별이나 하트, 작은 볼이 눈에 들어왔다. 귀걸이를 뺀 민보다 달랑거리는 귀걸이를 한 민이 더 예뻐 보였다. 대학 때 과 동기 중에 귓불을 뚫지 않은 사람은 나를 포함해 다섯 명 정도였다. 생살을 뚫는 것도 무섭고 고등학교 때 친구가 귓불을 뚫은 뒤 퉁퉁 붓고 고름이 나는 걸 보고 귀걸이는 하지 않겠다고 결심했다. 내가 귀걸이에 관심을 보이자 민과 주인이 합심해서 설득했다. 두 사람은 경쟁하듯 반짝거리는 귀걸이를 가져와 내 귀에 댔다. 무언가에 홀린 사람처럼 고개를 끄덕거렸고 귀걸이를 처음 하는 사람은 침형이 낫다고 해서 푸른색의 큐빅 귀걸이를 골랐다. 대학 친구들이 안 아프다, 간단하다 했을 때는 관심 없었는데 누군가에게 예쁘게 보이고 싶은 마음이 생겨 즉석에서 뚫기로 결정했다는 게 스스로도 신기했다. 자주 만나지는 못하지만 친구들이 알게 되면 뭐라고 할까 궁금해하며 귀를 뚫었다.

주인이 동그란 탁상 거울의 방향을 조절해 귀걸이를 착용한 모습을 보여 주었다. 나는 고개를 좌우로 조금씩 움직여 귓불에 붙은 푸른색의 귀걸이를 확인했다. 주인이 뚫은 자리가 잘 아물고 자리잡으려면 보름 정도는 빼지 않는 게 좋다고 했다. 보름. 생일이 지나면 달랑거리는 귀걸이로 바꿔야지. 나는 별 모양의 귀걸이를 마음으로 점찍어 두었다. 그동안 귀는 이어폰을 꽂고 음악을 듣는 역할을 주로 했는데 귀걸이를 하는 순간 아름다움과 연관된 기관이 된 것 같았다. 국을 좋아하게 되면서 주위의 풍경과 나를 둘러싼 것들이 조금씩 새로운 의미를 만들어 갔다.

세일링 사람들은 민과 나의 생일이 같다는 것에 과도한 의미를 부여하며 좋아했다. 나는 시끌벅적한 생일 파티 자체가 오랜만이었다. 대학 4년 내내 생일이 종강 이후여서 동기들이 의무적으로 해 주는 생일 축하도 받지 못했다. 친구 몇과 조촐하게 모이던 것도 졸업 뒤라 어영

부영 넘어가게 될 듯싶었다.

민과 나의 생일날 우리는 술과 안주를 많이 시켰고 별 얘기도 아닌데 서로의 팔이나 어깨를 두드리며 큰 소리로 웃었다. 삼겹살에 소주를 마실 때도, 자리를 옮겨 마른안주와 맥주를 마실 때도 술이 달고 잘 받는다는 말을 했다. 술이 달면 조심해야 된다고 재가 말했지만 우리는 술이 달아서 즐거웠고 멈출 수 없었다. 너와 나의 경계가 허물어지는 기분이었고 술기운 때문에 어디로든 나아갈 수 있을 것 같았다. 그깟 취업과 월급과 미래가 우리의 기분을 망칠 수 없었다. 술집에서 나왔을 때 우리는 중요한 일을 함께 헤쳐 나가는 동지가 된 느낌이었다. 당연하다는 듯 다음 코스인 노래방으로 몰려갔고 댄스곡과 발라드를 오가며 흥과 감성을 끌어냈다. 새벽 3시의 거리로 나왔을 때 술이 살짝 깼고 목이 약간 쉬었다.

내일 만나. 손을 흔들며 헤어질 때 국이 같이 가자, 데려다줄게 했다. 국과 둘이만 있고 싶은 마음과 혼자 음악을 들으며 이 벅찬 하루를 조용히 정리하고 싶은 마음이 내 안에 모두 있었다. 나는 조금 망설이다 내일, 내일 같이 걷자라고 했다. 국이 웃으며 그래, 내일 하며 가방

안에서 작은 쇼핑백을 꺼냈다. 모서리가 조금 구겨진 하얀색 쇼핑백에는 민과 같이 간 적이 있는 액세서리 전문점의 로고가 인쇄되어 있었다. 손잡이에 묶은 리본이 앙증맞았다.

"집에 가서 봐."

국이 쇼핑백을 내 숄더백 안에 넣었다.

"별로면 얘기해. 교환해 준댔어."

국은 악수를 하듯 내 손을 잡았다. 우리는 그런 채로 가만히 서 있었다. 여기서 조금만 더 같이 있게 되면 서로를 놓아주고 싶지 않을 것 같았다. 손을 통해 끌어당기는 마음의 강도를 가늠하듯 우리는 손을 잡은 채 말없이 서 있었다. 한 사람이 좀 더 힘을 주어 잡아당기면 그쪽으로 속절없이 끌려갈 것 같았다. 그 마음을 무어라 표현해야 할지 알 수 없었다. 이 손을 잡고 끝까지 가고 싶다는 마음과 어차피 앞날 같은 건 없다는 염세적인 마음, 다 망가져도 좋다는 과도한 낙관이 소용돌이쳤다. 그때 국이 택시 타고 가, 잡아 줄게 하며 손을 놓았다. 손바닥의 땀을 바지에 문질러 닦는 동안 갈등과 기대가 숨을 타고 차분히 빠져나갔다.

"걸어갈래. 좀 걷고 싶어."

내가 손을 흔들자 국도 내일 봐, 조심히 들어가 하며 손을 흔들었다. 오늘 블라우스 너무 예뻐. 잘 어울려. 마지막 말은 작게 들리고 금세 사라졌지만 마음에 내려앉았다. 멀어지고 작아지는 국의 뒷모습을 보며 잡았던 손을 내려다보았다. 허전한 것 같으면서도 오늘은 이걸로 충분하다는 생각이 들었다. 술을 많이 마셔 몸이 무거운데도 기분이 둥실 떠올랐다. 둥둥 뜨는 기분으로 이어폰을 꺼내 귀에 꽂고 MP3의 전원을 켰다. 영화음악 카테고리를 골라 플레이했다.

아르바이트를 시작한 뒤로 집에 돌아가는 길에 이어폰을 끼고 좋아하는 음악을 들으며 걷는 것이 소소한 즐거움이 되었다. 인적이 드문 길을 골라 걸으며 나는 미래에 대한 불안이나 마음속에서 불쑥 올라오는 부정적인 생각들을 꺼내 길에 버렸다. 그것들이 나를 따라오지 못하도록 잘게 부숴 던졌다.

6월인데도 새벽 3시의 거리는 적당히 서늘하고 고요한 공기를 품고 있었다. 초여름의 거리에는 나무 냄새가 떠다녔고 나는 숨을 깊이 들이마시며 오늘 주고받은 얘기들과 국의 표정 같은 것을 떠올렸다. 화장실에 다녀오다 마주쳤을 때 국이 준 숙취 해소제의 맛과 내가 고맙다고 했을 때 가까이 다가온 국의 얼굴과 무언가 말하려다 만 입술 같은 것도.

그때 뒤쪽에서 발소리가 들렸던 것도 같다. 거리는 워낙 조용했고 골목 양옆의 빌라와 주택가의 창문들은 까맣게 잠들어 있었다. 드문드문 서 있는 가로등만 그림자를 만들었다. 나는 집에 맥주가 남아 있나 생각했고 새벽의 거리를 하염없이 걷고 싶은 마음과 얼른 집에 가서 국이 준 쇼핑백을 열어 보고 싶은 마음 사이에서 기분 좋은 줄다리기를 했다. 뭘 샀다는 걸까. 이어폰에서 흘러나오는 「시네마 천국」의 메인 테마 사이로 다다다 뜀박질하는 발소리가 끼어들었지만 나와는 상관없다고 생각했다.

나는 카드를 먼저 읽어 볼 마음에 숄더백의 한쪽 끈을 내려 안으로 손을 넣었다. 그때 갑자기 다가온 발소리가 내 어깨에서 가방을 낚아채 앞으로 뛰어갔다. 그 바람에 왼쪽 이어폰은 빠지고 귀에 남아 있던 오른쪽 이어폰에서만 「시네마 천국」의 메인 테마가 이어졌다. 나는 가방 안에 든 것들이 멀어지는 것을 보다가 거기 서라고 소리 지르며 뒤쫓아갔다. 술기운이 평소에 없던 용감함을 끌어냈다. 검은 트레이닝복을 입은 남자는 빠르게 달아났고 나는 혀도 다리도 풀려 한없이 늘어지는데 국에게 받은 선물과 민과 재, 국이 돈을 모아 사 준 화장품 세트, 사장님이 준 돈 봉투를 잃을 수 없다고 생각하며 뛰었다. 남자는 뒤를 힐끔 돌아보더니 옆 골목으로 방향을 틀었다.

옆 골목까지 따라간 뒤에야 나는 멈춰서 주위를 두리번거렸다. 남자는 보이지 않고 발소리도 들리지 않아서 어느 쪽으로 갔는지 알 수 없었다. 드문드문 서 있던 가로등마저 보이지 않아 좁은 골목 안에는 완벽에 가까운 어둠이 넘실거렸다. 한쪽 귀에서 흘러나오던 음악이 끝나자 정적이 나를 둘러쌌다. 비로소 무엇을 따라 여기까지 왔는지, 그를 잡으면 어쩌려고 했던 건지 정신이 들며 퍼뜩 겁이 났다. 소매치기를 따라잡아서 가방을 돌려받겠다고? 주머니에서 칼이라도 꺼내 찌르면, 얼굴이 뭉개지도록 때리면, 성폭행이라도 당하면 어쩌려고. 정신이 번쩍 들어서 골목 밖으로 뛰어나왔다. 뛰다가 다리가 엉켜 세게 넘어졌지만 벌떡 일어났다. 상처를 살펴볼 겨를도 없이 계속 뛰었다. 가방을 찾으러 갈 때보다 더 빨리, 검은 물결이 나를 삼키기 전에 그 거리에서 벗어나야 했다.

집에 도착해 등 뒤에서 현관문이 잠기는 소리를 들은 뒤에야 나는 달리기를 멈추었다. 다리가 후들거리고 온몸에서 땀이 흘러내렸다. 문소리를 듣고 나온 엄마가 잠이 묻은 목소리로 일찍일찍 좀 다녀라. 지금이 몇 시냐. 하고는 냉장고에서 물을 꺼내 마셨다. 엄마가 뭔가 눈치챌까 봐 들키지 않으려고 옆으로 돌아섰다. 엄마의 목소리를 들으니 현실감이 돌아왔다. 생일이라 친구들하고 노느라…… 나는 고개를 숙인 채 둘러댔다.

방에 들어와 떨리는 손으로 주머니 안의 MP3 플레이어를 꺼냈다. 어디에서 흘렸는지 이어폰은 보이지 않았다. 화면에 뜬 low battery 메시지가 몇 번 깜박거리다 전원이 꺼졌다. 한쪽 청바지의 무르팍에 난 구멍 안쪽에 피가 말라붙었고 블라우스 소매가 헤지고 양쪽 팔꿈치가 다 까졌다. 그걸 보니 팔꿈치와 무릎이 따끔거렸다. 나는 불을 끄고 벽과 침대 사이의 좁은 공간에 쭈그리고 앉았다. 집에 무사히 도착해 아무도 쫓아오지 않는데 몸이 계속 달아나는 것 같았다. 두 팔로 무릎을 꼭 끌어안았다.

눈을 감으면 어둠 속에서 남자를 뒤쫓아 가던 내 모습과 가방 내놔 하고 외치던 목소리가 반복 재생되었다. 처음에는 일어난 사건이 놀랍고 새벽의 도둑이 무서웠는데 점점 술기운에 도둑을 쫓아간 나를 떠올리는 게 더 고통스러웠다. 왜, 어쩌자고, 왜, 왜 하면서 도둑이 아닌 나의 겁 없음과 무모함을 야단치고 몰아세웠다.

머리가 아프고 눈이 감기는데 잠은 오지 않았다. 취해서 잠들면 나을 것 같다고 생각하면서도 냉장고까지 갈 기운이나 용기가 남아 있지 않았다. 창밖이 조금씩 밝아지면서 새로운 하루가 시작되려고 했다. 민, 재, 국과 둘러앉아 축하 노래를 부르며 케이크를 자르고 치킨과 맥주를 먹고 쉴 새 없이 웃고 어깨동무를 한 채 노래를 부르던 일이, 그 몇 시간 전의 일이 아주 먼 곳으로 흘러가 버린 것 같았다.

객관적으로 벌어진 상황만 짚어 보면 나는 새벽의 귀갓길에 가방을 소매치기당했다. 성폭행을 당한 것도 아니고 칼에 찔리지도 않았다. 내가 잃은 것은 가방과 가방

안에 든 것들뿐이다. 친구들에게 받은 선물과 휴대폰, 약간의 현금과 교통카드 겸용 신용카드가 한 장 들어 있는 지갑, 다이어리, 그리고 열어 보지 못한 국의 선물과 카드. 그뿐인데 그것들은 값어치와 상관없이 내게 소중하고 특히 국의 쇼핑백은, 그것만 찾을 수 있다면 다른 건 다 없어져도 괜찮다는 마음이었는데 그게 바닷속에 완전히 잠겨 버렸다. 새벽에 가방을 뺏겼을 뿐이지만 나는 풍랑을 만나 배가 다 부서진 것처럼 바다에 깊이 빠져 버렸다. 집에 돌아왔는데도 널빤지 하나에 의지해 바다 위에 겨우 떠 있는 것 같았다.

몇 시간 전까지 별다른 고민이나 의심 없이 하던 일들이 내게서 다 떠나간 것 같았다. 문을 열고 다시 밖으로 나갈 수 있을까. 그 거리를 아무렇지 않게 걸어 다닐 수 있을까. 혼자, 밤에 걷는 일이 가능할까. 밖에서 술을 마시며 마음 편히 취할 수 있을까. 뒤에서 누가 다가올까 봐 이어폰으로 음악도 듣지 못할 것 같았다. 나는 다시 회복될 수 있을까. 국의 말대로 택시를 탔어야 했는데. 나는 필름을 자꾸만 되감으며 가정과 부정을 반복했다. 그 소매치기를 따라가지 않았더라면. 그 골목으로 가지 않았더라면. 국과 같이 걸었더라면. 택시를 탔더라면. 이어폰을 끼지 않았더라면. 블라우스를 입지 않았더라면 그 일이 비껴 갔을까. 아무것도 바꿀 수 없는데 돌아보는 걸 멈출 수 없었다. 그동안은 배 안에 타고 있으면서 이따금 출렁거린다는 느낌만 받았을 뿐 파도의 높이나 물의 깊이를 가늠할 수 없었다. 지금까지 얼마나 안전한 새벽을 지나왔던 건지 비로소 알 것 같았다.

나는 조금 울다가 일어나 블라우스와 청바지를 벗고 잠옷으로 갈아입었다. 다같이 생일파티를 하기로 해서 국에게 잘 보이고 싶은 마음에 블라우스와 청바지를 새로 사 입었다. 민과 재, 국 모두 블라우스가 예쁘고 잘 어울린다고 했지만 다시는 입지 못할 것 같았다. 팔꿈치와 무릎이 해지기도 했고 새벽의 소매치기가 옷차림을 기억할지도 모른다고 생각하니 두려움이 몰려왔다. 최대한 작게 접어 책상 밑에 넣어 두었다.

문 밖에서 엄마가 씻고 냉장고를 열었다 닫는 소리가 났다. 나는 침대에 올라가 몸을 둥글게 말았다. 매일 아침 듣던 익숙하고 일상적인 소리 안에 있으니 비로소 졸음이 몰려왔다. 기절하듯 잠에 빠졌다가 깼고 다시 잠들었다. 그대로 계속 자고만 싶었다. 아주 오래 자고 나면 새벽의 일이 꿈처럼 흐려질 것 같았다.

얕은 잠 속에서 나는 세일링을 생각했다. 내가 안 가면 국이 혼자 설거지를 하겠지. 쟤가 회사 면접 본다고 하루 결근했을 때 모두들 얼마나 바빴는지 우리는 풍랑을 만난 배 안을 뛰어다니는 것 같았다. 선물도 잃어버렸는데 국에게 더 미안해지고 싶지 않았다. 생일이라고 다들 축하해 줬는데 무단결근은 예의가 아닌 것 같았다.

나는 고민 끝에 일어나 몸을 많이 가리는 벙벙한 면 티셔츠를 골라 입었다. 하나로 묶은 긴 머리가 거슬렸지만 당장 자를 순 없었다. 거울 속을 가만히 들여다보다가 반짝이는 푸른색 귀걸이를 뺐다. 귀를 뚫은 뒤 처음으로 빼는 거라 살짝 따끔거렸지만 곧 괜찮아졌다.

세일링의 문을 열고 들어가자 테이블에 앉아 음료수를 마시고 있던 세 사람이 야, 너, 왜 연락이 안 돼 하며 소리를 질렀다.

"무슨 일 있는 줄 알았잖아."

"영, 술병 난 거야?"

무사히 도착했다는 안도와 익숙한 얼굴들과 재회했다는 반가움 속에서 나는 조금 웃었다. 냉장고에서 꺼낸 캔콜라를 마시며 저들의 새벽은 어땠을까 궁금해졌다. 안녕했겠지. 안녕했기를 바랐다.

"⋯⋯휴대폰을 잃어버렸어."

세 사람이 동시에 어디서 하고 물었다.

"몰라. ⋯⋯주머니에서 빠졌나 봐."

"영, 취한 김에 버린 거 아냐? 새 거로 바꾸고 싶어서."

민이 웃으며 농담을 던졌다. 나는 새벽의 일을 본격적으로 털어놓기 전에 지갑 얘기부터 꺼냈다.

"지갑도 잃어버리고."

휴대폰까지는 농담으로 받아들이더니 지갑에서 다들 표정이 심각해졌다.

"영, 어제 무슨 일 있었어?"

가방을 빼앗겨서 선물을 잃어버렸다는 얘기를 꺼내야 하는데 그들의 표정을 보니 털어놓을 수가 없었다. 새벽의 상황이 이상한 오해를 불러올 수 있겠다는 생각이 들었다. 그날 가방을 되찾으려고 뛰어가다가 옆 골목으로 접어들었을 때 나쁜 일이 일어날지 모른다는 상상이 나를 멈춰 세웠던 것처럼 가방 얘기를 꺼내려 할 때도 그런 브레이크가 작동했다. 나는 피해자고 내 잘못이 아닌데도 나쁜 일을 당했을지 모른다는 오해를 받고 싶지 않았다. 일어난 일보다 상상과 가능성이 더 공포스러우니까. 가능성을 지우기 위해 나는 거짓을 선택했다. 잠깐 벤치에 앉아서 쉬었는데 휴대폰과 지갑을 놓고 왔다고, 다시 가 보니 없더라고 최대한 덤덤하고 허술한 표정으로 말했다. 세 사람이 표정을 풀며 나를 놀리고 위로했다.

설거지할 때 국이 피곤해 보여, 잠 못 잔 거야 하고 물었다.

"어제 술이 좀 과했나 봐."

나는 국의 눈을 쳐다보지 않은 채 둘러댔다. 어제의 생일 파티를 계기로 세일링의 동료애, 팀워크는 이전보다 더 단단해졌다. 서로에 대해 더 많이 알고 이런저런 비밀을 공유하게 되어서 얼굴만 봐도 애틋한 기류가 흘렀다. 나 혼자 투명한 막 밖에서 새벽의 골목에 선 심정으로 바라볼 뿐이었다. 국에게는 솔직히 말하고 싶었는데 국에게 말하는 게 제일 어려워졌다.

다음 날에도 그다음 날에도 국은 어떤 말을 듣고 싶어 하는 표정으로 나를 쳐다봤다. 내가 별다른 얘기를 하지 않으면 멋쩍은 듯 일상적인 화제로 돌아갔다. 처음으로 국과 같이 세일링에서 일하는 것이 불편해졌다. 퇴근길에 국이 같이 걷자고 했을 때 몸이 안 좋다는 핑계를 대고 차도 쪽으로 내려가 택시를 잡아탔다. 행선지를 말하고 뒤돌아보니 인도 위의 국은 이쪽을 보며 서 있었고 차가 출발하자 점점 멀어지고 작아졌다. 국이 거기 그대로 서 있는 걸 보며 나는 울고 싶어졌다. 우리가 진실로부터 멀어지고 진심이 닿을 수 없는 곳으로 밀려나는 기분이었다.

세일링을 그만두는 날까지 나는 일이 끝나면 택시를 타고 집에 갔다. 평소 같으면 버스가 다니는 시간이거나 걸어갈 수 있고 정신이 멀쩡한데 기본요금에서 몇백 원이 더 붙는 거리를 택시를 타고 간다는 건 상상도 할 수 없었다. 오늘은 걸어가야지 다짐하며 출근해도 밤이 되어 거리에 나오면 겁이 났고 빈 차 표시가 보이면 팔을 휘둘러 세웠다.

테이블을 닦으며 민이 귀걸이가 마음에 들지 않느냐
고 물었다. 내가 못 알아듣자 국이 선물한 귀걸이 말이야
하고 목소리를 낮추었다.

"되게 예뻤는데."

국이 고민하기에 같이 가서 골라 주었다고 했다. 나
는 민과 같이 갔던 액세서리 전문점의 귀걸이 코너를 떠
올렸다. 쇼핑백 안에 어떤 귀걸이가 들어 있었을까보다
거기서 선물을 골랐을 국의 모습 때문에 뭉클해졌다. 자
기는 외국에 나가 공부할 거니까 영에게 부담을 주면 안
되겠지 하면서 고민이 많더라고 했다.

"……귀 뚫은 자리가 자꾸 덧나서…… 이제 귀걸이
못 할 것 같아."

민이 내 귀를 잠시 살펴보더니 괜찮은 것 같은데 하
며 말끝을 흐렸다.

설거지할 때 국이 그릇을 넘기며 선물이 마음에 안
들어 하고 물었다. 나는 민에게 했던 말을 그대로 전했
다. 국이 다른 걸로 교환해도 된다며 뭘 해도 예쁠 거라
고 했다. 나는 그릇을 씻다가 손을 멈추었다. 예쁠 거라
는 말이 속에 걸려서 잘 내려가지 않았다. 국에게 듣고

싶던 말이었는데 그 말이 너무 생경하고 역겹게 느껴졌다. 국은 거품 묻은 수세미로 그릇을 닦으면서 동봉한 카드 얘기를 꺼냈다.

"답이 없어서…… 내가 실수를 했나 걱정했어."

"어떻게 대답해야 할지 몰라서 답장을 못 썼어."

그릇을 헹구며 내 마음을 모르겠다고, 미안하다고 얘기했다.

"그렇구나."

이번에는 국이 손을 멈추었다. 모르겠다는 것은 나의 진심이었다. 그러나 국이 정확히 무엇을 물었고 국의 마음이 무엇이었는지는 너무나 알고 싶었다. 그 새벽의 소매치기가 앗아 간 건 가방과 선물만이 아니라 더 많은 자유와 고민의 가능성들, 그리고 진실이었다. 선물을 잃어버리고 카드를 보지 못한 것보다 거짓말을 해 버려서 나는 국의 얼굴을 마주하는 게 힘들었다. 그때 왜 솔직하게 털어놓지 못하고 거짓말을 했는지 세일링에서 일하는 내내 자책했다. 거짓말 위에는 어떤 진실도 얹기 어려웠다.

그 뒤로 며칠 동안 국은 왜로 시작하는 질문을 계속

했다. 요즘은 왜 음악 안 들어? 왜 매일 택시 타고 가? 아까 왜 회식 못 온다고 했어? 그때마다 내가 뭐라고 둘러댔는지 기억이 나지 않는다. 나야말로 묻고 싶었다. 왜 모든 질문은 그날의 일과 연결되는지. 그 순간의 일이 왜 이렇게 많은 부분을 바꿔 놓았는지. 나는 피해자인데 상황을 모면하기 위해 한 거짓말들이 아슬아슬하게 쌓여 갔다.

나는 사장에게 일을 그만두고 싶다고, 친구들에게는 비밀로 해 달라고 부탁했다. 사장이 너도 회사에 출근하게 된 거냐고 물었다. 나는 아니라고, 이제부터 뭔가 준비해야 할 것 같다고 했다.

"그래. 언제까지나 여기에서 일할 순 없지."

사장이 자기 배를 소심하게 두드렸다. 민과 재도 취업 문제로 다퉈서 냉랭한 상태라는 건 나중에 알았다.

"그때 우린 네가 귀걸이를 안 하는 게 어떤 대답이라고 생각했어."

민이 하이볼을 주문했다.

"국이 알바해서 모은 돈으로 목걸이도 사고 반지도

사고 싶다는 걸 말려서 귀걸이를 고른 거거든."

민의 얼굴 위로 또 헐렁한 웃음이 지나갔다.

"그때는 왜 그렇게 진지했는지 몰라."

물론 나는 알고 있다. 그 새벽의 일이 아니었더라도 국과 함께 유학을 떠나지도, 외국에서 공부하고 돌아오는 국을 기다리겠다고 하지도 않았으리라는 것을. 하지만 그 일이 아니었다면 국이 공부하러 갈 때까지 좀 더 같이 걸으며 많은 이야기를 나누었겠지. 국을 오해 속에 남겨 둔 채 나 역시 벽과 침대 사이에 쭈그려 앉은 기분으로 지내지는 않았을 것이다. 나이가 들면서 결과보다 인생이 어떤 날들, 순간들로 채워지느냐가 더 중요하다는 걸 알게 되었다.

세일링을 그만둔 뒤로 나는 어디서 누구와 술을 마시든 자정이 되기 전에 일어났고 세 잔 이상 마시지 않았다. 취하는 기분을 즐길 수가 없었다. 언제나 큰길로만 다녔고 술을 마시지 않은 상태에서도 밤거리를 걸을 때는 조심했다. 주위의 소리에 신경 쓰며 지냈고 모르는 사람이 다가오면 무서워서 움츠러들었다. 밤길에 치한을 만나고 누군가 집까지 따라와 폭행한 뒤 달아났다는 기사를 볼 때, 스토커가 죽이거나 스토커 때문에 자살하는 여자들의 소식을 듣게 될 때 예전에는 분노를 느꼈다면 그 새벽 이후로는 공포를 느꼈다. 나도 그들 중 한 사람이 될 수 있었다는 생각에 일상이 흔들렸다.

물론 회사 사람들이나 다른 친구들과 있을 때 세일링에서 아르바이트하던 일이나 새벽의 소매치기를 만나 아찔했던 일에 대해 말한 적도 있다. 말도 마, 난 가방을 통째로 뺏긴 적도 있다니까. 별일 아니라는 듯 웃으며 얘기했다. 털어놓고 보니 주변에 그 정도의 사고를 당하지 않은 사람이 없었고 내가 겪은 건 비극 축에 끼지도 못했다.

그 뒤로 회사에 다니며 지하철에서 엉덩이를 더듬는 치한을 만난 적도 있고 난데없이 음란한 욕설을 퍼붓는 사람과 마주친 적도 있다. 그때마다 새벽의 골목에 서 있는 것처럼 아득해졌다. 3년, 5년, 시간이 지나면서 조금씩 무뎌지긴 했지만 새벽의 거리는 사라지지 않았다. 기분 나쁜 일을 겪고 나면 애정이나 그리움과 상관없이 이따금 국의 이름을 중얼거렸다. 국아, 나는 새벽의 거리를 잃었어, 혼자 걸으며 이어폰으로 음악을 듣는 일도 잃어

버렸어. 고해성사를 하듯 말하고 나면 좀 괜찮아졌다.

자정이 가까워져 민에게 그만 일어나자고 했다. 내년에 또 봐 하자 민이 내 팔을 잡았다.

"재가 지금 출발했대. 한 삼십 분 걸리나 봐. 국도 온다니까 보고 가."

민은 오랜만에 넷이 모여 사는 얘기 좀 하자고 했다. 나는 어깨에 멨던 가방을 내려놓았다. 세일링에서 일할 때 회식을 앞두고 넘실대던 기대감이 민의 얼굴 위에 다시 떠올랐다. 16년이란 너무 아득해서 얼마나 멀리 떠내려왔는지 가늠할 수 없었다. 16년 만에 만나는 국에게 궁금한 것이 많지만 변한 모습이나 그가 타국에서 보낸 시간, 무엇을 이루었나보다 그때의 선물과 카드 내용에 대해 얘기하고 싶었다. 내가 잃어버리고 보내지 못한 답장에 대해서도 털어놓을 수 있으리라는 기대가 생겼다. 마침내 우리가 마주 앉는다면 그 새벽을 지나가는 일도 가능할 거라고.

그곳으로
가고 있어

애인의 집 쪽으로 가며 안은 셔츠에 밴 냄새를 맡았다. 출근할 때 뿌리고 나온 향수는 날아가고 몸에서 식어가는 기름 냄새가 났다. 차 안의 에어컨을 끄고 창문을 활짝 열었다. 그녀의 마음을 얻으려 애쓰던 시기에는 매장에 지원 나갔다 퇴근할 때마다 화장실에서 머리도 감고 뒷좌석에 챙겨 놓은 옷으로 갈아입은 뒤 약속 장소로 갔다. 프라이드치킨 냄새를 풍기며 나타나면 애인은 변했다며 눈을 흘길 것이다. 결혼 얘기가 오간 뒤로 애인은 그 말을 자주 했다. 변했다는 말을 들으면 안의 마음은 가라앉았지만 심각한 건 아니었다.

전화로 A시의 매장을 계약하게 되었다는 소식을 전하자 애인은 환호성을 질렀다. 바로 가 봐야 돼서 저녁 약속을 미루자고 했더니 같이 가자, 전부터 A시에 가 보고 싶었어라고 했다. 여름휴가인데 집에만 있으려니 심심한 모양이었다.

점심시간이 지나 도로는 한산했다. 라디오에서는 바캉스와 관련된 노래들이 흘러나왔다. 기상 캐스터가 이번 여름은 길고 무더울 거라는 소식을 전했다. 애인의 여름휴가는 어제부터 시작되었고 안의 휴가는 한 달 뒤로 정해졌다. 날짜가 어긋난 걸 핑계 삼아 두 사람은 이번 휴가에 들어갈 비용과 에너지를 신혼여행에 보태기로 했다.

과속방지턱을 연속으로 넘으며 안은 백미러를 쳐다봤다. 뒷자리에는 데이트 의상 대신 기계에서 뽑은 인형들이 앉아 있었다. 애인이 보면 쓸데없는 데 돈 썼다고 잔소리를 할 것이다. 트렁크로 옮겨 놓을까 하다가 귀찮아서 그냥 두었다. 신호에 걸려 정차한 동안 애인에게 거의 다 왔다는 메시지를 보냈다. 옆자리에 챙겨 둔 계약서

봉투를 뒷자리로 넘겼다.

주말에 B 매장의 오픈 행사를 하면서 A시의 매장이나 우에 대한 마음을 접었다. 있는 매장 관리나 잘하고 최선을 다해 폐점을 막아 보자고 다짐했다. 오픈 행사의 매출로 보면 B 매장은 출발이 좋았다. 주말이 지나 시식 행사에 모여든 사람들은 약간 줄었지만 빳빳한 리본을 매단 화분이 창가를 꽉 채웠고 개업식 때 설치한 풍선 아치도 새것 같았다. 오전 내내 안은 튀김옷이 묻은 닭을 예열된 기름에 넣고 타이머를 눌렀다. 기름을 빼 둔 치킨의 반은 간장소스에 버무리고 나머지는 프라이드치킨 통에 담았다. 점주와 점주의 아내는 치킨을 작게 잘라서 종이컵에 담은 뒤 이쑤시개를 꽂았다. 아르바이트생이 종이컵을 받는 사람들에게 전단지와 자석으로 만든 연락처를 나눠 주었다. 처음에 점주 부부는 사람들이 모이기만 해도 좋아하더니 행사 3일째가 되자 시식만 챙기고 광고지는 바로 구겨 버리는 사람들 앞에서 종종 표정이 굳었다. 그래도 이번 점주 부인은 구겨진 광고지를 주워 들고 와 손으로 펴지는 않았다.

점심때가 되어 튀김기의 전원을 끄자 닭 냄새와 양념

냄새가 가게 주변에 무지근하게 내려앉았다. 그만 정리할까요? 안이 묻자 점주가 고개를 끄덕거렸다. 그의 이마에서 뺨으로 농도 짙은 땀이 흘러내렸다.

안은 앞치마를 벗고 나서 점주 부부에게 인사했다. 셔츠 위에 앞치마만 걸치고 일했더니 몸에서도 냄새가 났다. 신규 매장의 홀과 주방에는 새로 바른 벽지와 타일, 집기들의 냄새가 뒤섞여 있고 아직 치킨 냄새는 배지 않았다. 점주 부부의 얼굴에도 의욕과 걱정이 반씩 섞였다. 그들을 보며 안은 처음 장사를 시작한 사람들이 지나갈 수밖에 없는 통과의례에 대해 생각했다. 당장 내일부터 전화가 울리고 출입문이 열리기를 기다리며 대기하는 삶이 시작될 것이다. 재료를 준비하고 매장 안을 청소하며 바쁘게 움직여도 주문이 없으면 노력과 시간은 의미를 잃는다. 막막하고 외롭다는 말만으로는 설명하기 어려운 생계의 무거움과 공포가 매장 곳곳에 내려앉을 것이다. 회사를 그만두고 창업한다는 사십 대 후반의 점주 부부는 안의 손을 하나씩 나누어 잡았다. 기름이 묻은 부부의 손과 씻었는데도 아직 기름기가 남아 있는 안의 손이 합쳐졌다.

대박 나세요, 사장님.

오픈 행사를 마칠 때마다 안은 똑같은 말을 건넸다. 그 상투적인 말 속에서 그의 진심은 출렁거렸다. 그들이 잘되는 것이 관리자인 안이 잘되는 길이었다. 복과 손님을 부른다는 마네키네코가 계산대 옆에서 손을 까딱거렸다.

출입문을 열고 나왔을 때 우의 전화가 걸려 왔다. 안은 계약을 포기하겠다는 말을 하려고 통화 버튼을 눌렀다. 안입니다 하자 우가 싱글거리며 계약서 가지고 한번 오세요 했다. 안은 헛된 희망을 품기 싫어서 뒤로 물러섰다. 그러지 말고 잘 생각해 보세요, 충분히 생각해 본 다음에 얘기하세요. 우의 말을 덥석 물면 뜨거운 기름이 터지면서 입천장을 전부 데일 것 같았다.

이젠 계약해야죠.

우는 지난번의 그 카페에서 만나자고 했다.

전화로 상황을 보고하자 상무는 당장 A시에 가라고 했다. 계약서만 챙겨서 바로 가. 밀어붙이는 목소리에서 다급함이 느껴졌다. 우는 도착하는 대로 계약서를 쓰자고 했다. 자기도 A시에 같이 가고 싶다며 애인이 데리러

올 수 있느냐고 물었다. 모든 일이 B 매장의 대박을 기원한 지 십 분 만에 일어났다. 안은 뭔가에 떠밀리듯 차를 타고 회사로 들어갔다. 계약서를 챙기는 동안 상무가 약속했던 오픈 인센티브를 떠올렸고 자신이 조종하는 갈고리가 뽑기 기계 안의 하나밖에 없는 인형의 몸통을 감싸 안는 걸 느꼈다. 안은 버튼을 조종해서 인형을 천천히 들어 올렸다. 이번에는 제대로 꺼낼 수 있을 것 같았다.

선글라스에 반바지 차림으로 나타난 애인은 휴가를 떠나는 사람처럼 보였다. 안의 차를 보고 반가워하다가 운전석 옆자리에 앉자 얼굴을 찌푸렸다. 닭 튀기다 왔구나. 애인은 차창을 내렸고 뒷자리에 실린 인형들을 보곤 안의 옆구리를 꼬집었다.

이게 다 몇 개야. 인형 좀 그만 뽑아.

한 번에 하나씩 뽑은 거야.

지난 3주 동안 새벽에 우와 통화하고 나면 기계에 지폐를 밀어 넣은 뒤 갈고리를 움직였다. 우의 전화를 끊고 나면 다시 잠들기가 힘들었다. 골목을 서성거리다 불이 켜진 인형 뽑기 기계까지 걸어갔다. 우의 전화에 진저리 치면서도 연락이 끊겨서 매장 계약을 못 하게 될까 봐 두려웠다. 갈고리로 거북이나 강아지의 목 부분을 겨냥해 입구 쪽으로 끌고 왔다. 다섯 번에 평균 두 개 정도의 인형을 건졌고 갈고리에 집중하는 동안에는 우나 앞으로의 일에 대해 생각하지 않았다.

안은 신호에 걸렸을 때 애인의 어깨를 감싸 안았다. 입을 맞추려는데 그녀를 둘러싼 냄새가 달라진 것 같았다. 향수를 바꾸었는지 점심 메뉴 때문인지 쿰쿰한 냄새가 확 풍겼다. 안은 입술을 가볍게 붙였다 뗐다.

애인은 스피커에서 나오는 노래를 흥얼흥얼 따라 불렀다. 슬리퍼를 신은 맨발이 리듬에 맞춰 까딱거렸다. 기온이 높지만 습도가 낮아 날이 쾌청했다. 그녀를 보면 당일치기 여행을 떠나는 기분에 가까워졌다가 우를 떠올리는 순간 마음이 기우뚱했다. 계약에 대한 기대감과 불안함 모두 우에게서 나왔다.

3주 전에도 안은 A시를 향해 차를 몰았다. 오전 회의가 끝나고 나와서 전화를 받는데 수화기 너머에서 우가 더듬더듬 매장 개설을 문의했다. A시의 매장은 전에도 본사에서 여러 번 추진했지만 성사되지 않았다. 마이너스 실적에 허덕이던 안은 신속하게 약속 날짜와 시간, 장소를 정했다. 정체 구간에 오래 머물러 있다가 차가 출발할 때의 쾌감이 온몸을 감쌌다.

보고를 받던 상무는 심드렁하게 듣고 있다가 자리에서 벌떡 일어났다. 몇 달 전에 계약하러 A시에 갔는데 막판에 엎어졌다면서 아까워했다. 우와 그의 아버지까지 기억했다.

계약을 앞두고 아버지가 자살해 버렸어.

상무가 오른손으로 안의 어깨를 짚었다.

A시에 가서 일 진행해. 여름 넘기지 말고.

어깨를 잡은 상무의 손에 힘이 들어갔다.

오픈되면 큰 거 한 장 챙겨 줄 테니까.

상무가 안의 어깨를 두 번 두드렸다.

술자리에서는 상무가 매장을 오픈한 뒤 받는 인센티브에 대한 소문이 떠돌았다. 1000만 원에서 2000만 원 수준이다, 인테리어와 가전 업체 선정에서 더 많이 남겨 먹는다라는 추측, 그리고 성과급 계약이니까 많이 받는 게 당연하다는 수긍과 너무 많이 챙기는 건 문제가 있다는 반발이 뒤섞였다. 진위나 시비와 상관없이 그가 회사의 실세고 돈의 흐름을 쥐고 있다는 건 확실했다.

당분간 이 일만 신경 써.

안은 상무가 얘기한 큰 거 한 장만 생각했다. 결혼하기로 마음을 정한 뒤 안과 애인은 데이트 비용도 아끼고 휴가나 여행도 결혼 뒤로 미루었다. 그 한 장이 생기면 얼마나 많은 것들이 수월해지고 단축될까. 상무가 어깨를 짚은 뒤로 안은 밥을 먹다가도 문득 기대감에 부풀었다.

다음 날 A시에 갔을 때 우는 카페에 한 시간 늦게 나타났다. 반바지에 슬리퍼를 신고 왔는데 안이 짐작한 이미지와 달랐다. 몇 번의 통화와 상무의 얘기를 종합해 그린 몽타주는 비쩍 마른 몸에 머리를 덥수룩하게 기르고 눈빛이 흐리멍덩한 이십 대 후반의 남자에 가까웠다. 그런데 눈앞의 우는 바싹 깎은 스포츠머리에 키가 작고 몸이 다부졌다. 그는 늦어서 죄송하다는 말 대신 아버지의 유언 때문에 치킨 매장을 알아보는 거라고 했다. 맞은편에 앉아 오른손 검지 손톱을 집요하게 물어뜯었다. 안이 명함을 건네자 침이 묻은 손으로 받았다. 손톱이 얼마 남지 않은 손끝은 뭉툭했고 덜 마른 침 냄새가 훅 끼쳤다.

안은 입가의 웃음을 유지하려 애썼다. 아버지가 저 자리를 마음에 들어 했어요. 우가 손가락으로 가리킨 곳은 길 건너편 건물의 1층 매장이었다. 한눈에 봐도 규모가 크고 접근성이 좋았다. 안이 매장 계약에 대해 얘기하려고 하자 사실 장사 같은 거 관심 없는데 하며 우가 오른손 중지 손톱을 물어뜯기 시작했다. 나는 별로 하고 싶은 게 없어요. 안은 에어컨 바람이 직접 닿는 자리에 앉았는데도 진땀이 났다.

안이 다른 치킨 브랜드와의 차별성에 대해 설명하는 동안 우는 오른손의 손톱을 다 물어뜯은 뒤 벌겋게 된 손끝으로 스포츠머리를 벅벅 긁었다. 그 손으로 목덜미와 팔뚝을 긁적거린 뒤 다시 입으로 물어뜯었다. 붉고 축축한 손을 보며 안은 감각을 지우려고 애썼다. 그 대신 A시에 처음 생기는 지점이라 중요하고 기대가 크다는 얘기를 덧붙였다. 우는 일 얘기는 천천히 하자고 했다. 내가 아직 정신이 없어요. 아버지가 자살하고 나서 여자 친구한테 차였거든요. ……여자 친구가 나보고 아버지처럼 될 것 같대요. 그런 냄새가 난대요. 그래 보여요? 안은 그렇다고도 아니라고도 하지 못한 채 가만히 있었다.

매장을 어디쯤에 얻을지, 규모는 어느 정도로 할지, 지금 계약하면 언제쯤 오픈할 수 있을지 상의할 게 많았지만 우는 그쪽으로 갈 마음이 없었다. 번번이 아버지와 여자 친구 얘기로 돌아왔다.

카페의 인조가죽 소파는 낡았고 우는 해진 곳의 스펀지를 손으로 뜯어내기 시작했다. 안은 가방 안에 든 계약서를 꺼내지도 못했다. 머릿속으로 폐점 예상 매장들이 지나갔다. 지금이라도 다른 매장을 관리하러 가는 게 낫지 않나. A시의 지점이 어려워졌다고 하면 상무는 난리를 부릴 테고 큰 거 한 장에 대해 생각하자 주머니 속의 돈을 내놓는 것처럼 아까워졌다. 그런데도 우와 A시의 지점을 붙들고 늘어지는 게 맞는지 그러면 성과가 있을지 자신이 없어졌다.

궁금한 거 있으면 전화해도 되죠?

그럼요.

안은 이마의 땀을 문질러 닦았다.

아버지 유언이라 매장은 꼭 할 거예요.

우가 뜯어낸 스펀지 부스러기들을 바닥에 버렸다. 그 한마디에 안은 흩어진 마음을 그러모았다. 카페에서 나와 헤어질 때 우가 악수를 청해 뜨거운 손을 맞잡았다.
계약과 오픈, 영업 지원이 끝날 때까지 이 손을 몇 번 더
잡아야 하나 생각했다. 그때부터 A시를 떠올리면 땀이
나고 코끝에 이상한 냄새가 맴돌았다. 그 매장은 네 손에
달렸다고 말하는 상무의 목소리가 어깨를 꽉 쥐었다 놓
았다.

고속도로에 들어서자 창밖을 내다보던 애인이 휴대
폰을 꺼내 화면을 빠르게 넘겼다. 하우스 맥주 만들기,
꽃꽂이, 비즈 공예, 다양한 취미 생활을 즐기던 그녀는
결혼을 결정한 뒤 가상의 신혼집 인테리어에만 충실했
다. 북유럽풍 스타일을 선호했고 하나의 공간을 꾸밀 때
마다 눈을 반짝거리며 설명했다. 가상의 인테리어는 돈
이 들지 않았고 여러 스타일로 시도해 볼 수 있다는 장
점이 있었다. 언제부턴가 둘 사이에서는 결혼과 관련 있
거나 결혼을 위한 것만이 합법적인 욕망으로 인정받았다.
이번에는 침실을 꾸미는지 화면 위로 다양한 침대들
이 지나갔다.
나는 큰 침대가 좋더라.

자기야. 침대가 종류가 굉장히 많아. 매트리스도 다양하고.

서랍형, 벙커형, 원목 침대, 라텍스, 애인은 화면을 넘길 때마다 침대의 종류와 특징, 가격대를 알려 주었다. 그녀가 종알거리는 동안 뭔가 썩어 가는 듯한 냄새가 주변을 떠다녔다. 애인이 가구와 인테리어 소품을 고르면 안은 자연스럽게 그것들이 놓일 집의 가격에 대해 생각했다. 훌쩍 오른 집값을 헤아리면 막막하지만 부딪쳐 보기도 전에 포기하고 싶지는 않았다.

내년에는 결혼할 수 있을까.

침대를 고르던 애인이 한숨을 폭 내쉬었다. 안은 불가능하다고 말하지 않고 계속 가 보자고 했다. 애인은 결혼을 시기로 인식했고 안은 목표 지점으로 바라봤다.

가다 보면 길이 보이겠지.

상무가 말한 거, 큰 거 한 장이면 1000만 원이겠지?

그렇겠지. 그 이상은 생각해 보지 않았고 바라지도 않았다. 1000만 원은 안이 일 년 가까이 적금을 부어야 모을 수 있는 금액이었다. 애인이 말하는 동안 안은 고개를 살짝 돌리거나 손으로 코를 만졌다. 이상하게 불쾌

한 냄새가 점점 더 진해졌다. 안은 차창을 살짝 내렸다. 1000만 원이 매장을 하나 오픈하고 받기에는 큰돈 같았는데 시간이 지날수록 자꾸 시시하게 느껴졌다.

안은 슈퍼바이저 일이 적성에 맞았다. 출근해서 전날 방문한 매장에 대한 보고서를 작성하고 회의에 참석하고 점심을 먹은 뒤 다시 외근을 하는 것이 주된 업무였다. 사람을 상대하는 일이 쉽지 않지만 매장을 돌아다니며 일하는 게 하루 종일 책상에 앉아 있는 것보다 나았다. 매장 방문은 장사가 잘되는 곳과 매출이 저조한 곳, 폐점이 예상되거나 확실시되는 곳을 적당한 비율로 섞었다. 시간 안배와 방문 순서를 잘 정하는 것이 중요했다. 매출 순위가 높은 매장의 점주들은 의자에 앉을 새도 없이 바쁘기 때문에 오픈 즈음에 찾아가고 매출이 저조한 매장에는 가장 바쁜 시간에 방문했다. 손님이 없으면 점주들은 안을 붙잡아 두려고 술과 치킨을 내왔다. 그들은 안에게 길 건너편에 개업한 경쟁 업체와 가불을 받아 간 뒤 나타나지 않는 아르바이트생과 나아지지 않는 불경기에 대한 불만을 늘어놓았다. 말을 쏟아 내고 나면 점주들은 주방에 들어가 다시 닭을 튀겼다.

　가장 껄끄러운 건 폐점이 확실시되는 지점에 방문하는 일이었다. 영업 실적 때문에 지푸라기라도 잡는 심정으로 가 보지만 매장 문 앞에 서면 망설일 수밖에 없었다. 가게가 한창 붐빌 시간에도 배달 오토바이는 출입문 앞에 비스듬히 서 있고 점주 역시 맥없이 카운터에 앉아 있었다. 매장의 불을 밝혀 두고 음악을 틀어 놓고 닭을 손질해 두고 기름을 예열해 둔 채로 손님을 기다리지만 매장은 세상에서 지워진 채로 버젓이 거기 존재한다. 모르는 사람처럼 가게 앞을 지나치거나 방문을 미루고 싶어도 실적이 안의 등을 떠밀었다. 완전히 문을 닫을 때까지 관리하는 게 그의 일이기도 했다. 폐점을 결정한 점주들은 안이 들어오는 걸 보고도 표정 변화가 없었다. 매출이 떨어지고 적자가 누적되는 동안 소리를 지르고 멱살도 잡고 하소연을 하던 점주들은 폐점이 확정된 뒤로는 건전지가 다 닳은 것처럼 무기력해졌다.

　우는 지금까지 만나 왔던 점주나 계약을 앞둔 예비 점주들과 달랐다. 안의 전화는 받지 않으면서 자기가 필요할 때만 연락했다. A시에서 미팅을 한 다음 날부터 하루에 두 번씩 전화했다. 오후 한두 시에 담배를 피우며 한 번, 새벽 두세 시쯤에 또 한 번. 안은 담당 매장으로 이동하는 중에 정신없이 한 번, 자다 깨서 비몽사몽 중에 또 한 번 전화를 받았다. 그는 새벽에는 내가요 하면서 축축한 목소리로 넋두리를 늘어놓았고 낮에는 담배 연기를 내뿜으며 우리 아버지 진짜 너무하지 않아요 하며 불평을 쏟아 냈다.

우의 아버지는 사람은 일을 해야 한다는 신념을 갖고 살았다. 중재자 역할을 하던 어머니가 죽은 뒤로 우와 아버지는 자주 부딪쳤다. 그러다 1년 전부터는 일상적인 대화만 몇 마디 나눌 정도로 서먹해졌다. 아버지는 의욕 없이 지내는 우를 못마땅해했고 놀고먹는 인간에게는 한 푼도 줄 수 없다며 치킨 매장이라도 하라고 등을 떠밀었다. 매장 계약을 앞두고 아버지는 욕실에서 목을 맸다. 아내가 죽은 뒤 사는 게 외롭고 무서웠다고 유서에 썼다. 여자 친구와는 아버지 장례를 치른 뒤 헤어졌다. 그녀는 두 손을 모은 채 애원했다. 그만 만나자고, 6개월 동안 너무 힘들었다고. 우는 그런 여자 친구가 너무한다고 생각했다.

우의 얘기는 매번 아버지를 지나 여자 친구에 머물렀다가 죽고 싶다에 도착했다. 어떤 얘기로 시작해도 패턴과 마무리가 똑같았다. 안이 틈을 비집고 들어가 매장이나 계약 얘기를 꺼내도 꿋꿋하게 자신의 길만 갔다. 우의 세계에는 그 두 사람만 존재했다. 자기를 두고 죽은 아버지, 슬픔에 젖어 있는 자기를 떠난 여자 친구. 그 외의 인물들은 엑스트라로도 등장하지 않았다. 제일 가까운 사람들에게 버림받았으니 자기도 죽는 게 낫다. 그 삼각 지대 안을 끝없이 맴돌았다. 우가 죽고 싶다에 도착하면 안은 그를 삶 쪽으로 끌어내려 애썼다. 아직 젊고 무엇이든 다시 시작할 수 있다. 그 나이에 그 정도의 재력과 가능성을 가진 사람은 드물다고 추켜세웠다. 그건 안의 진심이기도 했다. 우는 안이 도달하려 애쓰지만 닿을 수 없는 곳에 이미 자리잡고 있었다.

　우와 통화하고 나면 하루 종일 닭을 튀겨 낸 통 속의 기름이 된 것 같았다. 부옇고 끈적거리고 바닥에 찌꺼기가 잔뜩 가라앉았다. 더럽고 답답하고 지친 상태로 인형 뽑기 기계 앞에 서서 갈고리를 움직였다. 우가 자살해 버릴까 봐 걱정이 됐다. 우는 죽으면 안 되는 사람이었다.

살아서 계약서에 도장을 찍고 매장을 열어야 했다.

휴게소에 들를까 물었더니 애인이 일 끝내고 맛있는 저녁을 먹자고 했다. 안은 출출한 것 같기도 하고 입이 심심한 듯도 했지만 휴게소를 지나쳤다. 애인이 돌침대 사진을 보며 이건 바닥이 딱딱해서 섹스하기 힘들 것 같아 하며 웃었다. 그녀의 입에서 웃음소리가 아니라 뭔가 썩어 가는 냄새가 흘러나왔다. 안은 따라서 소리 내어 웃으며 에어컨에 껴 놓은 차량용 방향제의 세기를 조절했다. 차 안에 포도 향이 진하게 번졌다.

지난주에는 애인과 딱 한 번 만났다. 안은 매장에서 곧장 퇴근해 단골 모텔로 갔다. 반년 전부터 두 사람은 모텔에 가서 술 마시고 섹스까지 해결했다. 애인은 퇴근이 늦어질 것 같다고 했다. 안은 불도 켜지 않은 상태에서 침대에 가만히 누워 있었다. 희석된 락스 냄새와 포도 향 방향제가 뒤섞인 공기 속에서 묘한 편안함을 느꼈다.

모텔 지겨워. 돈도 아깝고. 빨리 결혼하고 싶다.

애인이 말할 때마다 안은 나도라고 답했다. 모텔에서 그들이 느끼는 감정은 이중적이었다. 카운터에서 받은 열쇠로 문을 열고 들어서면 침대에 벌렁 드러눕고 맨몸으로 끌어안고 섹스하면서도 시트나 베개 커버에서 풍기는 비릿한 락스 냄새는 불쾌했다. 최소한의 기능만을 위해 아름다움이나 안락함을 고려하지 않고 배치한 가구와 벽지, 조명의 부조화와 조악함도 깔보았다. 모텔에서 그들은 우월감을 맛보는 동시에 초조해졌다. 앞으로 그들이 꾸밀 침실은 이런 곳과 달라야 하고 여기보다 훨씬 더 나아야 한다는 강박이 깔려 있었다.

애인은 8시가 넘어 모텔에 도착했다. 치킨과 맥주가 든 비닐 봉투와 가방을 내려놓은 뒤 침대에 털썩 앉았다. 너무 힘들다. 애인은 앉았던 자세 그대로 침대에 누웠다. 이제 좀 살 것 같네. 그 말을 끝으로 둘 다 말없이 누워 있었다. 서로를 위해 기름을 예열하는 시간 같기도 하고 하루 종일 치킨을 튀겨 낸 기름을 식히는 시간 같기도 했다. 안은 애인의 손가락을 만지작거리며 텔레비전과 화장대, 의자와 탁자, 그 옆의 욕실, 최소한의 가구로 이루어진 공간을 바라보았다. 북유럽풍과는 거리가 멀고 애인이 고른 가구도 없는데 왜 여기가 집 같을까. 둘이 누워 쉬고 뒹굴며 섹스하기에는 이 정도도 괜찮지 않나 생각했다. 현실적으로 이 정도 크기의 침실을 얻는 것도 쉽지 않다는 걸 알았다. 서로의 몸을 만질 힘도 욕망도 없어서 에어컨을 빵빵하게 틀어 놓은 채 가만히 누워 있었다. 시간이 지나자 공중에서 포도 향이 분사되었다.

A시의 톨게이트를 지나면서 삼십 분 뒤에 만나자고 우에게 메시지를 남겼다. 3주 만에 온 카페는 변한 게 하나도 없었다. 우가 스펀지를 뜯어낸 소파도 그대로였다. 애인이 창가에 자리 잡는 걸 보고 안은 우와 만났던 자리에 앉아서 기다렸다. 삼십 분이 흐르자 애인이 어떻게 된 거냐고 물었다. 원래 잘 늦어. 처음에도 한 시간 가까이 기다렸기 때문에 어느 정도 각오하고 있었다. 안은 도착해서 기다리고 있다는 내용의 메시지를 전송했다. 우의 전화가 걸려 온 건 삼십 분이 더 흐른 뒤였다.

담배가 딱 한 대 남아서 그걸 피우고 가려고 불을 붙였거든요.

우의 목소리는 거칠고 톤이 높아졌다.

근데 거꾸로 문 거예요. 뭔지 아시죠? 이건 복구가 안된다는 거야.

발을 구르는지 머리를 때리는지 뭔가 둔탁하게 부딪치는 소리가 났다. 안은 손끝이 뜨거워지면서 땀구멍이 열리기 시작했지만 별일 아니라는 식으로 대꾸했다.

계약 기념으로 한 보루 사 드릴 테니까 빨리 와요.

돈이 문제가 아니라. 우가 소리를 버럭 질렀다.

기분 잡쳤다고요. 기분이. 담배를 왜 거꾸로 무냐고. 왜. 왜.

목소리의 볼륨은 줄었으나 우는 여전히 씩씩거렸다.

지금 바다로 가고 있어요. 가만히 있으면 미쳐 버릴 것 같아서요.

바다요? 안의 말을 들은 애인의 눈이 커졌다. 어이없다는 표정으로 고개를 여러 번 저었다. 안은 우의 말 한마디가 일정과 계약과 자신의 머릿속까지 휘젓는 걸 느꼈다. 서울로 돌아가 버릴까 잠시 고민하다 애인을 데리고 카페에서 나왔다.

지금 어느 쪽 바다로 가고 있어요?

가까운 데요. ……나중에 연락드릴게요.

안은 서울로 돌아가서 반복되는 전화와 불면에 시달릴 자신이 없었다. 오늘 꼭 마무리해야 한다는 절박함이 그를 떠밀었다.

계약서도 갖고 왔고 도장만 찍으면 되니까 제가 그쪽
으로 갈게요.

우는 안이 가겠다는 걸 말리지는 않았다. 자신의 기
분에 대해 계속 중얼거릴 뿐이었다. 안은 전화를 끊지 않
은 상태에서 차를 출발시켰다. 한 시간 거리에 있는 C
해변이 A시에서 가장 가까운 바다였다. 급커브를 돌자
뒷자리에 있던 인형들이 옆으로 쓰러졌다.

지난주에 애인과 모텔에서 맥주를 마신 뒤 잠들었
을 때 안은 어둠 속에서 집요하게 신호를 보내는 우의
전화에 깼다. 새벽 2시였고 휴대폰을 집어 던지고 싶은
걸 참으며 침대에서 일어났다. 안은 애인의 잠을 방해하
지 않으려고 화장실에 들어가서 양변기에 걸터앉았다.
그 새벽에 우는 지구와 별자리에 대해 얘기했다. 지구
도 움직이는 거 알죠? 내가 자주 방문하는 블로그가 있
는데……. 우의 목소리는 들떠 있었다. 사람들이 거기 운
영자를 예언자라고 부르거든요. 나한테는 등대 같은 곳
이죠. 뭐 말도 안 되는 소리를 한다는 댓글도 달려요. 안
은 숙취 때문에 눈도 제대로 끄지 못했다. 그 블로그에서

읽은 내용이라며 우는 두서없이 말했다. 지금 지구는 물고기자리에서 물병자리로 이동하는 지점에 있다고 했다. 아직 소극적으로 움직이지만 적극적으로 변동하면 대재앙이 닥칠 거라고 했다.

그러면 인류는 살아남기 힘들 거예요. 얼마 남지 않았어요.

안은 갈증과 숙취 속을 헤매는데 우의 목소리는 확신에 차 있었다. 별자리와 변동도 생소한데 지구 대재앙과 인류 종말이라니. 이해도 안 되고 진위 여부도 불투명한 얘기를 철석같이 믿는 우가 신기했다.

화끈하지 않아요? 다 같이 죽는다는 게.

안은 냉장고에 맥주가 남아 있나 헤아려 봤다. 모텔 근처에는 인형 뽑기 할 곳도 없는데 전화를 끊고 나면 어떻게 해야 하나. 안은 우의 말을 흘려보내려고 생각을 딴 데로 돌렸다. 오전 회의 때 신규 매장 이벤트에 대해 발표해야 하는데 큰 가닥만 겨우 잡았다. 늦어도 2050년이면, 안이 딴생각하는 걸 읽기라도 한 듯 우가 말을 멈췄다.

듣고 있으니까 얘기해요.

안의 반응을 확인한 우는 얘기를 이어 갔다.

다 끝난다는 거예요, 우리 전부 다.

안은 의문을 품거나 반발하지 않은 채 그렇군요 하고 말았다. 우는 인류 종말에 대한 믿음과 기대 덕분에 살아 갈 힘이 생겼다고 했다.

전화를 끊고 나서 안은 냉장고 안의 생수를 꺼내 마셨다. 종말을 믿는다니 당분간 자살 얘기는 안 하겠지. 희망을 품어 보려 애썼다. 2050년에 인류가 사라진다고 해도 안에게는 그때까지 애인과 살 집과 그 안에 배치할 가구를 함께 마련해야 한다는 의무가 남았다. 우는 홀가분해하면서 전화를 끊었는데 안은 머리가 묵직해져 잠을 이루지 못했다.

C 해변을 향해 달려가며 안은 투덜거리는 애인을 달랬다. 여기까지 온 김에 바다 보고 가는 것도 괜찮잖아. 회도 먹고 오자. 큰 거 한 장의 행방에 따라 갈고리를 움직여야 한다는 얘기는 하지 않았다. 애인은 말없이 창밖을 내다봤고 안은 파란 하늘과 탁 트인 바다, 피서객들이 오가는 모래사장의 풍경 위에 계약서와 도장 찍는 그림

을 오버랩시켰다.

우를 놓칠까 봐 해변으로 가는 내내 액셀을 밟았지만 어떻게 찾아야 할지는 막막했다. 조용하던 애인은 고속도로 너머로 바다가 보이자 감탄사를 내뱉었다. 안은 해변 앞 공영 주차장에 차를 세워 놓고 밖으로 나와 우에게 여러 개의 메시지를 보냈다. 짠내와 습기를 머금은 바닷바람이 밀려왔다. 애인은 파도에 발이라도 담그겠다며 슬리퍼를 벗고 바다 쪽으로 걸어갔다. 안은 애인의 뒷모습과 그 너머에서 밀려오고 부서지는 파도를 보며 초조하게 전화를 기다렸다. 해변 전체를 통틀어 와이셔츠에 넥타이를 맨 사람은 안뿐이었다. 눈앞에서 수영복을 입은 사람들이 걸어 다녀도 일하는 기분은 사라지지 않았다. 우가 이 해변의 어디에 있는가만 유심히 살펴보았다.

삼십 분쯤 지나 전화를 건 우는 C 해변에서 기다리고 있다는 말에 놀랐다.

진짜 올 줄 몰랐는데…… 지금 서울로 가고 있어요. 바다에서 노는 사람들 보니까 속이 뒤집혀서 여자 친구를 좀 만나야겠어요.

서울로 간다는 말에 안의 머리가 터질 것 같은데, 우

는 A시가 아니라 여자 친구의 회사 근처에 치킨 매장을
내고 싶다고 했다. 안은 일단 차를 출발시켰다. 그냥 가?
회 먹고 가자며. 애인이 고개를 돌려 휴가의 풍경을 바
라봤다. 백미러와 사이드미러를 통해서도 바다와 모래사
장, 놀러 온 사람들이 멀어지는 게 보였다. 안은 이를 악
물고 액셀을 밟았다.

　내가요, 한다면 하는 사람이거든요.

　우는 크고 멋진 매장을 열어서 맛집으로 소문나면 여
자 친구도 마음이 달라질 거라며 흥분했다. 그동안의 통
화 내용을 짚어 보면 헤어진 여자 친구는 강남의 한 피
부과에서 일했고 그 지역에는 이미 지점이 개설된 상태
였다. 회사와 안에게는 A시의 지점이 필요하고 지금으
로서는 우가 적임자였다. 안은 거기 내면 안 된다고 하지
않고 A시에 내면 좋은 점에 대해 말했다. 새로운 매장에
서 더 좋은 여자 친구를 만날 수도 있잖아요. 충분히 능
력 있는 사람이 왜 그래요? 안은 일단 그쪽으로 가겠다
고, 같이 저녁이라도 먹으면서 얘기해 보자고 설득했다.

　힘든 상황이지만 안은 잘 대처하고 있다고 생각했다.
옆에서 통화 내용을 들은 애인은 어디로 갈 거냐고 묻지

않았다. 체념한 듯 북유럽풍 침실 벽에 걸 액자를 열심히 골랐다. 초록빛의 몬스테라와 유칼립투스와 코코넛 잎이 지나갔다. 선명하고 생명력 넘치는 초록색 잎사귀 그림을 침실 벽에 걸 때쯤이면 우의 전화가 그들의 일상을 침범하지 못할 것이다. 안은 애인의 뒷머리를 쓰다듬었다.

조금만 기다려.

애인은 팔뚝과 허벅지를 긁적거렸다. 차 안에 모기가 있나 봐. 속이 비어서 그런지 애인에게서 나는 냄새가 심해졌다. 안은 차창을 약간 내렸다. 차 안으로 후덥지근한 바람이 들어왔다. 하아, 애인이 한숨을 쉬며 목과 어깨를 맹렬하게 긁었다.

휴게소에서 냄비우동과 김밥을 앞에 놓고 안과 애인은 마주 앉았다. 생각지 못한 장소에서 예상과 다른 음식을 먹으며 두 사람은 고단하고 지친 표정을 교환했다. 안을 쳐다보는 애인의 눈길에 측은함이 배어 있었다. 자신의 얼굴도 저렇겠구나 짐작했다. 김밥은 속이 부실하고 냄비우동은 면이 쫀득하지 않고 밀가루 맛이 났다. 별로다라고 말하면서도 둘은 남김없이 먹었다.

휴게소에서 나온 뒤로는 애인이 운전했다. 안은 옆에 앉아 잠깐 눈을 붙였다. 눈을 감았지만 잠이 오지 않았다. 서울로 들어가는 길은 좀 막혔다. 여름의 긴 해만이 하루가 길 위에서 완전히 사라지지 않았다는 위로가 되었다. 명도가 낮아지는 하늘과 고속도로 주변의 풍경을 보며 안은 애인의 냄새가 왜 달라졌을까 생각했다. 안은 포옹할 때 그녀의 목덜미나 머리카락에서 나는 냄새를 좋아했다. 애인을 떠올리면 체취와 향수가 섞인 달큰한 냄새가 그를 감쌌다. 그런데 무엇이 이 공기를 바꾼 것일까. 안은 잠 속으로 천천히 미끄러지면서 애인의 얼굴을 바라보았다. 미간을 구긴 옆모습 위로 붉게 지는 노을이 어룽거렸다.

안은 옅은 잠에 빠졌다가 주머니에서 울리는 휴대폰의 진동에 놀라서 깼다. 전화기 너머에서 우가 한숨을 푹 내쉬었다.

여자 친구는 만났어요? 지금 서울로 가고 있는데.

못 만났어요. 저를 보더니 정신없이 도망가더라고요.

지금 어디에요?

나는 죽는 게 나아요. 아버지가 왜 자살했는지 알겠

어요.

안은 손으로 머리칼을 쥐어뜯었다. 그사이 창밖은 어두워졌고 헤드라이트를 켠 차들이 목적지를 향해 달려갔다. 멀리 떠나온 것 같은데 제자리를 맴도는 느낌이었다. 안은 다 그만두고 싶은 걸 참으며 우의 쓸모에 대해 천천히 얘기하기 시작했다. 그에게 얼마나 가능성이 많은지. 여러 번 반복됐던 상황이라 애쓰지 않아도 술술 흘러나왔다. 안과 애인은 목적지에 도착하기 위해 우와 A시의 매장을 지나가야 했다. 그곳이 지름길이라는 걸 아는데 돌아갈 수는 없었다. 그러므로 우는 살아야 했고 그가 살기를 바라는 마음은 진심이었다.

지금 어디 있어요?

아버지가 왜 그랬는지 이해가 돼요. 아버지한테 가봐야겠어요.

우는 울먹이는 걸 참으려는 듯 어절마다 힘주어 말했다. 안은 휴대폰을 집어 던지고 싶은 마음을 억누르며 그래서요, 가서 뭐 할 건데요 하고 물었다. 겹겹이 내려앉은 피로와 짜증이 모기에 물린 자국처럼 부풀어 올랐다. 잠시 침묵이 흐르더니 전화가 끊어졌다.

톨게이트를 빠져나가 차를 돌리기까지 시간이 오래 걸렸다. 안과 애인은 편의점에서 커피를 산 다음 다시 차에 탔다. 핸들을 잡은 안은 커피를 마시며 어두운 고속도로를 달렸다. 옆자리에 앉은 애인이 창문을 열었다.

왜 자꾸 창문을 열어. 에어컨 틀어 놨는데.

안은 애인을 쳐다보지 않고 얘기했다.

자기 몸에서 기름 냄새가 너무 많이 나. 오래된 기름 있잖아.

그 말을 하는 순간에도 그녀에게서는 뭔가 썩어 가는 냄새가 났다. 안은 핸들을 꽉 쥐고 액셀을 밟았다. 우리는 언제부터 이렇게 냄새를 풍기게 되었나. 둘 다 쓸데없이 후각만 좋아졌구나. 두 사람은 서로를 불쾌하게 만드는 냄새에 대해서도, 숨어 있다가 발목과 팔뚝을 무는 모기나 다른 어떤 것에 대해서도 얘기하지 않았다.

창밖은 어둡고 소리가 사라진 차 안은 고요했다.

어디로 가는 거야?

애인의 목소리가 먼 데서 건너오는 것 같았다.

A시. 집 근처에 묻었다고 했으니까 거기 어디겠지.

거기 가면 만날 수 있는 건가. 어둠 속에서 애인이 중

얼거렸다. 그건 안도 알 수 없었다. 그저 그곳으로 갈 뿐
이었다.

너는 거기 있고

그냥 있고

그는 소파에 앉아 비어 있는 앞자리와 에스프레소 잔을 바라보았다. 좀 전까지 대표가 앉아 있던 인조가죽 소파는 등 모양대로 주름졌고 빈 에스프레소 잔에는 커피 자국이 진하게 남았다. 그의 앞에 놓인 아메리카노는 얼음만 약간 녹았을 뿐 주문한 상태 그대로였다. 그는 일회용 컵의 뚜껑을 열고 빨대를 뺀 다음 벌컥벌컥 마셨다. 시원한 기운이 온몸으로 퍼져 나가는 게 맥주를 들이켜는 기분과 비슷했다. 당장 편의점에 가서 냉장고 문을 열고 싶은 충동이 들었다. 파라솔 아래 앉아 한 캔 정도 마

시는 건 괜찮지 않을까. 머릿속으로 맥주와 안주를 고르
다 마음을 바꾸었다. 아내의 병실을 지키는 사람이 술 냄
새를 풍기고 다니면 사람들은 엉뚱한 생각을 할 것이다.

척추 전문 병원의 3인실에는 정신은 또렷하지만 거
동이 불편한 세 사람의 환자와 보호자들이 눕거나 앉아
있었다. 입원 일수가 길어질수록 사람들은 텔레비전 드
라마보다 옆 침대의 방문객과 그들이 들고 온 쇼핑백, 환
자와 보호자가 목소리를 낮추며 나누는 대화에 더 많은
관심을 기울였다. 병원은 지루한 곳이라 사람들의 상상
력은 풍부해졌고 말은 쉽게 퍼져 나갔다. 그러니 당분간
맥주 생각은 접어 두는 편이 낫다.

병원에서 지낸 3일 동안 그는 간병인 역할에 충실하
려 애썼다. 처형이 와서 말동무를 하다 돌아가는 시간 외
에는 아내 곁에 머물렀고 아내가 낮잠을 자거나 드라마
에 빠지면 조용히 병실 문을 열고 나왔다. 병원 근처에는
자판기 커피를 마시며 담배 피울 만한 곳이 마땅치 않았
다. 밖에 나오면 그는 실외 정원을 한 바퀴 돈 뒤 주차장
안쪽의 나무 그늘 아래 쭈그려 앉았다.

본격적인 더위가 시작되지도 않았는데 6월의 공기는

뜨거웠다. 주차장에 갈 때마다 꼬리가 뭉툭하게 잘린 삼색 고양이와 눈이 마주쳤다. 고양이는 유연하게 담을 오르내렸고 주변을 어슬렁거리다가 차 밑으로 들어갔다.

대로변에 위치한 2층의 카페는 어제 오후에 발견했다. 신문사 대표가 병문안을 오겠다고 해서 한 정거장 넘게 떨어진 곳까지 걸어갔다가 찾아냈다. 대표는 입맛이 까다로워 아무 커피나 마시지 않았다. 대표가 참석하는 편집 회의가 잡히면 막내 기자는 사거리까지 나가서 커피를 사 왔다.

아내가 입원하기 전날 대표는 그를 회의실로 따로 불러 특집 기사를 만들어 보라고 지시했다. 비서가 폭로한 녹음 파일 때문에 매출에 타격을 입은 제약 회사를 거론하며 예전의 건강하고 친근한 이미지를 되찾을 방법이 없겠느냐고 물었다.

"가만있을 수는 없잖아. 거기가 살아야 우리도 편한데."

그는 이럴 때 섣불리 나서면 역효과가 난다고 말하는 대신 생각해 보겠다고 대답한 뒤 회의실을 나왔다. 다음 날 아내가 마트에 다녀오다 길에서 주저앉았다. 응급

실에 실려 갔고 바로 수술 일정이 잡혔다. 그는 대표에게
보고한 뒤 휴가를 신청했다.

아내가 수술하고 3일 동안 그는 병원으로 출퇴근했
다. 사무실의 누구와도 연락을 주고받지 않았고 단톡방
에 올라오는 메시지도 확인하지 않았다. 아내가 먹은 점
심 식기를 내놓고 병실로 돌아오는데 대표의 번호가 휴
대폰 화면에 떴다. 그는 복도에 선 채로 진동이 언제까지
울리는지 지켜보았다. 진동이 멈추었다가 다시 울리기
시작했을 때 통화 버튼을 눌렀다. 대표는 별다른 얘기 없
이 내일 점심때쯤 병원에 들르겠다고 했다.

병원 로비에 도착한 대표의 셔츠에서는 숯불 냄새가
났다. 아내는 물리치료를 받으러 갔고 대표도 뒤의 일정
이 있어서 두 사람은 곧장 카페로 이동했다. 대표는 뜨거
운 에스프레소를 한 모금 마신 뒤 더운데 수술해서 고생
이 많다며 봉투를 건넸다. 그는 반으로 접은 흰 봉투가
탁자 위에서 천천히 벌어지는 것을 보았다.

"생각 좀 해 봤어?"

대표는 이럴 때 힘을 실어 주는 게 진짜라고, 국민 제
약 회사 한번 살려 보자고 했다. 그는 뭐라고 대답해야

할지 몰라 시선을 창밖으로 옮겼다. 건너편 반도체 회사 앞에 피켓을 든 사람이 서 있었다. 돈보다 사람이 먼저다. 노란색 바탕에 검은 고딕체로 쓴 문구는 익숙했고 그 아래 글씨는 작아서 읽기 힘들었다. 비서에게 소리를 지르고 욕을 하던 제약 회사 회장의 목소리가 떠올랐다. 후배가 보내 준 음성 파일은 십 분짜리였지만 몇 마디만 들어 봐도 비서를 얼마나 함부로 대하고 하찮게 여기는지 알 수 있었다. 그는 파일을 끝까지 듣지 못하고 정지시켰다. 소화하기 어려운 단어들이 들어오자 위산이 과하게 분비되었다. 그는 서랍 안에 넣어 둔 위장약을 꺼내 목 안으로 넘겼다.

"그 회사가 약은 좋잖아. 약에 대해 쓰는 건데 뭐가 어려워."

대표는 최대 광고주를 잃을 수 없다는 얘기를 그렇게 했고 그는 내키지 않는다는 얘기를 좀 더 생각해 보겠다는 말로 대신했다. 대표의 미간에 잡힌 주름은 뜨거운 열로 눌러 놓은 것처럼 견고했고 자리에서 일어날 때까지 풀어지지 않았다. 그는 지금껏 대표나 편집장의 지시와 제안에 보류로 답해 본 적이 없었다. 납득하기 어려운 인터뷰나 기사도 그럭저럭 써냈고 기자의 윤리나 사회적 시선에 대해 깊이 고민하지도 않았다. 진실보다 기록에 매달렸고 신문의 발행에 더 큰 의미를 두었다. 그게 오십이 다 된 나이까지 자리를 지키는 비결이자 그의 인생이 겨우 여기에 머물게 된 이유였다.

대표가 간 뒤에도 숯불 냄새는 테이블 근처를 맴돌았다. 그는 빈 컵을 반납한 뒤 아이스아메리카노를 한 잔 더 주문했다. 에어컨의 냉기와 차가운 커피 덕분에 몸은 식었는데 머리가 묵직했다. 그는 커피를 들고 1층 테라스로 나갔다. 출입문 옆에 마련해 놓은 테라스의 테이블은 비어 있고 테이블의 차양 밖으로 한낮의 열기가 느껴졌다. 그는 뜨겁고 건조한 플라스틱 의자에 앉아 담배를 피우며 대표의 목소리를 재떨이에 털어 냈다.

몇 년 동안 아프다 괜찮아지기를 반복한 아내의 허리 디스크는 이른 더위를 견디지 못하고 터졌다. 병원에서는 차근히 진행된 거라고 하는데 밖에서 보기에는 갑자기 터진 것 같았다. 아내의 디스크 수술은 급브레이크를 밟은 것처럼 가족의 일상을 멈춰 세웠다. 예약을 마친 가족 여행이 취소되었고 아들의 생일을 기념하는 저녁 식사도 미루었다. 그는 급한 마감을 후배들에게 넘겼다. 아내는 여름휴가가 수술로 사라지는 걸 아쉬워했고 아들의 생일을 못 챙기는 걸 미안해했다. 그동안 너무 운동을 안 하고 살았다며 자책했다. 그는 아프면 병원 가서 치료받지 그랬어라고 말해 놓고도 아내가 수술실에 들어가는 순간까지 믿기지 않았다. 아내가 아플 줄은 몰랐다. 어딘가 고장 나고 수술을 해야 한다면 자신일 거라고 생각했다. 그는 커피와 담배를 입에 달고 살았고 자주 편두통에 시달렸다. 왼쪽 가슴이 심하게 조였다가 서서히 풀리는 일도 잦았다. 그런데도 병원에 가지 않고 약으로 버텼다. 사무실 책상의 오른쪽 서랍에는 두통약과 짜 먹는 위장약이 잔뜩 들어 있었다. 그는 멈춰서 자신과 현재를 들여다보는 것이 두려웠다.

아내의 수술은 성공적으로 끝났고 이틀이 지나자 인상을 쓰면서도 일어나 앉을 수 있게 되었다. 의사가 3일째부터 조금씩 걷는 연습을 해도 좋다고 했다. 병실에 돌아가면 그는 아내를 부축해 같이 복도를 걸을 계획이었다.

길 건너편에 서 있는 빌딩들은 키와 몸집이 컸지만

그늘 한 점 만들지 못했다. 거리의 사람들은 어딘가 조금씩 녹아내린 채로 걸어 다녔다. 피켓을 든 사람은 여전히 그 자리에 가로수처럼 서 있었다. 모자를 쓰지 않아 햇빛 아래 얼굴이 그대로 드러났다. 돈보다 사람이 먼저다. 그는 그 흔한 문구가 어딘가에 가닿지 못하고 공허하게 흩어지는 목소리 같다고 생각했다.

호소하는 사람들은 도시 어디에나 있었고 그는 그런 것들을 눈으로 훑으며 지나다녔다. 평소에도 많은 활자에 둘러싸여 지냈고 그 문장들은 그의 안팎에서 권위를 잃어 갔다. 그는 미디어의 헤드라인을 장식하는 문구나 인쇄된 기사를 절반 정도만 믿었다. 어디에 초점을 맞추느냐에 따라 입장이 달라질 수 있다고 생각했다. 그가 중요하게 여기는 건 균형이었다. 이쪽의 입장과 저쪽의 상황 사이에서 기울어지지 않고 중심을 잡는 것, 그게 그가 기사를 쓰는 방식이었다.

피켓을 든 중년 여자가 서 있는 곳은 국내 굴지의 반도체 회사 건물 앞이었다. 사람들은 더위에 쫓기듯 오갔고 여자나 피켓의 내용에 관심이 없었다. 돈보다 사람이 먼저다는 무르고 흔해서 시선을 끌지 못했다. 여자의 발밑으로 오후의 태양이 만든 그림자가 진하고 짤막하게 생겼다. 그는 입 안으로 밀려 들어온 얼음을 씹으며 여자와 피켓을 쳐다보았다. 여자가 지나가는 아이를 보며 웃을 때 오른쪽 뺨에 보조개가 깊게 들어갔다. 그는 의자에서 몸을 살짝 일으켰다.

네 얼굴을 처음 본 건 국어 시간의 작문 숙제 때문이었다. 국어 선생님은 노트를 돌려주며 두 사람의 글에 대해 칭찬했고 앞에 나와 읽어 보라고 했다. 잘 쓴 글의 주인공은 반에서 1등을 도맡아 하는 반장과 너였다. 썼다 지웠다, 샤프 끝을 물어뜯으며 밤늦게까지 작문 숙제를 해도 그의 글은 한 번도 뽑히지 않았다. 그가 쓴 문장은 생각과 감정을 제대로 담아내지 못한 채 지우개 가루가 되어 노트 밖으로 밀려 나갔다.

반장이 무미건조한 목소리로 작문을 읽는 동안 애들은 슬금슬금 떠들며 장난치기 시작했다. 그는 안 듣는 척하면서 내용에 귀 기울였다. 그 글에 어떤 비밀이 숨어 있어서 뽑혔는지 알아내야 했다. 반장의 글은 포장이 잘된 길처럼 매끄러웠지만 오르내림이 없어 지루했다. 낭독이 끝나자 몇몇이 건성으로 박수를 쳤다. 노트를 든 네가 앞으로 나갈 때 분위기는 더 산만해졌다. 대부분의 아이들은 작문 숙제나 잘 쓴 글에 관심이 없었고 너는 이목을 끌거나 호기심을 자극하는 존재도 아니었다.

1987년도 공립 중학교의 2학년 교실에는 쉰여덟 명의 학생들이 줄을 맞춰 앉아 있었고 사춘기를 통과하며 정신연령이 제법 높아진 아이들과 여전히 먹고 뛰노는 게 더 중요한 애들이 뒤섞여 있었다. 내면의 나이와 상관없이 눈에 띄는 외모의 소유자나 우등생, 예체능 분야에서 두각을 나타내는 애들만이 이름과 특징이 결합된 입체성을 확보했다. 그 외의 쉰 명 정도는 자주 입는 티셔츠나 배낭의 색깔, 안경테 같은 단편적인 것으로 구별되고 그런 식의 명칭으로 불렸다. 너는 짧은 단발머리에 파란색 머리띠를 하고 다녀서 애들이 청팀이라고 불렸고 그는 학기 초에 몇 번 워크맨을 갖고 갔다가 워크맨이 되었다.

네가 교탁 앞에 섰을 때 그는 파란색 머리띠가 아닌 너를 정면에서 처음 보았다. 창밖의 햇살이 교실을 둥그렇게 감싸 공중에 먼지 입자들이 떠다녔다. 노트를 들고

서 있는 너는 키가 컸고 햇빛 때문에 코 옆으로 비스듬하게 그늘이 졌다. 얼굴에 생긴 그림자가 너를 입체적으로 만들었다. 너는 심호흡을 했고 오른쪽 뺨에 보조개가 깊게 팼다. 교실 안을 떠돌던 햇빛이 네 오른쪽 뺨에 고였다. 네가 노트를 펴고 글을 읽기 시작했을 때 그의 귓속에서 라디오의 전원이 탁 켜졌다. 너의 목소리는 그가 즐겨 듣는 심야 라디오의 디제이와 비슷했고 글의 내용은 디제이가 읽어 주는 사연처럼 귓속으로 흘러들었다.

2분단 여섯 번째 줄에 앉은 그와 교탁에 서 있는 너 사이는 멀었다. 중간에 있는 아이들은 계속 뒤를 돌아보고 뭔가를 주고받고 속닥거리며 몸을 움직였다. 그때마다 너의 목소리가 묻히고 얼굴이 보이지 않았다. 그는 지지직거리는 음파의 방해 속에서 신중하게 주파수를 맞췄다.

너는 대학생이 된 오빠에 대해 썼고 문장 속에서 어른의 세계에 대한 기대와 동경이 드러났다. 주위가 어수선한데도 네 목소리는 그의 귓속에서 의미를 만들어 냈다. 어떻게 저런 생각을 하고 저런 문장으로 표현할 수 있을까. 그 작문 때문에 너는 청팀이 아니라 압도적인 존재감을 지닌 한 사람으로 바뀌었다. 아름다움이 존재에게서 나오는지 존재 위에 덧입혀지는지 알 수 없지만 그는 그것을 발견한 순간에 완전히 매료되었다.

낭독을 마친 너는 자리로 돌아갔고 그는 라디오로 좋아하는 노래를 들었을 때처럼 여운에 잠겼다. 박수 소리와 선생님께 인사하는 소리, 애들이 떠드는 소리가 갑자기 이어지는 라디오 광고처럼 볼륨을 높였다. 교과서를 서랍에 넣으면서도 그는 국어 시간에서 헤어 나오지 못한 채 예상하지 못한 대면의 순간에 대해 계속 생각했다. 선생님은 왜 평소처럼 자리에서 일어나 읽어 보라고 하지 않고 앞으로 나오라고 했을까. 그것이 우연과 필연 중 어디에 속한 건지 궁금해졌다.

점심시간은 평소와 같았다. 교실과 복도에는 반찬 냄새와 소음이 넘쳐 났고 운동장에서는 다다다닥 붙은 머리들이 공을 쫓아 뛰어다녔다. 그는 평소처럼 도시락을 먹었지만 평소와 달리 자꾸 딴생각에 빠졌다. 친구들이 축구를 하러 몰려 나갈 때 수학 숙제를 핑계로 자리를 지켰으나 한 문제도 풀지 못했다. 식곤증 같은 나른함이 머릿속을 떠다녔다.

5교시가 시작되는 종이 쳤을 때 교내 방송이 흘러나왔다. 스피커 속의 목소리는 단축 수업에 대해 이야기했고 담임선생님이 종례를 마칠 때까지 자리를 지키라고 경고했다. 방송을 듣던 아이들은 단축 수업이라는 말이 나오자 환호성을 질렀다. 각 교실에서 나온 소리가 복도와 층을 넘어 학교 전체에 넘실댔다.

가방을 챙기면서도 왜 단축 수업을 하는지에 대해 관심을 갖는 애들은 거의 없었다. 단축 수업이라는 횡재 앞에서 이유 같은 건 중요하지 않았다. 근처 대학에서 데모를 하기 때문에 최루가스 냄새가 나서 수업을 하기 어렵다고 담임을 통해 전해 들은 내용이 전부였다. 우리나라는 이래서 안 된다니까, 중고등학생 때 죽어라 공부하면 뭐 하나, 대학 가서 데모만 하고 있으니. 출석부를 들고 나가며 담임이 종례도 혼잣말도 아닌 소리를 중얼거렸다.

같이 몰려다니는 친구들은 누구네 집에 모여 비디오를 볼지, 주머니에 돈이 얼마나 있는지 묻고 답하느라 바빴다. 그는 중고 책방에 들러 문제집을 살 계획이었다. 운이 좋으면 앞부분만 조금 풀고 내놓은 문제집을 건질 수 있고 재수가 없으면 체크된 답을 일일이 지운 뒤에

봐야 했다. 이번에도 성적이 떨어지면 방학 때 용돈을 주지 않겠다고 아버지가 엄포를 놓았다. 책방은 대학가 쪽이고 후문에서 두 정거장 떨어져 있었다. 늦게라도 와라, 친구들은 손을 흔들며 정문 쪽으로 걸어갔다.

후문으로 나간 그는 국어 시간의 일을 떠올리느라 버스 정류장을 그냥 지나쳤다. 작문을 낭독할 때 네 뺨에 생기던 보조개를 생각하면 중력의 영향에서 자유로워진 것처럼 몸과 마음이 둥실 떠올랐다. 풀린 운동화 끈을 묶을 때만 잠깐 멈춰 섰고 내내 뛰듯이 걸었다. 가느다란 실에 달린 손톱만 한 돌멩이가 하늘로 날아가지 않게 붙잡아 주었다. 가끔 재채기가 날 것처럼 코끝이 간질거렸는데 공기 중에 실려 오는 최루탄 냄새 때문인지 흥분해서 그런 건지는 알 수 없었다. 노래를 흥얼거리며 걸으니 워크맨이 된 것 같았다.

중고 책방 앞에는 노끈에 묶인 책들이 쌓여 있었다. 책방 주인은 손수건으로 코와 입을 가린 채 책을 안으로 옮겼다. 그는 새로 들어오는 책들의 제목을 눈으로 대충 살펴본 뒤 안쪽의 참고서, 문제집 코너로 갔다. 손님은 두 명뿐이었고 볼륨을 줄여 놓은 것처럼 조용했다. 오래

된 책 냄새와 먼지들만 그 안을 천천히 떠다녔다. 노끈으로 묶인 책을 정리하며 주인이 이따금 재채기를 했다.

그는 발끝에 힘을 준 채 책장 사이를 왔다 갔다 했다. 중2 영어나 수학 문제집이 눈에 띄면 발행 연도를 확인한 뒤 넘겨 봤다. 문제 풀이가 어느 정도 되어 있는지 체크하려면 집중해서 봐야 하는데 책 안에서 너의 목소리와 국어 시간의 장면들이 자꾸 튀어나왔다. 그러면 그는 문제집이나 성적, 용돈 같은 건 아무래도 상관없다는 심정으로 멍하게 서 있었다.

배낭을 멘 남자가 그의 옆을 지나 계산대로 갔다. 계산을 하면서 주인과 남자는 두런두런 얘기를 주고받았다. 어느새 책방 안에서 책을 고르는 사람은 그 혼자가 되었다. 서점의 문이 열렸다 닫히며 배낭을 멘 남자가 나가고 파란색 머리띠를 한 네가 들어왔다. 햇빛 때문에 하얗게 빛나는 유리문을 보며 그는 이게 가능한 일인가 생각했다. 어떻게 여기에서 너와 마주칠 수 있지. 너는 그의 머릿속에서 걸어 나온 것 같았다. 평소 같으면 모르는 척하거나 빨리 계산을 마치고 나갔을 텐데 그는 가만히 서 있었다. 심장은 전력 질주를 하고 난 것처럼 빠르게

뛰었고 몸이 살짝 떠올랐다. 그는 심호흡을 하며 책등의
제목에 집중하려 애썼다. 빨리 문제집을 골라야 하는데
제목이 눈에 들어오지 않았다. 너는 오롯한 입체감을 지
닌 채 주변의 풍경을 지워 버렸다. 책방 주인에게 인사한
뒤 안을 둘러보던 네 오른쪽 뺨에 아까처럼 보조개가 생
겼다. 그를 발견한 너는 의아한 표정을 지으며 서 있다가
참고서 코너 쪽으로 걸어왔다. 그는 손에 들고 있던 문제
집을 도로 책장에 꽂았다.

"문제집 사러 왔구나."

너는 삐죽 튀어나와 있는 문제집을 바로 꽂았다.

"······너는?"

"그냥. 뭐 있나 보려고."

너는 중고 책방에 자주 들른다고 했다. 이틀에 한 번
책이 들어오거든. 너의 목소리는 낭독할 때보다 두어 음
정도 높았다. 그가 문제집을 고르는 동안 너는 시집과 에
세이 코너의 책을 둘러봤다. 책방 주인이 너의 이름을 부
르더니 얼른 집에 가라고 했다. 문제집을 봉투에 넣어 주
며 그에게도 빨리 집에 들어가라고 했다. 책방도 일찍 문
을 닫을 거라고 했다.

책방 주인의 목소리가 비장했지만 밖의 거리는 평소와 다르지 않았다. 버스는 배차 시간에 맞춰 정류장에 섰고 사람들은 장바구니를 들거나 서류 가방을 든 채 거리를 오고 갔다. 6월의 한낮은 화창하고 최루가스의 농도는 단축 수업을 할 정도로 심하지 않은 것 같았다. 그와 너는 길 건너편의 버스 정류장까지 같이 걸어가기로 했다. 너는 양손으로 배낭의 어깨끈을 꼭 잡았고 그는 무슨 얘기를 하고 싶은데 어떻게 시작해야 할지 몰라 느슨하게 풀려 가는 운동화 끈만 쳐다보았다.

재채기를 연거푸 한 뒤에 너는 대학생들이 왜 데모를 하는지 아느냐고 물었다. 그가 멀뚱히 쳐다보자 대학생이 죽었다고 했다. 우리 오빠도 아는 사람인데 억울하게 죽었어, 나라가 죽인 거야. 그 말을 하며 너는 주먹을 앞으로 뻗었다.

"난 대학생들이 데모를 하는 게 옳다고 생각해."

그의 주변에서 데모에 대해 그렇게 말하는 사람은 네가 처음이었다. 대학 가면 데모 같은 건 꿈도 꾸지 마라, 아버지는 뉴스나 신문을 볼 때마다 인상을 썼다. 데모를 왜 하는지, 무엇을 위해 외치고 몸을 부딪치며 나아가는

지 잘 모르지만 뉴스에 나오는 데모 장면을 보고 있으면 불편했다. 학교 안에서 경찰과 학생이 대치하고 화염병이 날아가고 사방에 불이 붙고 머리가 터진 사람들이 들 것에 실려 나갔다. 거리의 사람들은 손수건으로 코와 입을 가린 채 고통스러워했다. 그에게 데모는 위험하고 질서를 흐트러뜨리는 것처럼 보였다. 물론 그건 온전한 그의 생각은 아니었다. 아버지의 입에서 나오는 얘기고 명절 때 친척들이 둘러앉아 화투를 치며 주고받는 대화의 일부였다. 그는 자기 생각이 없었고 생각이 없다는 것조차 인식하지 못했다.

평일 오후의 거리는 나른함과 활기를 동시에 품고 있었다. 주먹을 쥔 너는 옳은 것과 잘못된 것에 대해 얘기했고 돌멩이처럼 단단해 보였다. 그 단호함으로 무언가를 깨부수고 싶은 것 같았다. 그는 자신이 아는 것이 없고 어리다는 생각 때문에 약간 울적해졌다.

아까 작문 시간에…… 하고 어렵게 말을 꺼낸 순간 큰길 쪽에서 사람들이 우르르 쏟아져 나왔다. 장대비가 쏟아지는 것처럼 발소리들이 다급하게 몰려왔다. 그와 네 쪽으로 뛰어오는 사람들은 거대한 물결 같았고 굽이

쳐 흘렀다. 어정쩡하게 서 있는 그와 너를 보고 누군가 뛰어 하고 소리쳤다. 바람결에 진한 최루가스가 실려 왔고 되돌아가거나 옆으로 비켜설 틈이 없었다.

그와 너는 길옆의 골목으로 들어선 뒤 발이 닿는 대로 뛰었다. 주택가의 오르막길인데 좁고 가팔랐다. 녹물이 흘러내리는 전봇대가 양옆에 삐딱하게 서 있고 페인트가 벗겨진 철제 대문들이 어깨를 붙인 채 이어졌다. 순식간에 거리의 풍경이 바뀌었다. 네가 앞장섰고 그는 모르는 길로 가고 있다는 생각에 당황했다. 느슨하던 운동화 끈이 풀어져 바닥에 질질 끌리는 동안 그의 두 발은 중력을 되찾아 힘겹게 움직였고 가볍게 흔들리던 너의 단발머리도 움직임이 둔해졌다.

약수터인지 등산로의 초입인지 커다란 나무들과 흙길이 나타나면서 길이 끊어졌다. 더 이상 올라갈 곳이 없자 네가 뒤를 돌아봤다. 그도 뒤를 돌아봤고 그들의 발밑에는 좁은 골목과 철제 대문들만이 서 있었다. 사람들이 보이지 않고 주위가 고요하다는 걸 확인하자 비로소 숨이 차고 다리가 후들거렸다.

책방의 길 건너편에 이런 골목이 있다는 것도, 그 끝

이 야산과 이어진다는 것도 처음 알았다. 그와 너는 낯선 동네를 두리번거렸고 아래로 내려갈 수 없어 옆으로 걸어갔다. 골목의 끝에서 노란 장판이 깔린 평상과 뒤쪽에 자리 잡은 구멍가게가 나왔을 때 둘은 동시에 안도했다.

평상에 앉자 발끝만 살짝 바닥에 닿았다. 뒤편의 나무들이 커다란 그늘을 만들었고 잎사귀 사이로 간간이 바람이 불었다. 그와 너는 손부채질을 하며 땀을 식혔다. 최루가스가 땀에 녹았는지 얼굴과 목덜미가 따끔거렸다. 그가 손을 올리자 네가 눈을 비비면 안 된다고 했다. 그는 갈증이 나서 마른침을 삼켰다.

"너랑 얘기하는 거 처음인 것 같다."

너의 목소리가 왼편에서 들려왔다. 그는 네 쪽으로 얼굴을 돌리지 못하고 평상 옆의 나무를 쳐다봤다. 그가 알고 싶은 건 데모가 아니라 네가 쓴 글과 너였다.

"국어 시간에 발표한 거, 잘 썼더라."

"아, 우리 오빠."

너는 오빠에게 들은 얘기를 친구들에게 알려 주고 싶었다고 했다. 신문 기자가 되는 게 내 꿈이야. 사람들이 모르고 못 보는 것에 대해 쓰고 싶어. 책 읽는 걸 좋아하고 글 쓰는 것도 재미있어. 자기 이름을 단 기사가 신문에 실리면 근사할 것 같다고 했다. 그는 자신도 글 쓰는 게 재미있고 잘 쓰고 싶다는 얘기를 하고 싶었다.

"너는?"

그가 멍하게 쳐다보자 네가 덧붙였다. 꿈이 뭐야? 장래 희망 말이야. 아버지나 친척들은 어느 대학에 가고 싶으냐고 물었다. 그들은 꿈 대신에 전공이나 직업이라는 말을 썼다.

"특별히 생각해 본 적 없어."

그는 나중에 대해 생각하는 게 두려웠다. 고등학교를 졸업하는 날이 올까. 그에게 어른이 된다는 건 상상의 영역이 아니라 대학에 붙느냐 마느냐 하는 실질적인 문제였다. 네가 말하는 장래에 도달하면 관문을 통과했는지 낙오자가 되었는지 알 수 있을 것이다. 그 뚜껑을 열어 확인하는 게 기대되고 궁금한 게 아니라 조마조마하고 불안했다. 그는 불확실한 미래보다 낭만적인 순간에 대해 얘기하고 싶었다. 책상에 앉아 새벽까지 라디오 듣는 걸 좋아해. 넌 어떤 가수를 좋아해, 이 노래 들어봤니. 그가 가만히 있자 너는 사회부 기자가 되고 싶다고 말했다.

"잘못된 걸 잘못됐다고 말하는 사람이 되고 싶어."

그에게 신문은 어른들의 것이고 한자가 섞인 흑백의 인쇄물은 지루하고 고리타분했다. 그런데 너는 거기에 진실과 목소리를 담고 싶다고 했다. 너의 꿈은 세상에 대한 기록을 향해 뻗어 나가는데 그는 책상 위의 라디오 옆에 가만히 고여 있었다. 그는 신문 기자가 된 너와 너의 기사가 실린 신문을 상상해 봤다. 닿을 수도 다가갈 수도 없을 것 같았다.

너는 눈이 매운지 고개를 뒤로 젖힌 채 눈을 깜박거렸다. 그러면서 최루가스가 매캐한 건 아무것도 아니라고 했다. 목소리를 막기 위해서 최루탄을 쏘는 게 나쁘지. 너는 10년 뒤 어른이 되었을 때 달라져 있을 세상에 대해 얘기했고 그는 그것이 지금과 어떻게 다른지 짐작할 수 없었다. 그저 모든 상황이 이상했다. 느닷없는 단축 수업도, 교실에서 말 한마디 해 본 적 없는 동급생과 낯선 동네의 평상에 앉아 얘기를 나누는 것도, 그 내용이 학교나 친구에 대한 것이 아니라 데모와 미래에 대한 거라는 점도.

그는 네가 기침하는 게 신경 쓰였고 햇빛과 최루가스

때문에 목이 말랐다. 그가 구멍가게를 힐끔거리자 너는 목마르지 하고 물은 뒤 일어나 가게의 미닫이문 안으로 들어갔다. 그는 눈에 힘을 주고 가게 쪽을 쳐다보았다. 눈을 깜박거리면 이 순간과 네가 사라져 버리고 낯선 동네와 햇볕이 내리쬐는 거리만 남을 것 같았다. 미닫이문을 연 너는 캔 음료 두 개를 들고 나왔다. 햇빛 때문인지 미간을 살짝 찌푸렸고 양쪽 뺨이 붉었다.

탄산음료가 든 캔은 차갑고 표면에 물방울이 송골송골 맺혀 있었다. 그는 네가 건네는 음료를 조심스럽게 받아 들었다.

"고마워. 다음에는 내가 살게."

탄산음료는 시원했고 아껴 마시는데도 금세 사라졌다. 그는 빈 캔을 손에 꼭 쥐었다.

그는 얼음만 남은 컵을 카운터에 반납하고 나왔다. 피켓을 든 여자는 언제까지나 그 자리에 있을 것처럼 움직이지 않았다. 표정이 바뀔 때마다 오른쪽 뺨에 보조개가 생겼다. 그 여자는 너를 닮았고 너 같다가 네가 확실해졌다. 대표와 함께 자리에서 일어났다면 모르고 지나

쳤을 것이다. 너를 다시 보는 건 30년 만이었다. 몇 년 전
만 해도 예상하지 못한 마주침에 놀라고 의아해했을 테
지만 어느새 삶에서 불쑥 튀어나오거나 자취를 감추는
우연의 모습을 덤덤히 받아들이는 나이가 되었다. 그는
횡단보도 앞에 서서 피켓을 든 너를 잠시 바라보았다. 보
행자 신호로 바뀌었을 때 사람들이 우르르 건너갔지만
그는 병원 쪽으로 걸음을 옮겼다.

그가 들어가자 처형이 시간을 확인하고는 가방을 챙
겨 들었다. 처형은 옆 침대와 앞 침대의 보호자에게도 인
사를 한 뒤 병실 밖으로 나갔다. 그는 아내의 얼굴에 아
쉬움이 떠오르다 사라지는 걸 보았다. 3일 동안 그가 제
일 많이 본 건 아내의 얼굴이었다. 자려고 하거나 잠든
얼굴, 일어나 앉을 때나 누울 때 통증 때문에 살짝 구겨
지는 얼굴. 아들과 눈매가 닮았고 장모님과 인상이 비슷
해지는 얼굴, 그건 사십 대를 지나면서 그가 거울 속에서
스치듯 마주하는 모습이기도 했다. 상대의 얼굴에서 자
신을 발견하는 일은 쓸쓸하고 뭉클했다.

처형이 가고 나면 아내는 저녁 식사가 나오기 전까지
드라마를 보거나 낮잠을 잤다. 이불 덮어 줄까 물었더니

오늘부턴 걷는 연습 해야지 하며 몸을 일으켰다. 그는 아내가 링거 걸이를 잡고 설 수 있도록 부축했다. 허리를 구부린 채 엉거주춤 움직이는 아내의 발밑으로 흐릿한 그림자가 생겼다. 휴가를 냈다고 했는데도 아내는 그가 병실에 오는 걸 불안해했다. 몸도 아프면서, 어쩌면 몸이 아파서 아내의 촉은 더 예민해졌는지도 모른다. 아내의 걱정은 자신의 허리보다 그와 아들에게 더 쏠려 있었다. 그는 반으로 접어 주머니에 넣은 흰 봉투의 부피를 느끼며 복도 끝의 창문을 쳐다보았다. 아내에게 오늘은 복도를 왔다 갔다 하고 내일은 실외 정원에 나가 보자고 했다.

단축 수업 다음 날 학교에서 그와 너는 모르는 사람들처럼 지나쳤다. 많은 문장을 적어 내려간 어제의 페이지를 넘기고 나니 백지가 나타난 것 같았다. 아무것도 쓰지 않은 종이 위에 어제의 흔적이 내비칠 때마다 마음이 일렁였지만 그것을 가만히 쓸어 볼 뿐이었다.

며칠 동안 너는 어디서나 눈에 띄었다. 멀리 떨어져 있고 여러 사람과 얘기하고 있어도 그는 너를 찾아냈고 네 목소리를 골라내 귀 기울일 수 있었다. 수업 시간에는 선생님보다 4분단 다섯째 줄에 앉아 있는 너에게 더 집중했다. 너를 생각하면 발끝이 가벼워졌고 좋아하는 노래가 머릿속에서 재생되었다. 그는 매일 밤 라디오를 들으며 너와 미래에 대한 생각을 노트에 두서없이 적어 내려갔다. 그 순간은 너무 충만했지만 음료수를 사겠다는 약속에 도착하면 한숨이 흘러나왔다. 너와 얘기하고 싶다는 열망과 기대로 부풀면서도 음료수를 어떻게 건네야 할지 몰라 잠을 설쳤다. 며칠 동안 기회를 엿보았지만 너는 멀리 있고 그에겐 다가갈 용기가 없었다.

일주일쯤 지나서 친구와 함께 복도에 서 있는 너를 봤을 때 그는 너를 둘러싼 어떤 빛이, 너를 입체적으로 만들던 음영의 대비가 흐릿해졌음을 느꼈다. 흔적은 남아 있지만 누군가 지우개로 문질러 지운 것 같았다. 그는 네가 옆에 서 있는 친구와 똑같이 손뼉을 치며 웃고 비슷한 목소리로 말한다는 걸 깨달았다. 처음의 입체감이 어디에서 왔는지 모르는 것처럼 네가 갑자기 밋밋해지고 평범해진 까닭도 알 수 없었다. 빛이 모여 고이던 너의 보조개는 다른 아이들의 점이나 주근깨와 비슷해 보였다. 수업 시작하는 종이 치고 너와 친구와 다른 애들이 교실에 들어간 뒤에도 그는 복도에 가만히 서 있었다. 두 발이 땅에 꼭 붙은 것 같았다. 선생님의 주의를 듣고 자리로 돌아온 뒤에도 계속 멍했다. 아무리 주파수를 맞추려 해도 네 목소리를 또렷이 감지할 수 없었다. 그의 머릿속을 채우던 노래는 멈추었고 중력이 그를 무겁게 끌어당겼다. 너는 그대로이고 변한 게 없는데 그의 두 발은 땅 밑으로 꺼지는 것 같았다. 예전의 선명한 기록은 어디로 갔을까.

6월이 지난 뒤 학생과 시민들이 민주화를 이루어 냈다는 소식이 뉴스에 자주 나왔다. 거리를 가득 메운 사람들이 주먹 쥔 손을 흔들고 구호를 외치며 걸어갔다. 그 장면들은 더 이상 불편하거나 위험해 보이지 않았다. 너의 말대로 그 목소리들이 무언가를 바꾸었고 그것이 가능하다는 걸 확인할 수 있었다. 6월의 민주화와 관련된 뉴스를 볼 때마다 단축 수업을 하던 날 오후가 떠올랐다. 평상 위에 깔린 장판의 감촉과 캔 음료의 시원함은 너무 생생해서 실제로 겪은 일 같지 않았다.

여름방학 이후는 잘 떠오르지 않는다. 너와는 별다른 교류 없이 같은 교실에서 반년을 더 보냈고 중3 때는 다른 반이 되었다. 그는 음료수를 사겠다는 약속을 잊은 채 고등학교에 진학했고 수학 단과 학원에서 본 다른 학교 여학생을 오래 짝사랑했다. 며칠 동안 책상 앞에 앉아 끙끙대며 고백의 편지를 썼지만 아무 대답도 듣지 못했다.

오랜만에 네 생각을 한 건 대학을 졸업한 다음 도전한 언론사 시험에 계속 실패한 뒤였다. 메이저급의 신문사는 서류 전형에서 탈락하고 종합 일간지도 필기시험에서 번번이 떨어졌다. 이래서 기자가 될 수 있을까, 다른 일을 알아봐야 하나 고민하던 때였다. 피해 다니는데도 아버지의 혀 차는 소리가 귀에 들러붙어 떨어지지 않았다. 그는 구인 구직 정보지를 한 장씩 넘겨 가며 자신의 인생이 어쩌다 이렇게 되었나 들여다봤다. 고등학교 때 수학을 못해서 문과에 갔고 대학에 진학할 때 인문 계열과 사회 계열 중에서 고민하다 사회 계열을 선택했다. 동아리를 고르다 학교 신문사에 지원했고 졸업 전까지 어영부영 활동했다. 그는 딱히 되고 싶은 것도 진득하게 좋아한 것도 없었다. 선택과 여정을 돌아보는 동안 꿈이 뭐냐고 묻고 사회부 기자가 되고 싶다고 말하던 너의 목소리가 떠올랐다. 나란히 앉아 발을 까딱거리던 순간과 확신에 찬 너의 목소리, 천천히 땀을 식혀 주던 바람이 머릿속에 펼쳐졌다. 납작하게 구겨진 현실과 비교하면 가능성으로 부풀어 오르던 순간이었다. 오래전 일이고 다 잊었다고 생각했는데 어쩌다 보니 그는 조금씩 네가 말한 쪽으로 흘러왔다.

일간지를 포기한 뒤에 그는 정치와 시사 전문을 내세우지만 가십거리를 주로 다루는 타블로이드 판형의 주간지에 들어갔다. 일하는 동안 그가 밝혀야 했던 건 사회의 어두운 부분이나 마땅히 드러나야 할 진실이 아니라 유명인들의 사생활과 루머 같은 것들이었다. 그는 기사의 말미에 붙는 자신의 이름에 무감각해졌다. 마침표 이상의 의미를 담으면 앞으로 나아갈 수 없었다. 비슷한 콘셉트의 다른 주간지와 스포츠 관련 잡지를 거친 뒤 제약 관련 신문으로 옮겼다. 제약 회사 홍보부에서 보내는 보도 자료를 짜깁기해 기사를 쓸 수 있다는 면에서 일하기 편했지만 협회와 회사, 소비자의 입장을 고려하면 신경 쓸 게 많아 까다로웠다. 그는 치우치지 않고 균형을 잡으려 애썼다. 이게 막차라는 걸 알았고 조용히 종점에 도착하고 싶었다.

산책을 시작한 뒤로 아내는 회복이 빨랐다. 걸음걸이도 자연스러워졌고 앉거나 일어설 때 얼굴을 구기는 일도 줄었다. 아침을 먹고 그와 아내는 병실 복도를 지나 실외 정원으로 나갔다. 오전이라 대기가 뜨겁지 않고 간간이 부는 바람이 시원했다. 아내는 바깥 공기를 쐬고 또 두 발로 걷는다는 사실에 감격해서 퇴원하고 나면 운동도 열심히 하고 다르게 살 거라고 했다. 산책하는 동안 아내가 제일 많이 한 말은 '다르게'였다. 그는 보폭을 조절하며 아내가 그리는 다름에 대해 들었고 자신이 달라질 수 있는 가능성과 방향에 대해 생각했다. 처형은 병실 사람들과 나누어 먹을 빵과 과일을 싸 왔고 아내가 무리해서 움직일까 봐 걱정했다.

그는 주차장 쪽으로 나와 자판기 커피를 마시며 담배를 피웠다. 담벼락에 앉아 햇볕을 쬐고 있는 고양이를 물끄러미 쳐다보았다. 담 위로 뛰어오르는 고양이의 유연한 등을 쓸어 보고 싶다고 느낀 순간 사무실에서 전화가 걸려 왔다. 막내 기자는 그에게 언제 출근하느냐고 물었고 특집 기사를 같이 진행하게 되었다고 전했다. 입사 1년 차라 주로 단신을 다루고 대표의 커피 심부름을 도

맡아 하다가 특집을 맡게 되어 들뜬 듯했다. 다다음 주에
실으려면 시간이 촉박하니 빨리 기사의 방향을 잡아야
할 것 같다고 했다. 그는 알겠다고, 같이 고민해 보자고
대답한 뒤 전화를 끊었다.

그는 꼬리가 뭉툭하게 잘린 고양이를 쳐다보다 대표
와 커피를 마셨던 카페 쪽으로 걸어갔다. 정오가 지나자
햇빛이 강해졌고 아스팔트는 달아올랐다. 카페 건너편에
는 여전히 피켓을 든 네가 가로수처럼 서 있었다. 네가
서 있는 곳에만 한 줌 그늘이 생겼다. 거리의 풍경은 어
제와 같고 지나다니는 사람들의 무심함도 비슷했다. 변
한 게 없어 보이지만 너를 알아봤으므로 그는 어제와 달
라졌다. 한 문장으로 가만히, 침묵으로 고요히 외치는 너
의 목소리에 또 무엇이 변하고 있는지는 알 수 없었다.

그는 카페에 들어가 아이스아메리카노를 두 잔 주문
했다. 그게 30년 만에 보는, 어른이 된 너에게 건네는 음
료로 적당할 것 같았다. 그날 오후에 네가 준 캔 음료만
큼 시원하지 않겠지만 오래전에 했던 약속을 지키고 싶
었다. 그는 횡단보도 앞에 서서 신호를 기다렸다. 길 저
쪽에 서 있는 너와 그 사이는 멀지 않았다. 신호가 바뀌

자 그는 다른 사람들과 함께 횡단보도를 건넜다.

프레시아는 사진틀

지하철이 A역으로 들어서는데도 은주는 눈을 뜨지 않았다. 어깨에 내려앉은 졸음이 끈적한데 에어컨 바람은 자리를 뜨고 싶지 않을 정도로 시원했다. 이대로 조금만 더 앉아 있고 싶다고 생각하며 의자에 등을 기댔다. 잠깐 졸았다 깼을 때 지하철은 이미 A역을 지난 뒤였다. 내려야 할 곳에서 멀어지자 은주의 잠은 달아났다. 내선 순환선이 다시 A역에 도착하려면 한 시간 삼십 분 정도 걸릴 것이다. 은주는 반대 방향의 지하철로 갈아타는 대신 이어폰의 볼륨을 높인 다음 휴대용 향수를 꺼내 티셔츠 위에 분사했다. 머스크와 삼나무 향이 얼굴을 감쌌다.

일주일 전까지만 해도 이 시간에는 포일에 싼 김밥을 먹으며 카페 아르바이트를 하기 위해 부지런히 걸었다. 입 안의 김밥을 꼭꼭 씹었고 늦을까 봐 시간을 수시로 확인했다. 동그랗게 구긴 포일을 카페 근처의 쓰레기통에 버린 뒤 생수로 입을 헹구었다. 포일을 구길 때마다 김밥이 없었다면 어떻게 살았을까 생각했다. 낮의 직장에서 퇴근한 뒤 지하철로 이동하는 동안만 쉬고 다시 일하러 가는 삶에 대해 특별한 저항감은 없었다. 언제부터 투잡을 했는지 떠올리는 것보다 투잡을 안 하던 때를 떠올리는 게 더 빨랐다. 낮에는 쇼핑몰의 상담원이나 텔레마케터로 일하고 퇴근 뒤 카페나 고깃집, 음식점에서 아르바이트를 한 게 10년째인지 11년째인지 세어 보지 않았다. 일하던 카페가 문을 닫게 돼서 일주일 동안 저녁일을 쉬는 것만으로도 휴가를 보내는 기분이었다. 아무도 자신을 부르지 않고 무언가를 달라고 하지 않고 손에 물을 묻히지 않으니 그것만으로도 삶이 느슨해졌다.

한 시간 삼십 분 동안 어떤 의무나 할당량, 실적에서 벗어나 지하철에 앉아 서울 외곽을 돌 거라고 생각하니

여행자의 심정이 되었다. 앞과 옆이 다 오픈되어 있고 옆 사람과 허벅지가 닿는데도 느슨한 기분은 훼손되지 않았다. 소변이 마려웠지만 참을 만했고 방광이 꽉 찬 기분은 금세 익숙해졌다. 눈을 감고 음악을 듣는데 휴대폰 화면에 민 팀장의 이름이 떴다. 점심때 전화를 안 받았더니 퇴근길에 또 전화했다. 은주는 손안의 진동을 느끼면서도 통화 버튼을 누르지 않았다. 오후에 사무실에서 마주쳤을 때 그의 얼굴에 물음표가 떠올랐지만 사무적인 인사만 나누고 지나쳤다. 은주는 전화를 받는 대신 쇼핑몰 홈페이지에 들어가 상품 정렬 방식을 낮은 가격순으로 해서 바지와 티셔츠를 살펴봤다. 여름은 빠른 속도로 깊어졌고 무더위가 기승을 부렸다. 좀 더 얇고 시원한 옷들이 필요했다. 그저 그런 옷들이 위에 떠오르고 아름다운 옷들이 아래쪽에 묵직하게 깔렸다. 전화를 두 번이나 거절했으니 민 팀장에게는 어떤 식으로든 마음이 전해졌을 것이다.

집 앞 포장마차에서 엄마가 좋아하는 찐 옥수수와 중국식 호떡, 계란빵을 하나씩 샀다. 카페 일을 할 때는 포장마차 위에 커다란 비닐이 덮인 것만 봤는데 지난 3일

동안 매일 간식거리를 사 가지고 들어갔다. 엄마가 텔레비전 앞에 앉아 봉지 안의 것을 하나씩 꺼내 먹는 걸 보면 손과 발끝으로 하루 동안 쌓인 피로와 독소가 천천히 빠져나갔다. 엄마는 관절염 때문에 집 안에서 혼자 텔레비전을 보며 지냈다. 출근 전에 도시락을 싸면서 은주는 밥통의 밥을 확인하고 물통을 채워 놓은 다음 서랍 위에 간식거리를 올려 두었다. 견과류 한 봉과 우유 한 팩, 계피 사탕 몇 알. 쇼핑몰이나 카페에서 일하다 엄마 생각이 나면 전화를 해 보는 대신 목 안으로 꿀꺽 말을 삼켰다. 엄마의 하루에 대해 헤아리다 보면 뒤에서 슬그머니 동생 은석도 걸어 나왔다. 그 애는 혼자 나오지 않고 제 딸과 아내의 손을 붙잡고 등장했다. 그들이 걸어 나오면 머릿속이 복잡해졌다. 신경이 쓰이는데도 은주는 동생과 조카를 보러 가지 않았다. 그들이 사는 원룸의 문을 여는 상상만으로도 덥고 끈끈해졌다. 일을 안 하니까 생각이 많아지는구나. 이번 주까지만 쉬고 저녁 일을 알아보자. 손으로 부채질을 하며 골목으로 접어들었다. 소변을 참았더니 아랫배가 묵직했다. 불법 주차해 놓은 택배 차 때문에 사람들이 몸을 옆으로 기울이고 걸었다.

현관문을 열자 세 사람이 손에 수박을 든 채 은주를 쳐다봤다. 머릿속에서만 같이 있던 세 사람이 눈앞에 모여 있는 장면은 천천히 입체감을 확보하며 현실이 되었다. 거실의 후끈한 열기 속에서 선풍기가 덜덜거리며 돌아가고 수박 냄새와 사람의 땀 냄새가 흘러나왔다. 오랜만이야, 누나, 인사를 건네는 은석의 말과 웬일이야 하고 묻는 은주의 목소리가 중간 지점에서 어색하게 얽혔다. 엄마는 얼른 들어오라고 손짓했고 조카 윤은 은주가 낯선지 제 아빠 등 뒤로 숨었다.

은주가 오래 참은 소변을 누고 나오자 엄마와 은석이 몸을 조금씩 움직여 앉을 자리를 만들어 주었다. 왼쪽에 앉은 엄마의 몸에서는 파스 냄새가, 택배 회사 로고가 새겨진 조끼를 입은 은석에게서는 겹겹이 말라붙은 땀 냄새가 났다. 지하철 안이었다면 다른 자리로 옮겼겠지만 좁은 거실에서는 갈 데가 없었다.

은주는 간식거리가 든 종이봉투를 내려놓고 엄마가 건네는 수박을 받아 들었다. 한 입 베어 물자 미지근한 단맛이 입 안에 퍼졌다. 은석은 까맣게 탄 얼굴에 머리가 덥수룩했고 오랜만에 보는 윤은 통통하던 볼과 몸에 살이 내려 홀쭉했다. 두 사람이 집에 온 게 두 달 만인지 석 달이 지났는지 가물거렸다. 수희가 이삼일에 한 번씩 보내던 사진과 영상에서 윤은 긴팔 차림이었다. 그 속의 윤은 고통 같은 건 모른다는 듯 천진하게 웃었고 수희는 매번 언니 우리 윤이 너무 예쁘죠 하며 호들갑을 떨었다.

뭔가 물어보고 싶었지만 은주는 가만히 입 안의 씨를 뱉어 냈다. 전화를 받은 은석이 골목의 차를 빼러 나갔다. 제 아빠가 안 보이자 윤은 계란빵을 베어 문 채로 일어섰다. 기저귀를 하지 않은 엉덩이가 납작했다. 지난 명절에는 쉬를 못 가린다고 걱정했는데 엄마가 없는 동안에도 아이는 세상의 법칙을 익히며 자라났다.

은주는 수박 껍질을 치운 뒤 끈끈한 밥상과 바닥을 물걸레로 닦았다. 냉장고 옆에 놓인 커다란 검은색 가방이 눈에 들어왔다. 주차하고 들어온 은석이 화장실에서 손을 씻고 나왔다. 짧은 동선 안에서 그 애는 오른쪽 다리를 절뚝거렸다.

"다리는 왜 그래?"

"별일 아니야. 근데 누나…… 우리 당분간만 여기서 지내면 안 될까."

은석이 뭐라 더 말하려는데 윤이 주먹 쥔 손을 흔들며 아빠, 나 쉬 하고 외쳤다. 눈동자가 불안하게 흔들렸다. 은주가 쳐다보자 참기 힘든지 다리를 꼬았다. 은석은 한숨을 쉬고는 화장실에 데려갔다. 잠들기 전까지 윤은 이삼 분 간격으로 계속 화장실에 들락거렸다. 아이가 팬티를 붙잡고 보챌 때마다 다들 굳은 얼굴로 눈치만 살폈다. 애가 저래서 차에 태우고 다니기가 힘들어, 괜찮아질 때까지만 여기서 지낼게. 화장실에서 나온 은석이 검은색 가방에서 윤의 팬티를 꺼내 갈아입혔다. 땀이 밴 얼굴에 여러 감정이 내려앉았다.

은주는 방 한쪽에 윤이 누울 자리를 만든 다음 검은색 가방을 들여놓았다. 은석은 잠든 윤의 이마를 두어 번 쓰다듬은 뒤 신발을 챙겨 신었다. 11시까지 배송을 마치려면 서둘러야 한다고 했다.

"누나."

은석이 문을 열다 말고 은주를 쳐다봤다. 은주는 그 눈동자를 보지 않으려고 고개를 숙였다. 성인이 된 뒤 두 사람은 서로에게 뭔가를 부탁하거나 신세 지지 않으려고 애썼다. 같이 잡히는 불행을 피하기 위해 여러 개의 말이 분주히 골인 지점을 향해 달려가는 윷놀이처럼 살아왔다. 절대 서로의 등에 업히지 않고 의지하거나 도와달라고 하지 않고 각자의 길을 알아서 가는 것이 남매의 우애이자 의리였다.

"알았으니까 가서 일해."

은주는 손짓으로 동생을 내보냈다.

"자다가 깨면 기저귀 채워서 재워."

동생이 나가자 엄마가 무릎을 주무르던 손으로 코를 풀었다.

수희와 갈라선 뒤로 은석은 윤을 늦게까지 맡아 주는 어린이집으로 옮겼다. 저녁에 아이를 데리고 나오면 택배 차에 태우고 다닌다고 했다. 그 말을 듣고 엄마는 윤을 데려오자고 했고 은주는 속이 뜨거워졌지만 아무 말도 보태지 못했다. 택배 차에 실려 다니는 아이의 모습을 상상하지 않으려고 애쓸 뿐이었다.

은주는 잠든 윤의 옆에 엎드려 스마트폰으로 SNS에 접속했다. 월세가 더 드는데도 방 두 개를 고집하는 이유는 일을 마친 뒤 집에 돌아와서 혼자 있고 싶어서다. 마흔 살이 넘으니 포기해야 할 것에 대해서는 빨리 마음을 접고 사소한 것에서만 위안을 찾았다. 그녀는 노후보다 잠들기 전 두어 시간의 자유를 선택했다. 온전히 혼자 쓰는 그 밤에 은주는 A의 페이지에 접속해 고양이 사진과 동영상을 보았다. 사료를 먹고 그루밍을 하고 박스에 들어갔다 나오는 고양이의 모습을 반복해서 보았다. B가 강아지 두 마리와 산책하고 공놀이하는 영상도 여러 번 보았다. 어디에 사는지 모르고 사료 한 번 준 적 없지만 앉아서 졸고 목욕하고 주인을 따라다니는 모습을 보면 흐뭇해졌다. 비로소 하루가 마무리되는 것 같고 마음에 한 줌의 평화가 내려앉았다. 내일도 살아남아 자기 전에 저 꼬물거리는 모습을 보고 싶다는 의지가 생겼다. 스마트폰을 내려놓은 은주는 어둠 속에 가라앉아 있는 윤의 야윈 뺨을 쳐다보았다. 자신과 가족이 사는 모습을 들여다보는 것보다 타인의 일상과 관계, 부대낌을 바라보는 쪽이 더 편했다.

상품 관련 문의 게시판을 연 은주는 정해진 매뉴얼에 따라 답글을 작성했다. 고객들은 화면 속의 옷이 배송돼 현실이 되는 순간 어떻게 보일지 궁금해했고 옷의 소재, 컬러가 화면과 같은지, 웜톤의 피부에 어울리는지, 77 사이즈에게 맞을지 구체적이고 세부적으로 질문했다. 은주는 질문 하나하나를 존중하되 상상력을 발휘하지 않았다. 거리감을 유지한 채 게시 글을 처리했다. 상담 일에 익숙해진다는 건 의문 해소보다 그들의 기분이 상하지 않도록 노력하는 데 더 많은 노력을 기울여야 한다는 걸 깨달아 가는 것이다. 글에 답을 달고 상담 전화에 응대하는 동안 은주는 오히려 고객이나 주문 폭주, 불만과 만족의 실체와 멀어지는 듯했다. 그것은 실재하지만 은주를 파고들지는 않았다. 그보다 상담 중에 계속 깜박이는 대기 전화의 빨간 불빛과 전화를 끊고 나면 다시 쌓여 있는 게시 글 때문에 더 큰 압박을 느꼈다. 빨리 처리하기 위해 화장실에 가고 싶은 기분을 무시한 채 몸에 힘을 주고 버텼다. 스트레스를 받는 상황은 조금씩 달랐지만 다른 상담원들도 고객의 전화를 중간에 끊지 못해서 습관적으로 오줌을 참았다. 방광염이 재발할 때마다 의사는 은주에게 소변을 참지 말라고 조언했다. 고개를 끄덕거리고 열심히 약을 먹었지만 소변을 참을 일은 많았다. 쇼핑몰에서 퇴근한 뒤 카페로 이동하는 길에도 은주는 화장실 대신 포일에 싼 김밥을 선택했다. 카페에 도착한 뒤에도 상황은 비슷했다. 화장실에 가려고 하면 손님이 왔고 추가로 주문을 했고 테이블을 치운 뒤 설거지를 해야 했다. 화장실 가는 횟수를 줄이기 위해 물을 덜 마시며 버텼다.

오줌을 참으며 일하는 것과 상관없이 은주에게 카페와 쇼핑몰은 쾌적한 노동 공간이었다. 폭염과 폭우, 한파에 맨몸으로 맞서지 않아도 되고 정해진 자리가 주는 안락함과 편리함 속에서 일할 수 있다. 내근 업무에 깊이 안도할 때마다 은석이 묵직하게 걸렸다. 그 애가 택배 일을 시작한 뒤로 택배사 로고가 박힌 조끼를 입고 차에서 상자를 들고 내리는 남자들을 그냥 지나치기 어려웠다. 은주는 길에서 그들을 물끄러미 바라보고 사무실에서도 한 번씩 돌아보았다. 그들은 인상이 비슷하고 뭔가에 쫓기듯 바삐 움직였다. 검게 그을린 얼굴과 땀 냄새를 풍기는 몸과 구겨진 옷에 비하면 쇼핑몰 사무실과 모니터 안의 쇼핑몰 페이지는 매끄럽고 평화롭다. 카테고리 안의 물건들은 스튜디오에서 촬영한 컷 중에 가장 정확하고 아름다운 것으로 골라 친절하고 공손한 설명과 함께 판

매했다. 게시판 댓글 작업을 마치고 나자 어젯밤에 도착한 두 사람이 은주의 머릿속에서 New 표시를 깜박거렸다. 살아서 움직이는 은석과 윤의 문제를 어떻게 처리해야 할지 알 수 없었다.

점심시간에 민 팀장의 전화가 다시 걸려 왔다. 은주는 하나 남은 무말랭이를 입에 넣은 뒤 도시락 뚜껑을 덮었다. 왜 전화를 안 받아. 그는 저녁에 만나자고 했다. 은주가 아무 말도 하지 않자 요금 넘어가는 소리가 두 사람 사이의 침묵을 꿀꺽 삼켰다. 어디서 볼까. 민 팀장은 점심을 먹고 공중전화 박스가 있는 곳까지 걸어갔을 것이다. 2년 동안 약속을 잡거나 미루거나 취소할 때 민 팀장은 늘 회사 근처의 공중전화를 이용했다. 퇴근해서 집에 가면 아내가 휴대폰의 통화 내역과 메시지를 다 확인한다고 했다. 민 팀장의 공중전화를 생각하면 은주는 연민과 죄책감 때문에 속이 더부룩해졌다.

두어 달에 한 번씩 민 팀장이 전화하면 은주는 감기 몸살을 핑계로 저녁 아르바이트를 쉬었다. 오랜만에 만나면 두 사람은 인사 대신 서로의 목덜미에 고개를 묻은 채 그립고 익숙했던 냄새를 맡았다. 은주는 민 팀장의 옷과 몸에 밴 섬유 유연제 향을, 민 팀장은 은주가 몇 년째 쓰는 향수의 잔향을 서로의 체취라고 믿으며 얼굴을 비볐다.

처음 데이트한 곳은 과천에 있는 미술관이었다. 전시는 보지 않고 밖의 벤치에 나란히 앉아 자판기 커피를 마셨다. 두 사람 다 새벽까지 회식 자리에 남아 있던 터라 늦은 오후에도 미지근한 숙취에 시달렸다. 민 팀장이 여기라면 알아보는 사람들이 없을 거라고 했고 은주는 피로감 속에서도 쉬는 날 남들처럼 미술관에서 데이트한다는 사실에 들떴다. 같이 일하는 5년 동안 민 팀장과 은주는 하루에 몇 번씩 사무실에서 마주쳤지만 목례 외에는 어떤 것도 나누지 않았다. 전날 회식에서 술잔을 비운 뒤 서로의 눈을 쳐다보며 웃지 않았다면 공휴일에 미술관에서 만나는 일은 없었을 것이다.

은주는 민 팀장과 이야기를 나누며 잔디밭에 우두커니 서 있는 거인의 뒷모습을 쳐다보았다. 쇠로 만든 은색의 거인은 아무 장식이 없어 로봇 같지도 조각품처럼 보이지도 않았다. 사람들을 등진 채 비스듬히 서 있어서 옆모습만 보였다. 민 팀장이 은주의 손등을 쓰다듬으며 삼십 분만 더 있다 가자고 했을 때 거인의 입이 벌어지며 허밍 소리가 흘러나왔다. 기계적인 턱의 움직임과 달리 담백하면서 애잔한 목소리가 사람들 사이로 흩어졌다. 대화 내내 두 소절쯤 되는 단순하고 평이한 멜로디가 반복적으로 공기 중에서 울렸다. 은주는 만들어진 지 20년이 넘은 조각의 이름을 보았다. 노래하는 사람. 20년이 넘도록 매일 이 자리에서 정해진 시간에 노래를 불렀구나. 은주와 상관없이 흘러가고 사라진 노래지만 누가 듣거나 듣지 않거나 여기에 계속 저 목소리가 있었다는 게 이상한 위안을 주었다. 노래 소리를 듣고 있으니 쇠로 만든 얼굴에는 눈이 없는데도 그가 사람처럼 보였다. 새벽까지 마이크를 잡고 몸을 흔드는 사람들의 노래를 듣다 왔는데 은색의 쇠로 만든 조각품에서 나오는 소리가 가장 노래하는 사람의 목소리 같았다. 그가 저 숲 너머에 있는 누군가에게 마음을 건네는 듯했다.

민 팀장과 미술관에서 다시 만나기까지 2년이 흘렀다. 두 달 전에 은주는 5시에 끝나는 '노래하는 사람'의 허밍 소리를 듣기 위해 오후 반차를 냈다. 민 팀장은 외근 핑계를 대고 뒤따라 나왔다. 노래하는 사람은 여전히 그 자리에 서 있었고 2년 만에 보는 모습은 그대로였지만 입을 벌릴 때 허밍 소리보다 오래된 기계의 마찰음이 더 컸다. 노래하는 사람의 낮고 부드럽던 음성은 둔탁해지고 흔들리고 반음 정도 처졌다. 은주의 마음에도 잡음이 끼어들었다. 벤치의 옆자리에 앉아 있는 민 팀장의 얼굴을 보는데 우리는 그동안 서로를 사랑해서 만난 게 아니라 다른 장소에서 다른 시간을 보내고 싶었던 거였구나 하는 마음이 들었다. 나란히 앉아 있는 동안 흩어지고 지워질 얘기가 오갔다. 은주는 민 팀장의 말에 집중하지 못했다. 어차피 사람이 사람에게 기대하거나 줄 수 있는 건 약간의 환기 정도일 것이다. 그렇게 생각하자 마음이 편해졌다.

미술관에서 헤어진 뒤로 두 사람은 두 달 동안 만나지 않았다. 공중전화 속의 민 팀장은 어디서 볼까 다시 물었다. 은주는 조카가 와 있다고 했다. 조카가 아파서 저녁에 봐주고 있어. 양치를 못 한 입 안의 텁텁함을 참으며 말했다. 화장실에 자주 가는 윤의 상태를 달리 표현할 말이 없었다. 민 팀장은 은주의 반응에 실망한 듯 한숨을 내쉬었다. 그런 다음 은주 씨 하고 불렀다. 그 끝에도 한숨이 매달려 있었다.

카페 아르바이트를 쉬는 동안 가끔 민 팀장 생각이
났지만 전화를 기다린 적은 없었다. 순환선을 타고 돌거
나 잠들기 전에 문득 떠올랐어도 그리운 건 아니었다. 예
전에는 공중전화를 붙잡고 서 있는 민 팀장이 안타깝고
가느다랗게 이어진 끈이 끊어질까 조마조마했다. 그리
움은 이 공중전화 속에만 존재하고 민 팀장과 자신의 것
만 진짜 같았다. 그가 먼 데서 은주를 향해 노래를 부르
는 사람 같았다. 그런데 혼자 지내는 동안 그 내밀한 유
대는 은주가 연락처만 바꾸면 금방 끊어질 만큼 빈약하
다는 걸 깨달았다. 그들 사이에는 결국 목례 정도만 남게
될 것이다.

"은주 씨, 오늘 만나. 오랜만에 출장 핑계 댔단 말이
야."

민 팀장의 목소리는 간절했지만 통화를 하는 동안 그
녀는 사람이 마음을 다한다거나 진심으로라고 할 때 그
안에 얼마나 많은 불순물이 섞일 수 있는지 헤아렸다. 순
간의 진심에 기대기에 은주는 지쳤고 죄책감이 컸다.

"그만 만나는 게 좋겠어."

그만이라고 말하고 나자 눈물이 부풀어 올랐지만 흘러나오지는 않았다. 은주는 몸 안에 생긴 물기가 어디로 가는지 몰라도 동여맬 줄 알았고 참는 일에 단련돼 있었다. 수화기 저편에서 민 팀장이 다시 은주 씨 하고 불렀고 그녀가 대답하지 않자 무언가 꿀꺽 넘어가는 소리가 났다.

은주는 스마트폰을 주머니에 넣고 화장실로 가서 양치를 했다. 세면대에 놓인 세제와 수세미로 빈 도시락 통을 씻었다. 물기를 턴 다음 지퍼백에 넣고 꼼꼼히 잠갔다.

동생은 6시까지 윤을 데리러 가면 된다고 했다. 은주는 버스를 타고 가면서 어린이집 근처의 키즈 카페를 검색했다. 거기서 놀아 주는 게 조카와 시간을 보내는 가장 편한 방법이라고 동료들이 알려 주었다.

늦은 시간이라 교실에 있는 아이는 셋뿐이고 윤만 기저귀를 차고 있었다. 고모가 데리러 갈 거라고 아침에 말해 두었는데도 은주를 본 윤의 얼굴에는 반가움보다 당황스러움이 떠올랐다. 선생님이 가방을 챙겨 주며 기저귀는 오후 간식 먹인 다음에 채운 거예요, 쉬 때문에 놀

이나 활동에 집중하질 못하네요 하며 윤의 머리를 쓰다
듬었다. 상태가 나아지질 않아서 걱정이라는 말에 은주
는 죄송합니다 하며 고개를 여러 번 숙였다.

"고모랑 키즈 카페 갈까."

고개를 끄덕이는 윤의 얼굴이 잠깐 밝아졌다. 걸어가
는 동안 아이는 은주의 손을 꼭 잡았다. 낯선 사람이 옆
으로 지나가거나 도로에서 경적 소리가 나면 잡은 손에
힘을 주었다. 지금 의지할 사람은 고모뿐이라는 걸 받아
들인 듯했다.

키즈 카페에 도착해 입장료를 계산하는 동안 카페 안
에서는 동요와 아이들이 뛰어다니는 소리, 애들 이름을
부르는 엄마들의 목소리가 튀어나왔다. 윤은 키즈 카페
안을 둘러보면서 조심스럽게 움직였다. 은주는 작은 편
백나무 조각들이 깔려 있는 곳으로 윤을 데려갔다. 아이
들은 나무 조각 위에서 뒹굴고 그걸 집어 벽에 던지고
장난감 트럭에 싣고 옮겼다. 윤은 장난감 모종삽으로 나
뭇조각들을 몇 번 푸다가 금세 흥미를 잃었다. 다른 데
가서 놀까? 은주가 묻자 삽을 내려놓고 일어섰다. 큰 소
리로 웃고 마음껏 소리 지르고 이리저리 뛰어다니는 아

이들 사이에서 윤은 작게 구겨졌다. 갈아야 할 때가 지난 기저귀만이 불룩했다.

젊은 엄마들은 테이블에 앉아 일행과 얘기하거나 커피를 마시거나 아이에게 밥을 먹였다. 은주의 가방 안에는 기저귀나 물티슈, 물병처럼 윤에게 필요한 물건이 하나도 없었다. 윤의 어린이집 가방을 뒤지니 지퍼백 안에 아침에 입고 간 팬티가 들어 있었다. 기저귀를 벗기고 팬티로 갈아입히자 윤은 잠시 홀가분한 표정이 되었다. 직사각형의 트램펄린 위에서 뒤뚱거리며 걸어 다니고 제자리에서 조심스레 뛰었다. 키즈 카페에 들어온 뒤 처음으로 얼굴에 웃음이 번졌다. 아이의 이목구비와 표정과 앉는 다리 모양에서 은석과 수희의 모습이 두루 보였다. 이것이 수희고 저것이 은석이라고 딱 짚어 말하기 어렵지만 수희와 은석이 섞인, 두 사람을 연상시키는 것들이 윤 속에 녹아 있었다.

저보다 큰 애들이 와서 소리를 지르며 뛰자 윤은 얼른 밖으로 나왔다. 은주의 팔을 잡더니 발을 구르며 고모 쉬 했다. 한번 쉬를 하고 난 뒤 윤은 이삼 분 간격으로 은주의 팔을 붙들고 흔들었다. 방금 갔다 왔잖아라고 하면 울음이 터질 것 같은 얼굴로 다리를 꼬았다. 화장실에 가서 변기에 앉히면 몇 방울의 소변이 흘러나왔다. 화장실에서 나온 뒤에는 아슬아슬한 소강상태가 몇 분간 이어졌지만 오래가지 않았다. 윤이 팔을 잡고 쉬 할 때마다 머리 위에서 뜨거운 물이 천천히 쏟아져 내리는 것 같았다.

지난주 이 시간에 은주는 미술관 벤치에 앉아 있었다. 퇴근한 뒤 버릇처럼 포일에 싸인 김밥을 먹으며 걷다가 문득 일하러 가지 않아도 된다는 사실이 떠올랐다. 날은 환하고 집에 그냥 들어가기가 아쉬워 지하철역으로 걸어갔다.

미술관이 폐관한 뒤라 여름밤의 조각상 주변은 한적했다. 데이트하는 커플들이 몇 눈에 띄었지만 곧 풍경 속에 스며들었다. 은주는 노래하는 사람이 보이는 벤치에 앉았다. 은색의 거인은 해가 기우는 하늘 어딘가를 보며 서 있었다. 노래는 끝났고 쇠로 만들어진 입은 움직이지 않았다. 옆의 테마파크에서 놀이 기구를 타는 사람들이 내는 함성이 공기 중에 퍼졌다. 은주는 커피를 마시며 가만히 앉아 있었다. '가만히'는 그녀에게 귀한 상태이자 감각이었다. 그녀는 오랫동안 아무 일도 하지 않고 가만히 있고 싶었다. 노래가 멈추고 사람들이 돌아가고 미술관 뜰의 가로등과 놀이공원의 조명이 모두 꺼진 뒤에는 노래하는 사람도 어둠 속에 가만히 서 있었을 테지. 그 적요한 시간에 대한 상상이 그녀를 평화롭게 만들었다.

키즈 카페 밖으로 나오자 저녁인데도 공기가 식지 않아 후덥지근했다. 윤과 잡은 손에 땀이 배었다. 퇴근 시간이 지난 버스 안은 한산했지만 빈자리가 없었다. 사람들은 윤을 데리고 탄 은주를 보고도 난처해할 뿐 자리를 양보하지 않았다. 누군가는 눈을 감았고 누군가는 시선을 스마트폰에 고정했다. 쇼핑몰에서 카페로 일하러 가거나 일이 끝나고 집으로 돌아오는 길에도 손잡이를 잡고 서서 가는 일은 일상이었다. 사람들 사이에 껴서 이리저리 흔들리고 선 채로 졸다가 무릎이 푹푹 꺾일 때도 많았다. 그런데 어깨에 윤의 가방과 자신의 가방을 멘 채 한 손으로 윤을 잡고 다른 손으로 손잡이를 잡고 서 있자 고단함을 넘어 앉아서 딴청 부리는 사람들에 대한 적의가 솟구쳤다. 활활 타오르는 적의를 누르려 애쓰자 배 속이 묵직해졌다. 윤을 챙기고 신경 쓰느라 퇴근한 뒤로 소변을 보지 못했다. 은주는 다리에 힘을 주며 버텼다. 버스를 타고 집까지 가는 길이 유난히 멀었다.

저녁을 먹인 뒤 목욕을 시키자 윤은 손가락을 빨며 뒤척거렸다. 잠이 드는가 싶더니 벌떡 일어나서 쉬를 하겠다고 했다. 은주는 쉬 소리에 놀라 그대로 멈췄다. 쉬 마려라고 할 때 아이는 제 안에서 무언가가 시작됐다는 걸 감지한 듯 울먹거렸다. 그 일그러진 얼굴을 보고 있으면 심장이 녹아내리는 것 같았다. 양변기에 앉자 윤의 소변은 눈물처럼 주르륵 흘러내렸다. 그 적은 양의 소변이 아이의 몸 안에서 무슨 일을 일으키는지 무엇이 쉬가 마렵다고 안에서 두드려 대는 건지 은주로서는 알 길이 없었다. 검게 흔들리는 눈동자 속에 담긴 감정과 말로 표현하기 어려운 생각과 마음을 해독할 수 있다면. 그러나 아이는 입을 다물었고 은주는 아무것도 짐작할 수 없었다. 한밤중에 발동이 걸린 윤을 보고 엄마는 참았던 울음을 터뜨렸다.

화장실에 가는 걸 멈춘 뒤에도 윤은 손가락을 입에 문 채 삼십 분 가까이 뒤척이다 잠이 들었다. 윤의 입에서 엄지손가락이 빠져나오는 걸 보고 은주는 스마트폰의 잠금장치를 풀었다. A의 고양이를 보다 말고 윤의 상태에 대해 두서없이 검색하기 시작했다. 내일도 모레도 언제까지나 저렇게 둘 수는 없었다. 화장실에 자주 가는 것과 불안의 연관성에 대해. 부모의 이혼이 문제가 된 건지, 어린이집에서 무슨 일이 있는지, 밤늦게까지 택배 차에 실려 다닌 게 정서를 해쳤는지. 구체적인 단어와 문장으로 정리해서 객관적으로 접근할수록 윤의 상황은 심각하고 문제가 많았다.

은주는 육아 카페와 블로그를 헤매고 다니다 유아 발달 연구소에 닿았다. 불안 심리를 드러내거나 이상행동을 하는 아이들을 상담하고 다양한 놀이로 치료하는 곳이었다. 커리큘럼이 체계적인 것 같고 사람들의 만족도가 높았다. 원장님께 감사한다, 우리 아이와 가족을 살려 주셨다는 후기가 여러 페이지에 걸쳐 실려 있었다. 은주는 상담을 예약하고 메일 주소를 남겨 두었다.

잠결에 열쇠로 현관문을 여는 소리, 엄마와 은석이 웅얼웅얼 말을 주고받는 소리가 들렸다. 가스 불 켜고 냉장고 문 여닫는 소리가 꿈결처럼 퍼졌다. 주먹을 쥐었다 펴는 것도 힘들고 앉았다 일어날 때마다 끙끙거리면서도 엄마는 은석을 챙겨 먹이려고 찌개를 데우고 밥을 퍼서 상을 차렸을 것이다. 그리고 은석이 다 먹을 때까지 맞은편에 앉아 지켜보겠지. 은주는 윤이 언제부터 저랬는지 그동안 무슨 일이 있었던 건지 은석에게 묻고 싶었지만 몸이 움직이지 않았다. 은석이 담배 피우러 나가는 소리를 들으며 잠에 빠졌다.

아침에 일어나니 윤의 머리맡에 펭귄 인형이 놓여 있었다. 펭귄은 보드랍고 따뜻한 털로 덮였고 표정이 우스꽝스러웠다. 윤이 펭귄을 품에 안고 등을 쓰다듬었다.

"고모, 우리 아빠 인형 잘 뽑지."

인형을 안고 웃는 윤은 수희가 보낸 사진 속의 아이와 비슷해졌다. 나 펭귄 좋아해. 은주는 세수를 한 윤의 얼굴에 로션을 바르고 머리를 빗겼다. 아빠 혼자 키우는 티가 나지 않고 단정하고 사랑받는 아이로 보이기를 바라며 가방에서 꺼낸 옷으로 갈아입혔다.

은석은 어제 입었던 옷 그대로 출근했다. 언제 갈아입었는지 알 수 없는 옷과 모자에서는 악취가 났다. 이틀 만에 집 안에 은석의 냄새가 떠다녔다. 머리가 덥수룩하고 손톱 밑에 때가 끼고 검게 탄 얼굴에 피곤이 기미처럼 덕지덕지 눌어붙은 이들을 볼 때마다 은석이 떠올랐다. 보풀 난 티셔츠에 삐죽삐죽 튀어나온 머리를 대충 묶고 사람들 사이에서 눈치를 보며 구겨지는 아이를 보면 윤 같았다. 두 사람이 떠오르면 은주는 평소보다 좋은 옷을 꺼내 입은 뒤 향수를 진하게 뿌렸다.

두 사람이 오기 전에도 은주는 선을 긋고 싶었고 잊고 지내려 애썼다. 민 팀장과 나란히 누워 직장 사람들의 험담을 하고 자신이 저지른 잘못에 대해 털어놓고 신체의 비밀을 고백할 때도 은석과 윤은 뒤로 숨겼다. 민 팀장이 자기 아내와 포기하고 싶은 결혼 생활에 대해 얘기하는 순간에도 이혼하고 혼자 딸을 키우며 사는 동생과 택배 차에 실려 다니는 조카 얘기는 꺼내지 않았다. 말해버리고 싶은 순간이 있었지만 동생과 조카라는 단어를 발음하고 나면 멈추지 못할 것 같았다. 입 밖으로 꺼내면 돌아보게 될 것 같고 지켜보면 손 내밀게 될 것 같았다. 이쪽에 윤, 저쪽에 은석의 손을 잡는 순간 이 좁은 공간과 고양이와 강아지의 사진과 동영상을 보다 잠드는 짧은 휴식마저 포기해야 한다는 걸 알았다.

점심시간에 은주는 휴게실 구석 탁자에 앉아 도시락용 김과 콩자반, 오이지를 앞에 놓고 밥을 먹었다. 다이어트를 위해 도시락을 싸 오는 동료들이 합류할 때도 있지만 대체로 혼자였다. 김에 싼 밥을 먹으며 스마트폰으로 예능 프로그램을 봤고 도시락 통을 정리하며 은석의 점심에 대해 생각했다. 택배 기사들은 카페 앞 도로변이나 쇼핑몰 주차장에 차를 세워 놓고 운전석에서 봉지에 든 빵이나 삼각김밥을 허겁지겁 먹었다. 은주는 그 모습을 여러 번 보았고 그때마다 목이 메었다. 은석의 점심도 그들과 비슷할 것이고 저녁에는 옆자리에 윤까지 태우고 다녔을 것이다. 은주는 운전석 옆에서 해결했을 윤의 저녁에 대해, 손으로 들고 먹어야 하는 우유와 빵, 김밥과 주스의 차가움에 대해 생각했다. 그걸 먹으며 시간 개념이 없는 윤은 짐칸의 상자들이 줄어들기만 기다렸을 테고 자정 무렵 일이 끝나면 은석은 옆자리에 남은 마지막 택배 같은 윤을 안고 반지하의 계단을 내려갔을 것이다. 요 며칠의 위안이란 윤이 택배 차에 타지 않는다는 것뿐이고 눈을 감으면 쉬 마려 하면서 울먹이는 얼굴이 떠오르는 게 새로운 고통이었다.

양치를 하고 자리에 돌아오자 민 팀장이 웹으로 보낸 메시지와 유아 발달 연구소에서 보낸 장문의 메일이 도착해 있었다. 은주는 보고 싶다는 짧은 메시지를 지우고 연구소에서 보낸 메일을 꼼꼼히 읽었다. 연구소 방문 시 참고 사항이 적힌 메일에는 연구소 소개와 예약 안내가 상세히 적혀 있었다. 예약 비용을 별도로 받는 검사비 총액을 보고 은주는 스크롤을 멈췄다. 100원 단위까지 정확하게 밝힌 검사 비용은 월급의 3분의 1에 해당했다. 메일 내용을 띄운 스마트폰의 조명이 한 단계 어두워졌다. 두 시간 삼십 분 동안 진행된다는 검사는 기본과 추가, 두 단계고 아이의 상태에 따라 놀이 치료나 미술 치료로 이어졌다. 검사는 치료를 시작하겠다는 의미고 윤의 상태는 오랜 치료로 이어질 가능성이 높았다. 월세와 카드값과 엄마 병원비와 약값, 공과금을 더하고 나자 부스러기가 남았고 스마트폰의 화면이 까맣게 변했다.

쇼핑몰의 세일이 시작돼서 게시판에는 상품 문의 글과 배송 전 취소 요청이 계속 올라왔다. 일하는 동안 은주는 검사 비용에 대해 자주 생각했다. 윤이 안됐고 은석에게 미안하지만 검사나 치료를 시작하기는 어려울 것 같았다. 일이 밀려 평소보다 소변을 오래 참았고 방광염이 재발하면 어쩌나 불안해졌다. 손을 씻고 나오며 윤이 화장실에 들락거리는 것도 방광에 문제가 생겨서 그런 건 아닐까 의심이 생겼다. 불안한 심리는 어쩔 수 없다 해도 화장실에 자주 가는 건 병원에서 치료할 수 있지 않을까. 은주는 집 근처 소아과에 전화를 걸어 윤의 증상에 대해 상담했다.

키와 몸무게를 재고 열이 있는지 체크하는 동안 윤은 병원에 온 이유를 알 수 없다는 표정으로 주위를 둘러보았다. 여름인데도 감기에 걸리거나 장염을 앓는 아이들이 많아 대기 번호가 길었다. 열이 나고 콧물을 흘리는 아이들이 찡찡대며 대기실 안을 돌아다녔다. 윤은 어리둥절해하면서도 왜 병원에 온 거냐고 묻지 않았다. 일상에 대해서는 짧게 얘기하는데 질문이나 부탁, 감정 표현은 하지 않았다. 은주는 윤의 마음이 궁금하지만 알게 되는 것이 두려웠다. 나를 왜 이렇게 두느냐고, 엄마는 어디에 간 거냐고 물어볼까 봐 무서웠다. 아이에게 인생이 원래 그런 거라고, 사랑하는 사람과 늘 함께 지낼 수 있는 게 아니라고, 마음을 닫으면 그쪽으로 향하던 감정이

사그라지게 될 거라고 말할 수는 없었다.

의사는 소변 검사 결과 방광에는 문제가 없고 심리적인 충격을 받았거나 불안이 원인인 듯하다고 했다. 방광염이기를 바란 게 아닌데도 방광염이 아니라고 해서 은주는 낙담했다. 염증은 없지만 약을 먹는 게 심리 치료에 도움이 될 수 있다며 의사가 항생제를 처방해 주었다.

저녁밥과 항생제를 먹고 자리에 누운 윤은 엄지손가락을 입에 문 채 뒤척거렸다. 은주는 손가락이 입에서 빠져나와 바닥에 닿기를, 그래서 깨어 있는 혼자만의 시간을 누리게 되기를 기다렸다. 윤의 가슴과 배가 고르게 오르내렸고 쌕쌕거리는 콧소리가 났다. 은주는 잠든 윤의 가슴에 가만히 손바닥을 댔다. 규칙적으로 박동하는 심장의 울림이 느껴졌다. 윤아. 네가 이렇게 살아 있는데, 나는 너의 고통에 대해 아는데 어쩌지 못하는구나. 은주는 스마트폰으로 고양이와 강아지를 보다가 예전에 수희가 보낸 윤의 영상을 찾아 재생했다.

자정이 다 되어 들어온 은석이 가스 불을 켜고 냉장고를 여는 소리가 났다. 은주는 조심스럽게 방문을 열고 나갔다. 기다리다 잠든 엄마의 코 고는 소리가 방 밖으

로 새어 나왔다. 동그란 나무 밥상 위에는 막 끓인 라면
과 신 김치, 냉장고에서 꺼낸 소주가 놓여 있었다. 은석
은 라면을 한 젓가락 건져 먹은 뒤 김치를 씹고 소주를
반 잔 마셨다. 라면 국물을 한 숟갈 떠먹은 다음 코를 훌
쩍거렸다. 헝클어지고 군데군데 새치가 섞인 반백의 머
리와 까맣게 탄 목덜미, 온몸에서 풍기는 악취 때문에 서
른다섯 살이 아니라 쉰 살 넘은 초로의 사내처럼 보였다.

젓가락을 내려놓고 멍하게 앉아 있던 은석이 은주 쪽
을 쳐다봤다. 놀라움보다 고단함 위로 퍼져 가는 졸음을
참아 내느라 곤혹스러운 얼굴이었다.

"누나, 고생이 많지. 미안해."

술기운이 오르는지 은석이 고개를 푹 숙였다. 그 애
의 몸에서 나는 땀 냄새 위에 파스 냄새가 더해졌다. 은
주는 냉장고에 기대앉았다.

"다리는 어때."

병원에 안 가 봐도 되느냐고 물었다.

"침 몇 번 맞았는데…… 의사는 무리하지 말라고 하
지. 근데 무리하지 않고 어떻게 살아."

은석이 웃음 비슷한 소리를 냈다.

"누나…… 솔직히 다 그만두고 싶어. 내가 무얼 할 수 있겠어."

그 말을 들으며 은주는 아랫입술을 꾹 깨물었다. 은석을 보니 묻고 싶던 말들이 속에서 다 흩어졌다. 무슨 일 때문에 저렇게 됐는지 알면 뭐 하나. 그때로 돌아가 바꿀 수도 없는데. 은석은 담배를 피우러 나가고 은주는 방에 들어와 땀을 흘리는 윤의 머리맡에서 부채질을 했다. 조카가 아니라 자식의 일이었다면 뭔가를 팔고 다른 걸 포기해서라도 연구소에 데려가 검사를 받았을까. 모르겠다. 자식이 없으니 그에 대해서는 영원히 알 수 없을 것이다.

주말을 앞둔 게시판에는 New, New, 붉은 표시를 단 상품 문의, 교환, 환불 문의 글이 계속 올라왔다. 더위를 먹은 건지 여름 감기에 걸린 건지 은주는 머리가 아프고 속이 메슥거렸다. 윤은 괜찮을까. 아침에 일어난 윤의 몸은 땀으로 축축하게 젖었다. 은주는 땀이 난 아이의 이마를 쓸어 넘겼다. 땀과 미열로 범벅이 된 몸에서는 찐 감자 냄새가 났다. 괜히 병원에 데려가서 감기가 옮아온 게 아닐까. 윤이 아픈 것 같다고 하자 은석은 검은 가방에서 체온계를 꺼내 귀에 댔다. 열이 없으니 어린이집에 보내도 괜찮다며 어린이집 가방을 챙겼다.

"밥하고 간식도 주니까 집에 있는 것보다 나아."

은석의 말이 맞는데도 힘없이 제 아빠를 따라 나가는 걸 보니 마음이 짠했다.

반차를 내겠다고 하자 민 팀장은 이유가 뭐냐고 물었다. 지난 2년 동안 사무실에서 그와 직접 대화를 나눈 적은 없었다. 일과 관련된 것은 업무용 메신저를 이용했고 사적인 대화는 공중전화로 주고받았다. 은주가 자리로 찾아가 말했을 때 그는 애써 사무적인 표정을 지었다. 몸이 안 좋아서요. 은주가 얼굴을 구기자 민 팀장이 잠시 눈을 쳐다보더니 고개를 끄덕거렸다. 자리로 돌아오는데 울컥 눈물이 났다.

윤을 데리러 어린이집에 가자 선생님이 지금 간다고요 하며 놀랐다. 몇 달 동안 윤은 어린이집에 제일 먼저 왔고 가장 오래 머문 아이였다. 다른 아이들은 이불을 덮고 누워 낮잠 잘 준비를 마친 상태였다. 선생님이 이불과 가방을 챙기는 동안 윤은 교실과 은주를 번갈아 보았다.

지하철역에서 윤은 열차가 들어오고 문이 열리고 닫히는 것이 신기한지 유심히 지켜보았다. 다행히 열은 없고 컨디션도 괜찮아 보였다. 자리에 앉은 뒤에도 통로의 문을 열고 이 칸에서 저 칸으로 넘어가는 사람들과 창문에 비치는 자기 얼굴을 쳐다보았다. 호기심 어린 표정을 보면서 은주는 내릴 때까지 아무 일 없기를 간절히 바랐다.

한낮의 대공원역은 한산했다. 공기가 뜨거웠지만 코끼리 열차 안에서 은주와 윤은 평일 낮의 바람을 만끽했다. 미술관에서 야외 조각상 사이를 돌아다니다 윤은 화장실에 들락거리기 시작했다. 은주는 윤이 쉬 할 때마다 손을 잡고 들어가 양변기에 앉혔다. 또냐고 묻거나 왜라고 말하지 않으려 애썼다. 옷을 입히고 윤의 등을 가만히 쓸어내렸다.

노래하는 사람 앞의 벤치는 텅 비어 있었다. 윤은 2년 전의 은주처럼 입을 움직이며 노래하는 은색의 거인을 흥미롭게 바라보았다.

"로봇이야?"

"노래하는 사람이야."

"저게 사람이라고?"

"조각상인데 이름이 노래하는 사람이야."

노래하는 사람은 두 달 전보다 더 노쇠한 듯 끼익 소리는 커지고 허밍 소리는 더 흐릿해졌다.

"진짜 노래하네."

윤은 벤치에 앉아 가만히 지켜보았다. 잡음이 섞인 목소리지만 윤과 벤치에 나란히 앉아 시간에 쫓기지 않으면서 듣고 있자니 천천히 분주함에서 벗어났다. 노래하는 사람이 저기 서서 언제까지 노래할 수 있을까. 그만 쉬었으면 하는 마음과 언제까지나 노래하는 모습을 보고 싶다는 마음이 공존했다.

은주는 옆의 매점에서 차가운 커피와 윤이 먹을 핫도그와 음료수를 주문했다. 계산대 옆에 가격표가 붙은 잉어 먹이가 놓여 있었다. 근처에 잉어가 있나요 묻자 커피를 내리던 사람이 손으로 노래하는 사람을 가리켰다.

"저 옆 계단을 올라가면 연못이 나와요."

잉어가 아주 많다며 소리 없이 웃었다. 은주는 작은 봉지에 든 물고기 밥도 같이 계산했다.

배가 고팠는지 윤은 핫도그를 야무지게 먹었다. 낮의

아이는 좀 더 밝아 보였다. 저쪽에 연못이 있다는데 가 볼래 하고 물었더니 고개를 끄덕거렸다. 계단을 올라가자 왼쪽에 여러 개의 파라솔과 벤치가, 오른쪽에는 연못이 펼쳐졌다. 젊은 남녀 한 쌍이 벤치에 앉아 커피와 샌드위치를 먹으며 얘기를 나눴다. 날씨가 더워 연못은 짙은 녹색인데 어른의 팔뚝만 한 잉어부터 손가락 한 마디만 한 것까지 무리를 지어 다녔다. 윤과 은주가 가까이 다가가 쳐다보자 잉어들이 발치에 모여들었다. 은주는 매점에서 사 온 잉어 먹이를 뜯었다. 몇 개 집어서 연못에 뿌리자 잉어들이 서로 먹으려고 입을 뻐끔거렸다. 윤의 손에도 먹이를 쥐어 주었다. 윤이 힘차게 던졌으나 발치에 떨어졌다. 잉어들이 그 먹이를 열심히 먹자 윤의 얼굴에 웃음이 동그랗게 번졌다.

은주는 파라솔 앞에 앉아 윤을 지켜보았다. 아이는 신중하고 진지하게 먹이를 주었고 마지막 한 알이 사라질 때까지 지켜보았다. 은주는 윤에게 찾아온 평화와 몰입의 순간을 아슬아슬하면서도 신기한 마음으로 보았다. 잠든 윤의 가슴에서 전해지던 심장박동의 팔딱거림과 규칙적으로 오르내리던 호흡이 떠올랐다. 윤이 완전한 타인이고 자신과 상관없으면서 동시에 깊이 연결되어 있다는 걸 느꼈다.

먹이 주는 거 너무 재미있어 하며 윤이 웃었다. 다음 순간을 예측할 수 없고 내일에 대해서도 알 수 없지만 잠시 쉬는 것만으로도 괜찮은 오후였다. 은주는 스마트폰을 꺼내 윤의 뒷모습과 잉어에게 먹이를 주는 얼굴과 잉어들이 먹이를 먹는 것을 동영상으로 찍었다. 사진과 영상을 엄마와 은석에게 전송했다.

물론 송가

카페 안에는 아직 점심시간의 활기가 퍼지지 않았다. 혼자 온 사람들은 조용히 앉아 있고 일행이 있는 사람들의 대화도 재즈 피아노의 연주 안에 머물렀다. 그는 곧 사라질 오전의 조심스러움이 마음에 들었다. 테이블 위에 런치 세트를 내려놓은 뒤에야 자신에게 필요한 게 따뜻한 국물이었다는 걸 깨달았지만 다른 식당에 가서 무언가 주문할 마음은 생기지 않았다. 오전 회의가 끝났는데도 속쓰림은 그대로였다. 회의를 하는 동안 그를 쳐다보던 팀장들의 눈빛이 떠오르자 조용히 신물이 넘어왔다.

창밖의 은행나무에서 노란 잎이 드문드문 떨어졌다. 이 회사로 옮긴 뒤 그는 점심시간마다 창밖으로 지나가는 네 개의 계절을 생생하게 지켜보았다. 백반집과 죽집, 편의점과 분식집에서 수저를 든 채 정오 무렵의 하늘과 구름의 흐름, 가로수 잎의 색과 모양을 바라보았다. 그가 식당을 고르는 기준은 두 가지였다. 회사에서 한 정거장 이상 떨어져 있느냐, 밖을 내다볼 창문이 있느냐. 회사를 옮기기 전까지 점심시간이 되면 오늘은 어느 식당에 가서 뭘 먹을까, 음식의 맛과 가격에 대해서만 생각했다. 이직한 뒤 1년 동안 그는 창밖을 보며 혼자 밥 먹는 일에 익숙해졌다. 식욕이 줄었고 위는 꾸준히 헐었고 역류성 식도염 때문에 목 안이 자주 따끔거렸다. 시간이 흘러가길 간절히 바라면서도 점심시간은 언제나 빨리 끝나 버린다고 생각했다.

커피를 마시며 바닥에 쌓이는 은행잎을 보고 있는데 송의 메시지가 도착했다. 그는 오랜만에 받는 송의 연락이 반가워서 샌드위치를 크게 한 입 베어 물었다. 송과 일할 때는 식욕이 왕성했고 실없는 얘기를 주고받으며 자주 낄낄거렸다. 이 회사 사람들도 농담을 했지만 그들의 세련된 유머는 그를 배제하거나 조롱하는 방식으로 사용되었다. 당장 송에게 전화해서 회사 분위기는 어떤지, 동료들은 여전한지, 그가 돌아갈 자리가 있는지 넌지시 물어보고 싶었다. 임의 귀에 들어가면 곤란하겠지만 들키게 되면 농담이라고 둘러댈 생각이었다.

송의 메시지를 열기 전에 그는 헤드헌터에게 메일이 왔는지 확인했다. 지난주에 이력서를 보냈을 때 담당자는 적당한 곳을 찾는 대로 답을 주겠다고 했다. 기다리던 메일 대신 기획 2팀 팀장이 보낸 회의 안내가 깜박거렸다. 두 개의 첨부 파일과 함께 오전 회의 때 나온 광고 방안을 마무리 짓자는 내용이 이어졌다. 그는 입 안에 남은 샌드위치를 씹어 삼켰다. 2시면 회의 자료를 훑어보고 의견을 준비해서 참석하기도 빠듯했다. 첨부 파일을 클릭하려는데 송의 메시지가 하나 더 도착했다.

지금 사무실에 난리 났다.

그는 송이 먼저 보낸 메시지를 찾아 확인했다.

임이 회사에서 사고를 쳤어.

그는 헤드헌터와 2시 회의를 옆으로 밀어 둔 채 사고와 난리를 내려다보았다. 아내가 사고를 쳤다니. 목에 사원증을 건 직장인들이 카페 안으로 들어왔다. 출입문이 여러 번 열렸다 닫히는 동안 사람들의 목소리에 담긴 활기와 피로, 그들의 신발 밑창에서 으깨진 은행 냄새가 카페 안에 퍼졌다.

같은 사무실에서 일할 때 송은 무슨 일이 생기면 그의 자리로 와서 파티션에 한쪽 팔부터 걸쳤다. 대단한 정보라도 입수했다는 듯 의기양양한 표정으로 입을 열었다. 반음 정도 높은 목소리와 무표정할 때조차 웃는 것 같은 송의 얼굴을 떠올리자 긴장이 살짝 풀렸다. 임이 회사에서 사고를 쳤다는 얘기는 결재 순서 때문에 다른 팀의 직원과 언성을 높였거나 결재해 줄 금액을 착각해 거래처에서 찾아왔다는 뜻일 거다. 업무의 특성상 임은 종종 그런 일에 휘말렸다. 송이 세게 표현한 건 금액이 크거나 분위기가 안 좋았다는 의미겠지. 아니면 오랜만에 술이나 한잔하자는 얘기를 이런 식으로 던지는 것이거나. 메시지에는 표정과 말투가 담기지 않아서 오해의 여지가 많았다. 그는 자신이 농담의 세계에서 얼마나 멀어졌나 생각했다.

임과 결혼하고 회사를 옮긴 뒤 송과는 자연스레 뜸해

졌다. 그 자연스러움에 대해 생각할 때마다 그는 불공평하다는 기분을 지울 수 없었다. 퇴사하면서 점심이나 회식을 같이하는 동료 관계가 끝난 건 이해하지만 저쪽에 그런 동료를 두고 왔으니 이곳에도 그런 동료가 생기는 게 공평하다고 생각했다. 그러나 일주일 만에 혼자 밥을 먹게 되면서 그는 누군가와 동료가 될 수 있으리라는 기대를 버렸다.

그는 한 손에 샌드위치를 든 채 다른 손으로 휴대폰 자판의 자음과 모음을 눌렀다. 무슨 일인데라는 말을 저녁에 한잔할까로 고치는 동안 화면에 송의 이름이 떴다. 담배를 피우는지 송은 숨을 길게 내쉬었다.

오전에 회의실에서 일이 좀 있었어.

송과 통화하는 동안에도 은행잎은 계속 바닥으로 떨어졌다.

설명하자면 길고, 휴대폰으로 찍은 거 보낼 테니까 먼저 보고 있어.

송의 목소리는 바닥에 낮게 깔렸다. 그는 잇자국이 선명하게 남은 샌드위치를 접시에 내려놓았다. 송은 한번 보자거나 잘 지내느냐는 말 없이 전화를 끊었다. 옆에 있다면 옆구리를 툭 치거나 무슨 일인지 빨리 말해 하며 헤드록을 걸 텐데 통화가 끝난 테이블 위에는 회의실과 휴대폰 동영상같이 내용을 짐작하기 어려운 단어만 남았다.

메시지는 바로 도착했다. 재생 버튼을 누르니 4층 사무실에서 찍은 회의실 문과 창문이 나타났다. 멀리서 찍은 듯 거리를 두어 번 조절했다. 회의실에서 튀어나오는 목소리가 커지자 화면이 흔들리며 다가갔다. 주변의 웅성거리는 소리와 회의실 안의 말다툼 소리가 뒤섞였다. 그는 회의실 안에서 무슨 일이 일어난 건지 궁금하면서도 본능적으로 불안에 휩싸였다. 영상의 재생 시간은 일 분 넘게 남아 있었다.

회의실 문이 벌컥 열리며 권의 옆모습이 나타났다. 컵과 노트를 들고서 자기 자리로 걸어가는 얼굴이 잔뜩 굳었다. 뒤이어 모습을 드러낸 사람은 임이었다. 임은 권의 뒤를 따라가며 소리를 질렀다.

너 말 다 했어?

회삿돈 갖고 유세 떠는 거 맞잖아요. 내가 뭐 틀린 말 했어?

권은 임을 쏘아본 뒤 휴대폰을 들고 사무실 밖으로 나갔다.

임의 목소리가 너무 크고 톤이 높아서 그는 얼굴을 구겼다. 예전에도 임이 소리를 지른 적이 있었나 돌아봤지만 동료였을 때나 부부로 지내는 동안 그렇게 소리를 지르는 모습은 본 적이 없다. 권이 사라진 화면 안에는 왼쪽 어깨가 살짝 기운 임의 뒷모습과 뭐야, 왜 그래 하는 주변의 목소리들만 남았다. 두 사람이 무슨 일로 부딪쳤는지 모르겠지만 그는 임이 그만 자리로 돌아가고 삼십여 초 남은 재생 시간 동안 아무 일도 일어나지 않기를 바랐다.

카메라는 서 있는 임의 뒷모습을 비추다가 그녀가 움직이자 그쪽으로 방향을 틀었다. 임은 팔과 등에 힘이 잔뜩 들어간 상태로 권의 자리까지 걸어갔다. 뭔가를 찾는 사람처럼 한동안 권의 책상을 둘러보더니 손에 집히는 대로 물건들을 바닥에 던졌다. 텀블러와 사무용품을 꽂아 둔 통이 요란한 소리를 내며 화면 밖으로 사라졌다. 임은 스피커와 키보드도 내동댕이쳤다. 사람들은 화면 언저리에 머물러 있을 뿐 다가가 말리지 않았다. 휴대폰의 카메라만 임이 움직일 때마다 각도를 바꾸었다.

그는 두 손으로 테이블 모서리를 꽉 잡았다. 머그컵 안의 커피가 출렁이다 탁자 위로 조금 흘렀다. 영상은 권의 자리에 서 있는 임의 어깨가 위아래로 천천히 오르내리는 장면에서 끝났다. 그는 임이 고개를 돌려 카메라를 쳐다볼까 봐 조마조마했다. 오전 회의 때 느낀 모욕감과는 다른 종류의 고통이 가슴속으로 퍼져 나갔다. 그는 카페 안을 둘러보았다. 스피커에서 음악이 나오고 사람들은 웃으며 얘기를 나누었다. 그의 귓가에는 권과 임의 목소리만 울렸다. 옆 테이블에 자리 잡은 사람들이 그에게 빈 의자를 가져가도 되느냐고 물었다. 그는 고개를 조금 숙이는 것으로 대답을 대신했다.

그는 임에게 전화했다. 왜 자신에게 연락하지 않는지, 지금 어디에서 뭘 하고 있는지 궁금했다. 그는 계속 왜, 왜 하고 중얼거렸다. 임의 휴대폰은 신호가 가는데 연결이 되지 않았다. 그는 반복해서 통화 버튼을 눌렀다. 목구멍이 뜨겁고 묵직하게 타올랐다. 얼음물을 한 잔 마시자 샌드위치 한 입과 커피 몇 모금만 먹은 빈속으로 차가운 물이 날카롭게 지나갔다. 그는 속쓰림을 참으며 전화를 받지 않는 상황과 받을 수 없는 처지에 대해 생각했다. 휴대폰을 쳐다보다가 송에게 전화했다. 임이 왜 연락이 되지 않는지, 권은 어떤 상태인지 궁금했다. 송과 얘기하다보면 해결책이 생기거나 별일 아닌 듯이 지나갈 수 있을 것 같았다.

보내 준 거 봤어.

그는 속으로 많은 말을 고르다 그렇게 얘기했다.

송은 아무래도 알리는 게 나을 듯싶어서 점심 먹고 연락한 거라고 했다. 그는 묻고 싶은 말을 두서없이 떠올리다 지금 상황이 어떠냐고 물었다.

밖에서 둘이 또 부딪쳤다는데 그건 CCTV를 봐야 확실히 알 것 같아.

지금은 목격자가 없어서 말만 많은 상태라고, 권과 임 얘기로 사무실 분위기가 어수선하다고 했다.

임에 대해 묻자 송은 잠시 침묵했다. 일을 복잡하게 만들어 놨어. 송은 많은 말을 접어 복잡하다로 정리했다.

전산실에서 CCTV 영상을 찾고 있으니까 받으면 보내 줄게.

송은 말을 아꼈다. 알았다고 대답하면서 그는 CCTV

영상이 뭔지, 뭐가 또 찍혔다는 건지 궁금해 입을 벌렸다. 그러나 질문하려는 순간 신물이 올라와 다급히 삼켰다. 그가 말을 더 잇지 않자 송은 기다리고 있어 보라고 했다.

전화를 끊은 뒤 그는 밖에서 둘이 또 부딪쳤다는 송의 말을 곱씹었고 송에 대해 잠깐, 임에 대해 오래 생각했다.

아침에 임은 출근 준비를 마친 뒤 그를 깨웠다. 월요일의 도로 정체를 염려하며 차 키를 챙겼고 지하철로 삼십 분 거리의 회사에 다니는 그를 부러워했다. 그는 잠이 덜 깬 상태에서 미숫가루 맛이 나는 셰이크를 마시며 주말이 끝났다는 걸 실감했다. 그건 다음 주말까지 혼자 점심을 먹어야 한다는 의미였다. 그는 헤드헌터가 언제쯤 메일을 보낼까 생각했다. 임은 월요일의 부지런함을 몸에 걸친 채 산 지 얼마 안 된 구두를 신었고 현관문을 나서며 이제 겨울인가 봐 했다. 그는 손을 들어 인사하며 임의 옷이 얇아 보인다고 생각했다. 평소와 다른 점은 떠오르지 않았다.

같은 회사에 다닐 때 그와 임은 반년 넘게 인사만 주고받는 사이였다. 대화를 나눈 적도 같이 점심을 먹은 일도 없었다. 임 하면 정갈한 갈색 정수리가 떠올랐다. 경영관리팀 부장의 자리는 독립된 형태로 사무실 안쪽에 위치해서 출근할 때 사무실 문을 열고 들어가면 파티션 안에 앉아 있는 임의 정수리가 보였다. 그는 거기 어딘가를 향해 안녕하십니까 하고 인사한 뒤 자리에 가서 앉았다. 일찍 출근해도 임의 정수리는 늘 그 파티션 너머에 있었고 점심시간이 끝날 무렵이나 사람들이 휴게실과 흡연실을 들락거리는 오후에도 그 자리에 고정되어 있었다.

그는 자신보다 직급도 높고 나이도 많고 회사에 오래 다닌 임이 어려웠다. 팀장이 휴가를 떠나며 그에게 광고 회사의 결재를 맡기지 않았다면 임과 한마디도 하지 않은 채 회사에 다녔을 것이다. 팀장은 휴가 전날 그와 권에게 한 주 동안 처리할 일을 인계했고 가장 시급한 일이 광고 회사 입금이었다. 세금계산서와 결재 서류를 경영관리팀에 넘겼는데도 빠른 입금을 부탁한다는 전화가 여러 번 걸려 왔다. 거래처보다 휴가지에서 짬을 내 확인하는 팀장의 목소리가 더 부담스러웠다. 내일까지 해결해야 돼라는 말 너머로 아빠, 아빠, 재촉하는 아이의 목소리와 파도를 맞으며 환호하는 휴가객들의 소리가 섞였다. 사무실 안이 시원한데도 손바닥에 자꾸 땀이 찼다.

경영팀 대리에게 결재 얘기를 꺼내자 순서를 정하는 건 자기 권한이 아니라며 턱짓으로 임을 가리켰다. 그는 임의 반듯한 가르마를 보며 난감하게 서 있다 자리로 돌아왔다.

점심을 먹으며 송이 경영팀 사람들은 왜 회삿돈 갖고 유세 떠는지 모르겠다고 했다. 영수증 뒤적이면서 사람 위아래로 훑어보는 것도 기분 나빠요, 권도 한마디 보탰다. 급하다고 사정해도 순서대로 하는 거라며 딱 자르는 건 어떻고. 두 사람은 미리 짠 듯 말을 주고받았다. 임이 제일 심하다는 말을 누가 했는지는 기억나지 않는다. 그는 입맛이 없어 밥을 남겼지만 송이 임의 표정을 흉내내는 걸 보고 수저를 든 채로 웃었다.

점심 먹고 들어와서 그는 사내 메신저로 임에게 사정을 간곡히 설명했다. 단어 선택에 신경 썼고 공손한 태도를 유지하기 위해 노력했다. 고민하던 문장 두 개를 삭제

한 뒤 보내기 버튼을 눌렀다. 임은 한참 동안 메시지를 확인하지 않았고 그는 전화벨 소리만 들어도 속이 더부룩해졌다. 임의 메시지가 도착한 건 퇴근 한 시간 전이었다.

4층 창가에서 잠깐 볼까요.

그가 긴장한 상태에서 비상구 문을 열고 나갔을 때 창문 앞에 서 있던 임이 돌아보았다. 임은 결제에 대한 얘기 대신 캔 커피를 건넸고 그걸 받아 들자 손바닥 안쪽으로 서늘한 냉기가 퍼져 나갔다. 물방울이 맺히기 시작하는 캔을 다른 손으로 옮겨 쥐는 동안 임은 회사의 자금 사정과 결제 시스템에 대해 차분하게 설명했다. 그는 약간 낮고 느린 임의 목소리를 들으며 천천히 고개를 끄덕였다.

옆에 선 임의 키는 예상보다 작았다. 그는 임의 단발머리 뒤쪽으로 흰머리가 두 가닥 튀어나온 걸 보았고 표정을 바꿀 때마다 눈꼬리 옆으로 가느다랗게 퍼지는 주름도 보았다. 대화가 시작되고 끝날 때까지 그와 임 사이의 간격은 지하철에서 손잡이를 잡고 서 있는 사람들 정도를 유지했다.

창밖에는 서너 그루의 가로수들이 서 있었다. 여름 나무들은 가지마다 초록의 잎을 무성하게 매단 채 그늘을 만들었다. 바람이 불지 않아 나뭇잎들은 공중에 가만히 떠 있는 것 같았다. 임의 목소리를 들으며 나뭇잎과 그 사이로 잘게 부서지는 오후의 햇빛을 보고 있자니 몸의 온도가 천천히 내려갔다. 회사나 결제가 아니라 커피와 여름과 오후에 대해 얘기하고 싶어졌다. 임이 얘기를 마무리하며 이번 주 내로 입금이 어려우니 팀장과 업체에 잘 설명하라고 했다. 그는 팀장이 맡긴 일을 해결하지 못했고 하루 종일 애쓴 일이 실패로 끝났다는 걸 깨달았지만 대화가 끝났을 무렵 아무래도 상관없다는 마음이 되었다. 임이 그의 메시지에 답변하기 위해 시간을 냈고 그가 수긍하게 된 것으로 충분했다. 임이 미안하다며 다음에 밥 한번 사겠다고 했을 때 그는 이 평범한 순간이 자신의 삶에 새로운 풍경을 만들지도 모른다는 예감에 빠졌다. 임이 비상구의 문을 열고 자리로 돌아간 뒤에도 그는 창가에 남아 밖을 내다보았다. 임이 왜 회의실이나 휴게실로 부르지 않고 계단의 창가에서 보자고 했는지 궁금했다. 이곳에서 그의 마음은 인과관계를 벗어나 엉뚱한 방향으로 움직였다. 그는 잠깐 멈추어 밖을 내다보는 게, 고개를 돌려 바람에 흔들리는 나뭇잎의 움직임을 볼 수 있다는 게 꽤 근사한 일이라는 걸 깨달았다.

임과 만나고 있다고 털어놓자 송은 농담이지 하고 물었다. 진지해. 그의 말에 송이 옆구리를 푹 찔렀다. 언제부터야. 남녀 관계는 정말 알 수 없다니까. 고개를 흔들며 웃는 송을 보면서 그도 조금 웃었지만 내가 만나는 임은 사무실에서 보는 임과 다르다고 말하고 싶었다.

테이크아웃 음료를 든 직장인들이 빠져나가자 카페 안에 재즈 피아노 소리가 살아났다. 그는 다시 임에게 전화를 걸었다. 선명하게 울리는 통화 연결음에 귀 기울이며 임이 차분하게 여보세요라고 말하길 기다렸다. 그 목소리가 회의실에서 싸우던 임과, 사람들이 보고 있는데 권의 물건을 내던지던 임에 대해 해명하고 지워 주길 바랐다. 통화 연결음이 이어지는 동안 누가 휴대폰으로 임과 권을 찍었고 그 영상이 얼마나 퍼져 나간 건지 궁금해졌다. 송에게 그걸 물어봤어야 했는데 놓쳤다. 전화를 걸어 볼까 하다가 그만두었다. 그건 권이 따져야 할 문제지 그가 나설 부분은 아닌 것 같았다. 임이 던진 권의 물건들은 어떻게 되었을까. 바닥에 떨어진 물건들을 누가 권의 자리에 올려놓았는지, 나갔다 들어온 권이 하나하나 주웠는지. 그는 그런 것에 자꾸 신경이 쓰였다. 일 자체보다 이후의 수습과 그것을 지켜볼 사람들과 계속 이어질 회사 생활에 대해 더 많이 생각하게 되었다. 그런 생각이 아무것도 바꿀 수 없다는 걸 아는데도 멈출 수 없었다.

권은 그와 같은 팀이었는데 특별히 친한 건 아니었지만 데면데면한 사이도 아니었다. 개인적인 얘기는 나누지 않아도 가끔 같이 점심을 먹거나 업무에 대해 몇 마디 주고받았다. 권은 키가 크고 성큼성큼 걸었으며 덤벙거릴 듯한 인상과 달리 일할 때는 꼼꼼하고 야무졌다. 목소리를 높이거나 누군가와 부딪치는 타입은 아니었다. 기분 나쁘거나 불만이 있으면 농담을 던졌다. 그러면 상대가 웃으면서 사과했다. 그게 그곳의 일하는 방식이었다고 그는 기억했다.

임은 전화를 받지 않았고 대신 이메일 도착 알림이 울렸다. 헤드헌터가 보낸 답장이었다. 그는 무감각해진

상태로 메일을 열었다. 담당자는 하반기라 팀장급 이상
의 경력직 채용이 많지 않고 지금 회사보다 나은 연봉이
나 복지를 제공하는 곳을 찾기 힘들다고 썼다. 그가 이직
이 잦고 근무 기간이 짧아 추천이 쉽지 않다는 말도 덧
붙였다. 꼭 옮겨야 한다면 내년을 준비하는 게 좋겠다는
내용으로 메일은 마무리되었다. 옆 테이블의 사람들이
자리에서 일어나며 빌려 갔던 의자를 돌려주었다. 그는
식은 커피를 한 모금 마셨다. 내년이라…… 내년이 1년
뒤를 의미하지 않는다는 걸 아는데도 속이 쓰렸다. 사무
실에서 나올 때 위장약을 챙기지 않은 걸 후회했다.

　신혼여행 마지막 날 밤에 그와 임은 침대 옆 테이블
에 앉아 와인을 마셨다. 그는 그을린 팔다리와 살이 좀
붙은 듯한 배를 내려다보았다. 며칠 동안 두 사람은 같은
곳에 머물며 같은 음식을 먹었고 같은 풍경을 바라보거
나 서로를 쳐다보았다. 집에 돌아가면 임과 함께 출근하
고 퇴근하게 될 거라고 생각하자 여행이 끝난다는 아쉬
움도 덜했다. 그가 동료들에게 돌릴 선물과 집들이에 대
해 얘기하는 동안 임은 치즈 위에 포크 자국을 여러 개

만들었다.

앞으로 회사 같이 못 다닐 수도 있어.

그가 의아한 표정으로 쳐다보자 임이 그의 뺨을 부드럽게 쓰다듬었다. 임은 사내 커플에 대한 회사 내 방침에 관해 설명했다.

본부장이 불러서 얘기할 거야. 나는 이 회사에 오래 다녔잖아.

팀도 다른데 같이 일하면 어때.

그는 자신의 목소리가 퉁명스러워졌다는 걸 느꼈다.

자기가 회사를 옮기는 게 어떨까.

그는 생각해 본 적도 없는 문제를 그녀는 타이밍이 되었다는 듯 자연스럽게 꺼냈다.

자기는 나보다 젊고 유능하니까 연봉 많이 주는 큰 회사에 다녀야지.

그는 임의 말투에서 상사의 회유와 아내의 부탁을 동시에 느꼈다. 회사를 옮기고 싶은 마음이 없었으나 나이와 경력이 더 많은 임에게 다른 곳을 알아보라고 하는 건 가혹한 일 같았다. 그런데도 자신을 헤아리지 않는 임의 무신경함에 속이 상했다. 그는 몇 번의 이직 끝에 겨우 회사 생활의 재미를 느끼는 중이었다. 그러나 이것이 결혼 생활에 도착한 첫 번째 미션이라는 걸 직감했다. 대답은 미루어도 노라고 할 순 없을 것이다.

내가 옮기는 게 모두에게 좋다는 거지?

그가 목소리를 누그러뜨리자 임은 자신이 알아 놓은 곳이 있다고 했다. 그는 연봉을 더 준다는 의미가 무엇인지 알았고 예전에 비하면 지금 다니는 회사가 얼마나 일하기 편한지도 잘 알았다. 임에게 이번 이직은 도약이나 발전이 아니라 배려와 희생에 가깝다고 말하고 싶었다. 그는 와인을 마시며 창밖을 내다보았다. 이국의 풍경은 보이지 않고 그 위로 두 사람의 얼굴이 어룽거렸다. 천장에 매달린 조명이 임의 한쪽 얼굴에 그늘을 만들었다.

송은 임과의 결혼 소식을 전할 때보다 회사를 옮긴다는 얘기에 더 놀랐다.

언제 알아본 거야? 결혼에 이직까지 대단한데.

한 사람은 옮겨야 한다니 어쩔 수 없잖아.

그가 불만 섞인 마음을 드러내도 동료들은 옮기는 회사의 연봉과 복지에 관심을 보였다. 얼결에 그는 앞날을 준비하는 능력 있는 사람이 되었다.

알아 둔 곳이 있다는 임의 말대로 면접에서 출근까지 빠르게 진행되었다. 첫날 점심시간에 같은 팀의 대리가 김 이사님과 어떻게 아는 사이냐고 물었다. 김 이사라면 그가 면접 때 만났던 사람인 듯했다. 임이 이 회사를 추천한 헤드헌터고 그는 이직의 순서를 충실히 따랐을 뿐이라 두 사람이 어떻게 알고 얼마나 가까운지에 대한 정보가 없었다. 대답을 기다리는 사람들에게 그는 김 이사를 잘 모른다고, 누구 소개로 오게 된 거라고 말했다. 사람들의 얼굴에 실망과 의혹이 번졌다. 그 표정의 의미를 파악해 보려 애썼으나 주문한 음식이 나오면서 대화가 흐지부지 중단되었다. 사람들은 찜찜한 얼굴로 자기 앞에 놓인 음식을 먹었다.

그는 세 번 더 같은 팀 사람들과 점심을 먹었고 그때마다 김 이사와 관련된 질문을 받았다. 소개했다는 사람이 누굽니까. 그들은 내정자가 있는데 채용 공고를 냈다는 사실에 조용히 분개했고 그가 말할 때마다 각자의 방식으로 마뜩지 않음을 드러냈다. 그는 내정자나 낙하산의 이미지에서 벗어나고 싶었지만 매번 그들이 원하는 답에서 비껴 나갔다. 사람들은 더 이상 그에 대해 궁금해하거나 질문하지 않았다. 사무실에서 그는 고개를 살짝 숙인 채 모니터만 쳐다보았다. 사람들과 마주치는 게 불편해서 점심시간이 되기 전에 사무실을 빠져나왔다. 커다란 창문이 있는 식당을 찾아다녔고 점점 더 먼 곳의 식당이나 카페에 들어가 점심시간을 보냈다.

회의가 시작되기 전이나 끝난 뒤에는 비상문으로 나와 계단을 반 층 내려갔다. 임과 서 있던 4층의 창가와 달리 창밖으로는 옆 건물의 벽과 두 건물 사이의 좁은 통로만 보였다. 먼지를 뒤집어쓴 에어컨 실외기 몇 대가 놓여 있고 체인이 빠진 자전거와 손잡이가 부러진 바구니가 구석에 방치되어 있었다. 젊은 여자들이 그 옆에 쪼그리고 앉아 담배를 피우거나 울면서 누군가와 통화했다. 창밖을 바라보며 그는 액상으로 된 위장약을 삼켰다. 달큰하고 걸쭉한 위장약이 식도를 타고 내려가 위벽을 감쌀 때면 오래 참았다는 생각이 들었다. 1년이 아주 긴 시간처럼 느껴졌다.

그는 헤드헌터의 메일을 삭제하고서 시간을 확인했다. 1시 오 분 전, 카페 안은 그가 왔을 때와 분위기가 비숫해졌다. 테이블과 의자를 이어 붙인 단체석은 비어 있고 구석 테이블에 혼자 앉은 사람들이 눈에 띄었다. 평소 같으면 사무실 의자에 앉아 업무용 메신저를 확인할 시간이었다. 오 분 일찍 사무실에서 나오기 때문에 그는 오 분 일찍 사무실에 도착하려 애썼다. 점심시간이 끝날 때면 사무실이 아닌 다른 곳으로 가 버리고 싶은 마음이 치밀어 올랐지만 임에 대한 생각으로 눌렀다. 다른 데로 가고 나면 임의 얼굴을 똑바로 볼 수 없을 것 같았다.

그는 여기서 몇 블록 떨어진 사무실과 그 안에 있는 자신의 빈자리를 떠올렸다. 회의 자료를 확인하지 못했지만 오른쪽 첫 번째 서랍에 위장약이 들어 있는 책상으로 돌아가야 했다. 그는 차갑게 식은 커피와 딱딱해진 샌드위치 조각을 쟁반에 담았다. 겉옷을 챙겨 일어서는데 탁자 위의 휴대폰이 진동했다. 몸을 반쯤 일으킨 채로 송의 메시지와 동영상의 플레이 버튼을 내려다보았다. 화살표를 누르는 게 두려웠지만 누르지 않을 수도 없었다.

화면의 시작은 텅 빈 계단이었다. 비상구 문이 열리고 권의 모습이 나타났다. 그녀는 사무실 밖에서 한숨 돌리려는 듯 머리를 쓸어 올린 뒤 창가에 섰다. 4층의 계단과 창가가 고스란히 찍혔다. 그는 그곳에 진짜 CCTV가 설치되어 있고 화면이 컬러이며 화질이 선명하다는 점에 놀랐다. 휴대폰 영상과 달리 소리가 들리지 않았지만 카메라는 영화를 찍듯 공간과 인물을 정확하게 비췄다. 창가에 서 있는 권의 어깨가 눈에 띄게 오르내렸다. 그는 권에게 뭐라고 사과해야 하는가 생각했다. 잠시 후 문이 열리고 임이 모습을 드러냈다. 그는 위액이 목젖으로 역류하는 걸 느꼈다. 임은 양손으로 허리를 짚은 채 권의 뒤에 서 있었다. 권이 뒤를 돌아보자 임은 허리에서 손을 뗀 다음 권에게 다가갔다. 화면에는 임의 뒷모습과 권의 얼굴이 나왔다. 두 사람은 들리지 않는 말을 한동안 주고받았다. 권이 뒤돌아 계단을 내려가려 하자 임이 팔을 뻗어 권을 밀었다. 순식간에 벌어진 일이었다. 권은 아주 가볍고 무력하게 계단 아래로 굴러떨어졌다. 중간에 계단참이 없었다면 멈추지 않고 계속 떨어졌을지도 몰랐다. 영상은 바닥에 닿은 권이 위를 올려다보는 것으로 끝났다.

그는 휴대폰을 든 손에 힘을 주었다. 목 안의 껄끄러움을 지우려고 침을 여러 번 삼켰다. 권이 계단을 굴러

바닥에 떨어지는 걸 보는 동안 그의 마음이 가파르게 추락했다. 명치끝이 찌르듯 아파서 몸을 조금 웅크렸다. 명치끝을 틀어쥔 고통이 언제 힘을 뺄지 알 수 없었다. 영상을 다시 보면서 그는 임의 갑작스러운 행동에 집중했고 떨어지는 권을 보았고 그다음에는 권을 지켜보는 임을 보았다. 임의 표정과 몸짓에서는 망설임이 느껴지지 않았다. 권이 떨어지는 동안에도 그녀를 민 자리에 가만히 서 있었다. 이번에도 영상 속의 임은 뒷모습만 나왔고 어깨와 등과 팔이 빚어 놓은 듯 견고했다. 그는 손의 떨림을 멈추기 위해 주먹을 꽉 쥐었다.

결혼 전에 조심스럽게 만날 때 그들의 접선 장소는 비상계단이었다. 사무실의 양쪽 끝자리에 앉아 일하다 임이 메시지를 보내면 움직였다. 비상문을 열면 창문 앞에 임이 서 있었다. 아무리 서둘러도 언제나 먼저 도착해 있던 임이 그를 돌아보았다. 그는 임이 거기 있다는 사실이 좋았고 자신에게만 다른 표정을 보여 주는 게 좋았다. 임은 그에게 따뜻하게 데운 꿀물이나 직접 만든 샌드위치를 건넸다. 그가 그걸 먹는 동안 전날 있었던 일이나 연휴 계획에 대해 얘기했다.

나란히 서 있을 때 그는 임의 왼편에 서서 임의 왼쪽
얼굴과 어깨를 내려다보았다. 가르마가 아닌 동그란 이
마나 콧날을 찬찬히 살필 수 있어서 좋았다. 그들은 창가
에서 생일 선물이나 먼 데서 사온 기념품을 몰래 건넸다.
조심스럽게 손을 잡기도 하고 어깨에 기대거나 끌어안
기도 했다. 그럴 때 위에서 누군가 내려오거나 갑자기 비
상문이 열릴까 봐 신경 쓰였지만 임과 만나는 동안 아무
에게도 들키지 않았고 누구의 방해도 받지 않았다. 두 사
람은 비상구 문을 열고 들어오기 전보다 좀 더 뜨거워진
채 자기 자리로 돌아갔다. 그 계단에서 그의 마음은 천천
히 열렸다. 임의 손을 잡고 있으면 위나 아래 어디로든
나아갈 수 있을 것 같았다.

임이 전화를 받지 않아 그는 송의 번호를 눌렀다. 달
리 무엇을 해야 할지 떠오르지 않았다. 바닥에 떨어진 권
이 어떻게 되었는지, 지금 상황이 어떤지 물어볼 사람이
송뿐이었다.

전화를 받은 송이 봤어 하고 물었다. 어 하고 대답하
며 그는 손바닥으로 얼굴을 쓸어내렸다.

상황이 안 좋아.

송의 목소리에서 곤혹스러움이 배어 나왔다. 회사를 옮긴 뒤 송과 서너 번 만나 술을 마셨다. 그가 새로운 회사와 사람들에 대해 어떤 얘기를 해도 송은 그래서 돈 많이 주는 거야, 사람이 다 그런 면이 있어 하며 웃어넘겼다. 남의 얘기라고 아무 말이나 하냐, 성의 없다 타박하면서도 그는 송과 마주 앉아 웃고 먹고 취했다. 사는 게 원래 힘든 거라고 말하며 문제들을 옆으로 치우던 송의 태도가 싫지 않았다. 그런데 임의 일은 그 아량의 범위에 포함되지 않았다.

회사에 경찰이 왔어.

권의 신고로 경찰이 출동해서 임은 조사를 받고 돌아왔다고 했다.

권은 지금 병원에 있어. 계단이 일곱 개였대. 비상문 출입을 금지하라는 얘기까지 나오고 있어.

긴박했던 순간들이 몇 문장으로 요약되었다. 앞의 단어와 뒤의 단어가 매끄럽게 연결되며 상황을 만들어 냈지만 그는 충격 속에서 허우적대느라 제대로 따라가지 못했다.

진짜 궁금해서 그러는데 임이 평소에 권을 미워했
어?

그 말을 듣자 그는 아득해졌다.

결혼한 뒤 그와 임은 4층의 창가 대신 거실의 소파에
나란히 앉았다. 하루에 한 번, 저녁을 먹은 뒤나 자기 전
에 벽걸이 TV의 검은 화면을 쳐다보며 그날 있었던 일
에 대해 이야기했다. 두 사람이 퇴근하면서 사 온 디저트
를 대화에 곁들였다. 임의 옆에 앉아 손가락을 만지작거
리거나 팔을 쓰다듬을 때 그는 결혼했다는 감각으로 충
만했다. 그런데도 4층의 창가에 같이 서 있던 순간이 가
끔 떠올랐다. 비상문을 열고 나갔을 때 실내보다 약간 서
늘하던 공기와 사무실과 구분되던 고요한 창가, 둘 다 아
는 공통의 화제에 대해 얘기하던 순간이 그리웠다. 그들
이 나눈 대화에 회사는 자주 등장했지만 그가 이직한 뒤
로 누구도 특정 인물에 대한 감정을 드러내지는 않았다.

모르겠어.

그도 송에게 묻고 싶었다. 회사에서 임과 권이 어땠
는지, 회의실에서 무슨 얘기를 주고받았기에 그런 일이
벌어졌는지. 그러나 그는 하려던 말들을 목 안으로 삼켰

다. 무언가 더 알게 된다고 해도 달라지는 것은 없었다. 임의 행동이 사라지거나 이해받을 수 있는 것도 아니고 그가 받은 충격이 흐려질 리도 없었다.

그가 아무 말도 않자 답답하다는 듯 송이 재촉했다.

부부니까 잘 알 거 아니야.

목 안이 뜨겁게 타올라 그는 물을 조금 마셨다. 이제 임에 대해 무얼 안다고 할 수 없을 것 같았다. 이 사건에 대해 들은 뒤로 그는 내내 왜와 모르겠다 사이를 오갔다. 수많은 추측과 의심이 일어났지만 무엇이 진실에 가까운지는 알 수 없었다. 그가 할 수 있는 말은 임이 왜 그랬는지 모르겠다는 것뿐이었다.

임이 처음에는 계단에서 밀지 않았다고 우겼어. 권이 혼자 미끄러졌다는 거야. CCTV 얘기를 꺼내니까 그때 입을 다물더라고.

송은 목소리에 감정을 싣지 않으려고 노력했지만 한숨에 섞인 분노까지 감추지는 못했다. 이게 폭행 상해라 구속감인데 권이 합의를 안 해 주면 일이 복잡해질 거라고 했다. 송의 얘기를 들으며 그는 권의 상태와 그녀가 받은 충격과 송의 분노와 자신의 처지와 임에 대해 생각했다. 각기 다른 자리에서 다른 방향으로 뻗어 나가는 입장과 감정 속에서 길을 잃은 것 같았다.

지금 임은…… 임은 어디에 있어?

임?

송은 그걸 왜 자신에게 묻느냐는 듯 반문했다. 임과 연락이 되지 않는다고, 전화도 안 받고 메시지도 없다고 털어놓자 송이 상황을 알겠다는 듯 아…… 하며 말끝을 흐렸다. 조사를 받고 온 뒤 자리에 앉아 있다고, 일을 하는지 어떤지는 모르겠지만 평소와 달라 보이지 않는다고 했다. 전화를 끊으며 그는 송이 여러 번 통화하는 동안 한 번도 농담을 주고받거나 웃지 않았다는 걸 알았다.

그는 지하철역 쪽으로 걸어가며 권의 연락처를 찾았다. 권이 전화를 받는다면 간곡하게 사과하고 싶었고 그건 송이 말한 합의와 무관해야 한다고 생각했다. 통화 연결음은 길게 이어지는데 연결이 되지 않았다. 신호가 가는 동안 임이 권에게 사과했는지 궁금해졌다. 송은 조사와 합의에 대해서는 얘기했지만 사과와 용서에 대한 얘기는 하지 않았다. 다시 통화 버튼을 누르자 전원이 꺼져 있다는 메시지가 흘러나왔다.

빈 차 표시를 밝힌 택시가 오는 걸 보고 그는 즉흥적으로 팔을 들었다. 뒷좌석에 앉아 기사에게 임의 회사 주소를 말한 뒤 등을 기댔다. 1시 50분이 되자 기획 2팀 팀장의 전화가 걸려 왔다. 그가 받지 않자 곧바로 메시지가 도착했다. 그는 오후 업무가 시작된 사무실과 자신의 빈 자리를 힐끔거릴 사람들을 떠올렸다. 아내에게 일이 생겨서 회의 참석이 어렵다고 입력한 메시지를 전송했다. 택시를 타고 가는 동안 차창 밖으로 익숙하지만 감도가 달라진 거리가 지나갔다. 택시가 공간이 아니라 시간을 거슬러 가는 듯했다.

회사 주변의 가로수들은 잎이 떨어져 앙상했다. 도로 양옆으로 낙엽이 수북하게 쌓여 있었다. 그는 건물 안으로 들어가지 않고 인도에 서서 사무실이 있는 4층을 올려다보았다. 거기에 그의 자리는 없고 갑작스러운 방문을 반가워할 동료도 없었다. 송에게 다시 연락하는 것도 내키지 않고 권을 찾아가 용서를 구하는 것도 염치없는 일 같았다. 무엇보다 임의 얼굴을 마주할 자신이 없었다.

밖에서 바라보는 창문은 작고 부옇고 어떤 사연도 담고 있지 않은 듯 무심해 보였다. 팔을 휘둘러 택시를 세울 때와 달리 그는 회사 앞 거리와 편의점을 둘러보며 망설였다.

점심시간이 지나 건물에는 사람의 출입이 뜸했다. 그는 엘리베이터를 타지 않고 비상문을 연 뒤 계단으로 천천히 올라갔다. 어둑하고 조용한 공간에 희미한 담배 냄새와 늦가을의 바람 냄새가 떠돌았다. 그는 위에서 내려오는 누군가와 마주치거나 밑에서 사람이 올라올까 봐 조심스럽게 움직였다. 2층과 3층을 지나 CCTV에 선명하게 찍혔던 4층까지 천천히 올라갔다. 그도 비상구 쪽에 CCTV가 있어 창가와 계단을 정확히 담고 있을 거라고 생각하지 못했다. 임과 그가 만나던 순간들도 연도와 날짜와 시간이 기록된 파일의 형태로 남아 있고 누군가 열어 봤을지도 모른다고 생각하니 특별하고 비밀스러웠던 감정이 훼손되는 기분이었다.

4층의 계단참에서 그는 멈춰 섰다. 권은 무릎과 발목을 다쳤다는데 권이 떨어졌던 곳에는 아무 흔적도 남아 있지 않았다. 아무것도 없는 게 당연한데 그게 이상해서 그는 여기저기 둘러보았다. 그는 위로 올라가려다 그대로 멈추었다. 4층 창가에 임이 서 있었다. 인기척을 느끼지 못한 듯 임은 움직임이 없었다. 얇은 블라우스 차림이었고 두 손으로 창턱을 꼭 잡은 채 서 있었다. 그는 일곱 개의 계단 아래에서 임의 옆모습을 쳐다보았다. 아침에 인사한 뒤 한나절이 지났을 뿐인데 하나의 계절이 흘러간 듯 길게 느껴졌다.

그는 예전처럼 창가로 가서 임의 왼편에 선다면 무엇이 보일지 생각했다. 그때 초록 잎이 무성하던 여름의 나무들은 계절이 바뀌어 앙상해졌을 테고 그를 좀 더 뜨겁게 만들던 날들도 거기에 없을 테지만 그는 계단을 천천히 올라가 임의 왼편에 섰다. 그리고 창밖에 펼쳐진 새로운 늦가을의 풍경을 바라보았다. 몇 초가 흐른 뒤 임이 고개를 돌리며 말했다. 왔어. 그도 얘기를 듣고 물을 준비가 되었다.

끝낼 수 없는 것

동료들과 점심을 먹고 카페에서 커피를 마실 때까지
는 괜찮았다. 카페 화장실에서 손을 씻다가 거울에 비친
얼굴을 봤을 때 마음이 약간 출렁거렸다. 카페 문을 열고
밖으로 나오자 숨이 조금 막히는 기분이 들었다. 시원한
실내에 있다가 33도를 육박하는 한낮의 거리로 나왔으
니 그럴 수 있다고 생각했다.

사무실로 걸어가며 동료들은 이어지는 무더위와 여
름휴가에 대해 얘기했다. 어디에 가서 무엇을 해야 이 지
독한 시간을 지나갈 수 있을지 고민하는 동안 휴양지와

리조트와 해안 도시의 이름이 오갔다. 오늘도 밥을 먹고 커피를 마시기에는 점심시간이 너무 짧다는 푸념으로 대화가 마무리되었다. 그건 사무실에 거의 다 왔다는 의미기도 했다. 옆에서 걸으며 사람들의 얘기를 들었지만 사실 나는 어떤 것도 제대로 듣지 못했다. 속이 울렁거리고 식은땀이 났다.

건물 입구에서 먼저 들어가세요, 조금 있다가 갈게요 라고 말한 뒤 멈춰 섰다. 동료들은 어, 그래요 하며 문으로 들어갔다. 맞은편에서 테이크아웃 음료를 든 사람들이 무리를 지어 왔다. 회사로 돌아가는 사람들은 머리 위에 해를 지고 다니는 것처럼 눈을 찌푸렸다. 나는 몸을 돌려 해를 등진 채 걸었다. 발밑에 짤막한 그림자가 생겼다.

더위를 먹었거나 냉방병이거나 점심으로 먹은 쌀국수가 얹힌 것 같았다. 약국에서 소화제나 한 병 사야겠다고 생각했다. 자리에 앉아 멀쩡한 얼굴로 일할 엄두가 나지 않았다. 약국 봉투와 소화제가 있으면 조금 늦어도 되겠지. 주먹으로 명치끝을 몇 번 두드린 뒤 약국을 향해 걸어갔다.

아침에 출근해서 업무 메일을 확인하고 급한 일을 처리하고 나자 오전이 지나갔다. 점심 뭐 먹을까. 동료들과 메신저로 몇 마디 주고받는데 예전 회사 동료가 보낸 모바일 청첩장이 도착했다.

그 회사에서 친하게 지내던 사람들과 소원해졌지만 사무적인 관계를 유지하던 그녀와는 오히려 드문드문 연락을 이어 갔다. 그녀는 여전히 그곳에서 일했고 언제나 먼저 연락했다. 예전 동료들의 소식도 그녀를 통해 전해 들었다. 소식이 뜸하면 연락 올 때가 됐는데 싶어서 궁금해졌다. 그건 그녀에 대한 것이기도 했지만 옛 동료들의 근황에 대한 궁금함을 포함하고 있었다.

그녀가 평소에 연애나 애인 얘기를 하지 않아 결혼 소식은 뜻밖이었다.

"축하해. 꼭 갈게."

"그 전에 다들 한번 모여야지. 이제 큰일 아니면 모이기 힘들잖아."

그녀와 통화하거나 그 회사에 다니던 사람들을 만날 때마다 어쩔 수 없이 알지 생각이 났다.

회사에 다니는 동안 알지와 나는 연인으로 지냈다.

그에게도 본명이 있지만 우리 사이를 아는 동료들은 모두 그를 알지라고 불렀다. 알지. 다 알지. 연애를 시작할 무렵 그가 내 책상 위에 올려놓은 유산균 음료 뚜껑에 붙어있던 쪽지 때문이었다.

먹고 힘내. 내 마음 다 RG♥

나보다 쪽지를 먼저 발견한 건 옆자리의 김 대리였다. 나는 유산균 음료를 먹지 않았고 사무실에 건강 음료를 배달하시는 분들은 종종 책상을 혼동하셨기 때문에 김 대리는 자기 것인 줄 알고 집어 들었다가 쪽지를 보았다. 그녀는 앞의 문장은 속으로 읽고 다 RG만 소리 내어 발음했다. 다 알지? ……누구야? 화장실에서 돌아와 자리에 앉으며 나는 주위를 둘러보았다. 왜 RG만 알파벳으로 썼는지 모르겠지만 두 개의 철자가 유독 커 보였다. 사무실 왼쪽 파티션 너머에서 이쪽을 바라보는 그의 얼굴이 붉어졌다. 그 뒤로 영문을 아는 사람이나 모르는 사람 모두 그를 다 알지, 줄여서 알지라고 부르기 시작했다.

유산균 음료 이후에도 알지는 커피나 간식거리를 쪽지와 함께 책상 위에 올려놓았다. 내 마음 다 RG. 말미에는 언제나 그렇게 적었다. 그는 사람들이 자신을 알지라고 부르거나 놀리는 것에 대해 별로 신경 쓰지 않았다.

작은 규모의 회사였고 사내 연애를 금지하는 분위기도 아니라 나와 알지는 사무실에서도 손을 잡거나 어깨에 팔을 두르는 스킨십을 자주 했고 사람들은 그런 우리를 신혼부부처럼 대했다. 그에 부응하듯 우리는 서로를 여보라고 부르며 장난을 쳤다. 농담에 동참한 동료들은 아주버니나 처형, 처제 역할을 하며 즐거워했다.

결혼 여부나 애인 유무와 상관없이 사람들은 나와 알지를 부러워했다. 알지는 다정하고 나는 쾌활했고, 같이 있을 때면 우리는 늘 몸의 한 부분을 맞댄 채 지냈다.

그 연애가 끝난 뒤 나는 회사를 옮겼고 알지는 1년쯤 더 다녔다. 퇴사 이후에 알지의 소식은 그녀를 통해 전해들었다. 그 회사에 다니는 동안 알지는 연애를 하지 않았고 이직하고는 새로운 회사의 동료와 만나는 모양이라고 했다. 그 소식을 전하며 그녀는 알지가 의리파라고 칭찬했다.

알지와 헤어진 뒤로 삶의 어떤 순간마다 그가 떠올랐다. 그녀가 일깨워 주지 않아도 알지와 헤어진 게 인생의 큰 실수라는 걸 알았다. 이전에도 이후에도 그처럼 이해심 많고 다정한 사람은 만난 적이 없다. 그가 완벽한 사람이어서가 아니라 연인 관계가 되면 사람들은 너무 빨리 민낯을 드러냈다. 네가 편해서 그런 거라고, 우리가 가까워졌기 때문에 이럴 수 있다는 말로 포장했지만 그 얼굴은 대체로 지저분하고 이기적이었다.

옛 동료들이 모일 때 나와 알지는 한 번씩 불참하는 식으로 마주치는 걸 아슬아슬하게 피했다. 그녀의 결혼식에서는 그러기 힘들 것 같았다.

"누구누구 불렀어?"

그녀의 대답을 기다리며 뷔페식당에서 접시를 들고 알지의 동선을 살피는 상상을 했다. 축의금을 미리 건네고 가지 말아야겠다는 생각이 들었다. 뜻밖에도 그녀가 호명하는 이름 중에 알지는 없었다.

"알지는 안 부를 거야?"

알지 하고 되묻더니 그녀는 한동안 말이 없었다.

"그때 내가 연락 안 했나? ……한 달 전쯤에."

한 달 전이라, 그때 무슨 일이 있었나. 머릿속을 뒤져봤지만 떠오르는 게 없었다.

"그때 알지가 갑자기 그렇게 돼서 장례식장에 갔었는데…… 자기한테는 연락 안 했구나."

"알지가 어떻게 됐다고?"

그녀가 어떤 단어를 빼놓고 말했거나 내가 중요한 말을 놓친 것 같았다.

"갑자기 죽었다고 연락받아서 갔어. 자기한테는 꼭 알렸어야 했는데. 미안해."

그녀는 뒷말을 잇지 못했다. 새벽에 발견하고 급히 옮겼다고 해서 사고인 줄 알았는데 장례식장에 가 보니 분위기가 다르더라고 했다. 친척들이 앉아 있는 테이블에서 유서가 발견되었다는 얘기가 떠돌았다. 그들 중 누군가가 젊은 놈이 아깝다며 큰 소리로 울었고 다들 마음이 착잡해서 오래 머물지 않았다는 것만 기억난다고 했다.

"잘 지낸다는 얘기 들었었는데……."

그녀가 침울하게 덧붙였다. 청첩장과 결혼 축하 모임 같은 애초의 통화 목적은 잊은 채 전화를 끊었다.

모니터에는 회사 동료들이 메신저로 주고받은 대화가 수북이 쌓여 있었다. 위로 올라가 읽지 않고 결론만 확인했다. 베트남 쌀국수. 처음에 내가 제안한 메뉴였다.

그게 먹고 싶었던가. 맹렬하던 배고픔이 일시에 삭제되었다.

약국에 가려면 대로 쪽으로 나가야 하는데 멍하게 걷다가 지나쳐 버렸다. 회사 근처 골목을 다시 한 바퀴 돌았다. 1시 20분은 양치질까지 다 마친 사람들이 자리에 앉아 오후 업무를 시작할 시간이었다. 지갑과 휴대폰을 쥔 손에 땀이 배어 오른손에서 왼손으로 바꿔 들었다. 속은 갑갑하고 금방이라도 토할 것 같았다. 소화제를 사러 약국에 가느라 좀 늦는다고, 아니 잠깐 병원에 들렀다 가겠다고 팀장에게 메시지를 보낼까 고민하다 그만두었다.

헤어진 뒤로 알지와 나는 알은체도 하지 않고 연락을 주고받는 일도 없었다. 우리는 이별과 함께 서로의 세계에서 퇴장했다. 이따금 회상할 때가 있지만 그건 기억 속의 알지고 과거의 인물이었다. 회사를 옮긴 뒤로 실재의 알지는 그녀의 연락 속에서만 잠깐씩 등장했다. 묵묵히 일하다 옮긴 회사에서 새로운 연애를 하고 얼굴에 살이 좀 올랐다는 짤막한 이야기 안에서 그는 잘 사는 것 같았다. 다른 표정은 짐작하기 어려웠다.

만나는 동안에도 알지는 언제나 옆에 있었으므로 그의 표정을 살필 일이 별로 없었다. 내가 웃으면 그도 웃고 있다고 믿었다. 이따금 시소처럼 서로의 감정이 반대 방향으로 오르내렸으나 대체로 같은 선상에 놓여 있다고 생각했다. 연인으로 지내는 1년 동안 우리는 대체로 사이가 좋았다. 나는 대체로 알지를 사랑했다. 알지를 이루는, 알지가 가진, 알지와 관련된 것들을 대체로 긍정했다. 그와 연인이 된 것이 대체로 행복했고 그와 함께 있으면 대체로 편안했다. 알지는 '대체로'에 집중하는 사람이었고 나는 점점 '대체로'를 제외한 것에 신경이 쓰였다. 아무 거나 다 좋아, 어물쩍 넘어가는 그의 우유부단함, 느리고 조심성 없는 성격, 실없이 아무 때나 터지는 웃음이 마음에 들지 않았다.

왜 웃어? 그게 웃겨? 뭐가 웃겨? 꼭 그렇게 웃어야 돼? 아직도 웃어? 지금 웃음이 나와? 알지의 얼굴에서 웃음이 서서히 걷히고 영문을 알 수 없다는 표정이 떠오른 뒤 울 것 같은 얼굴이 될 때까지 같은 부위를 집요하게 찔렀다. 알지가 잘못을 빌거나 그게 아니라고 호소하며 애원하면 큰 아량을 베풀 듯 뾰족한 말을 멈췄다.

연인으로 지내는 동안 알지가 제일 많이 했던 말은 보고 싶어, 사랑해가 아니라 화 풀어, 내가 잘못했어, 기분 상하게 했다면 미안해였다. 내 마음 다 RG로 시작한 연애는 나한테 왜 그래, 내가 뭘 그렇게 잘못했어, 너랑 같이 있으면 너무 힘들다는 말로 끝났다.

그녀가 전한 알지의 자살 얘기는 너무 뜨거워서 손에 쥐거나 주머니 안에 넣을 수 없었다. 누구에게도 들키고 싶지 않은데 꿀꺽 삼킬 수도 없었다. 나는 그 뜨겁고 커다란 덩어리를 머리에 인 채로 계속 걸었다. 알지가 그 말만 한 건 아니었다. 네가 그럴 때마다 죽고 싶다고도 했다. 죽이고 싶다가 아니라 죽고 싶다고 말하는 게 알지였다.

약국 안의 공기는 비현실적으로 차가웠다. 소화제와 두통약이 든 비닐을 받아 들고 에어컨이 나오는 의자에 앉아 땀을 식혔다. 축축한 손바닥 안에 든 휴대폰은 잠잠했다. 어디냐고, 사무실에 안 들어오고 뭐 하는 거냐고 묻는 메시지가 당장이라도 울려 댈 것 같았다. 사무실에 두고 온 것들을 떠올렸다. 하다 만 일과 실내에서 걸치는 얇은 카디건, 소지품이 들어 있는 에코백. 그것들이 너무 멀게 느껴졌다. 우두커니 앉아 있다가 병을 따서 달달하고 쌉싸래한 소화제를 마셨다.

약국 문을 열고 나오니 다시 숨이 막혔다. 한 달 전에도 이렇게 더웠나. 기억나지 않았다. 그때도 더웠을 것이다. 알고 싶은 게 많았지만 알 수도 없고 알아도 어쩔 수 없는 것들뿐이었다.

사무실에 들어가야 하는데라고 생각하며 정처 없이 걸었다. 소화제를 먹었는데 속은 점점 더 갑갑해졌다. 골목 끝으로 걸어가 철창으로 가려 놓은 하수구 앞에 쪼그려 앉았다. 그가 진짜 죽음을 선택한 이유가 무엇인지 모르고 영영 모르겠지만 죽고 싶게 만드는 어느 지점에 내가 서 있었다는 게 명치끝을 틀어쥐었다. 그의 가난하고 사소한 다정함을 비웃은 것, 욕심을 부리지 않고 주어진 것에 만족하던 삶의 태도를 무시한 것. 말로 찌르고 또 찌르고 계속 찌른 것. 나는 고개를 숙인 채 속에 있는 것들을 토해 냈다. 사귀다 보면 그 정도 다툼은 있을 수 있다고, 싸울 때는 그런 얘기도 할 수 있는 거라고 믿고 지냈다. 그 정도면 나쁘게 헤어진 편도 아니지. 스스로 위안 삼았던 것들이 계속 올라왔다. 쭈그리고 앉아 언제까지나 토하고 싶었다.

"여기서 뭐 해요."

누군가 어깨를 툭 건드렸다. 가방과 서류 봉투를 든 팀장이 뒤에 서 있었다. 외근 나가는 길이라고 했다.

"점심 먹은 게 체했나 봐요."

나는 손에 든 약 봉투를 보여 주었다. 점심시간이 끝났는데 안 보여서 이상하다 했지. 팀장이 눈길과 말투에서 의심을 걷어 냈다. 얼굴이 진짜 안 좋아 보이네. 그는 걱정스러운 표정으로 쳐다보았다.

나는 속이 울렁거린다고, 약 먹은 것도 다 토했다고 덧붙였다. 팀장이 어떤 사람이냐와 상관없이 옛 애인의 부고 소식을 전해 들었다는 얘기보다 체해서 속이 안 좋다고 하는 편이 여러모로 편하고 그럴싸했다.

"바람 좀 쐬다가 들어가요."

그는 메일로 보내 놓은 일만 퇴근 전에 처리해 달라고 말한 뒤 골목 밖으로 멀어져 갔다.

올 수도 없고 알지가 죽었다는 말을 누군가에게 털어 놓지도 못한 채 하루가 가리라는 예감만이 남았다.

우리가 말하지 않는 것

새언니의 메시지는 간단했다. 상의할 일이 있는데 점심시간에 회사 근처로 가도 되느냐는 것이었다. 인영은 질문과 통보가 두루 섞인 메시지를 한 번 더 읽었다. 그래요라고 답을 보낸 뒤 점심 식사에 대해 생각했다. 밖에서 새언니와 둘이 만나기는 처음이었다. 밥을 먹으며 대화를 해야 하는지 차를 마시며 얘기만 나누는 게 좋을지 잠시 고민했다. 오겠다고 한 건 새언니지만 장소나 메뉴는 자신이 정해야 할 것 같았다.

　점심 메뉴에 대해 생각하다가 인영은 상의라는 단어

를 떠올렸다. 좋은 소식은 전하면 되는 거고 문제가 생겼으니 상의가 필요하다는 거겠지. 인영의 생각은 상의에서 멈췄다. 새언니가 무슨 얘기를 꺼낼지 짐작이 가면서도 그것만은 아니기를 바랐다.

송영로가 결혼한 뒤 인영은 명절이나 생일 같은 가족 모임이 다가올 때마다 조마조마했다. 송영로가 혼자 나타날까 봐 두려웠고 둘이 같이 오면 새언니가 뭔가를 털어놓거나 송영로에 대해 폭로할까 겁이 났다. 다행히 2년 동안의 설과 추석, 가족들의 생일 모임은 별다른 일 없이 지나갔다. 네 사람은 여느 가족들처럼 한 테이블에 둘러앉아 밥을 먹고 덕담을 나눈 뒤 헤어졌다. 송영로 부부가 가고 나면 인영은 안도하면서도 아무 일도 일어나지 않은 것이 이상하게 느껴졌다.

결혼한 뒤로 송영로는 변한 것 같기도 하고 자신이 맡은 역할에 깊이 몰입한 것처럼 보이기도 했다. 모여 앉아 만두를 빚는 동안 새언니의 어깨를 주무르거나 과일을 집어 입에 넣어 주었고 자신이 설거지를 하겠다며 나섰다. 목소리와 표정의 온도 변화가 거의 없어 발화점이 사라진 사람 같았다. 두 사람은 잘 지내는 것 같았고 송영로는 예전의 송영로가 아닌 것 같았다. 그래도 인영은 방심하지 않았다. 송영로와 멀찍이 떨어져 앉아 가능하면 말을 섞지 않았고 얼굴 쪽은 쳐다보지도 않았다. 거실과 부엌을 오가는 발소리만 들어도 달려들어 주먹을 날리던 모습과 등에 남아 있던 뜨거운 통증이 떠올라 기분이 더러워졌다. 인영은 송영로가 돌아가고 난 뒤 누리게 될 긴 평화를 생각하며 가족 모임을 견뎠다.

새언니의 메시지를 보자 명절날 아침의 긴장감이 되살아났다. 인영은 새언니가 좋아하던 음식을 떠올리며 점심 메뉴를 골랐고 회사에서 거리가 멀지만 맛집으로 소문난 이탈리안 레스토랑을 예약했다. 잠시 고민하다 팀장에게 오후 반차를 쓰겠다고 보고했다. 레스토랑의 링크를 전송하려는데 새언니가 회사 근처의 카페 B에 와 있다고 메시지를 보냈다.

차 한잔하고 있을게요. 천천히 와요.

가방을 챙기며 인영은 심호흡을 크게 했다. 새언니를 회사 근처에서 만나는 것도 부담스럽고 카페 B에 가는 것도 내키지 않았다. 지난주에 카페 B에서 있었던 일을 떠올리자 울적해졌다.

그날 인영은 퇴근길에 카페 B에 들렀고 먼저 와서 기다리는 애인의 맞은편에 앉았다. 제시간에 퇴근한 데다 하루만 더 버티면 주말이 된다는 사실 때문에 조금 들떴다. 커피와 조각 케이크를 앞에 두고 인영은 신혼여행지 얘기를 꺼냈다. 한 달 동안 두 사람은 만날 때마다 결혼의 퍼즐을 부지런히 채워 나갔다. 언제쯤 결혼하고 어디에서 식을 하고 어느 곳에 집을 구할지 정하는 것도 어려웠지만 신혼여행지 결정을 앞두고 의견이 엇갈려 진도가 나가지 않았다. 결혼을 준비하며 인영은 오랫동안 계획해 온 개명도 신청하기로 결정했다. 인생에서 스스로 바꾼 것은 많지 않았다. 그녀는 새로운 이름으로 새로운 가족 구성원과 함께 살아가고 싶었고 개명함으로 인해 앞으로의 삶이 달라지기를 바랐다. 고민 끝에 신혼여행지 후보를 두 곳으로 좁혔고 개명할 이름 역시 두 개의 후보만 남겨 두었다. 인영은 애인에게 신혼여행지 두 곳을 먼저 발표했다. 그걸 정한 뒤에 이름도 같이 결정할 계획이었다.

"둘 다 좋지?"

인영이 도저히 못 고르겠다고 하자 애인의 눈꼬리가
축 처졌다.

"그래도 오늘 결정하자."

인영의 말에 애인은 한참 말이 없더니 결혼을 그만두
는 게 좋겠다고 했다. 목소리가 작아서 주변의 소음에 묻
혔다.

"뭐라고? 다시 말해 봐."

인영은 포크로 케이크를 자르려다가 도로 내려놓았다.

"이제 그만하자고."

그는 어떤 방식으로 전할까 고민하다가 용기 내어 찾
아온 거라고 했다. 더는 자신이 없으니 여기에서 멈추자
고 했다. 그러는 게 좋을 것 같아. 그는 인영의 표정을 조
심스럽게 살폈다. 인영은 자신이 어떤 표정을 짓고 있는
지 알 수 없었다. 회사 동료가 두 테이블 너머에 자리 잡
으며 인영을 보고 눈인사를 건넸다. 인영은 대충 고개를
까딱여 아는 체했다. 주변에는 마주 앉아 커피를 마시는
사람들이 많았고 그들의 말소리, 웃음소리가 이별에 대
해 얘기하는 자신들의 목소리와 섞였다. 인영은 얼굴과
몸에 열이 오르고 손이 떨려 주먹을 꼭 쥐었다. 애인이

먼저 일어나겠다고 했을 때 가위에 눌린 것처럼 꼼짝할 수 없었다. 카페 밖으로 걸어 나가는 애인의 뒷모습을 보는 동안 속에서 끓어오른 분노가 온몸으로 번져 나갔다.

1년 넘게 만난 것도 결혼을 결심한 것도 처음이었다. 그동안 했던 연애는 감정과 관계의 불균형이 심했고 끝이 좋지 않았다. 애인은 인영의 굽은 어깨와 구부정한 자세를 보고 어깨를 쫙 펴라거나 왜 이렇게 자세가 안 좋으냐고 말하지 않은 유일한 사람이었다. 웅크리고 있는 걸 보면 마음이 아프다고 했다. 그와 함께 있을 때 인영은 존중받는다는 느낌과 안정감 속에서 몸과 마음을 쭉 펼 수 있었다. 편안하게 무장해제될 수 있다는 것은 사랑만큼이나 중요한 감각이었다.

인영은 주문한 상태 그대로인 커피와 케이크를 내려다보다가 포크로 쪼개고 잘랐다. 그것은 소리 없이 뭉개졌다. 단단한 포크 끝에 부드러운 케이크가 느껴지는데도 현실감이 회복되지 않았다. 인영은 심호흡을 하며 애인에게 전화하고 싶은 마음을 눌렀다. 그가 얼마나 괜찮은 애인이었는지 생각하지 않으려고 애썼다. 집에 돌아가고 시간이 흐르면 사람들에게 결혼이 어떻게 되었는지 털어놓아야 할 것이다. 그때 잠깐 새언니 생각이 났다.

송영로가 만나는 여자가 있다며 인사시키겠다고 했을 때 인영과 엄마는 놀라움과 의아함 속에서 서로를 힐끔거렸다. 전화 통화를 오래 하고 외출이 잦아서 누군가를 만난다는 건 눈치챘지만 집에 데려올 정도로 진지한 줄 몰랐다. 송영로가 누군가와 깊고 친밀한 관계를 이어갈 수 있다는 게 믿기지 않았다.

집에서 같이 점심이나 먹자면서 송영로는 잘 부탁한다고 말했다. 인영은 부탁의 의미에 대해 곰곰이 생각했다. 좋은 얘기를 해 달라는 건지 아무 말도 하지 말라는 건지 둘 다 원하는 건지. 분명한 건 그가 사랑하는 여자에게 다른 사람처럼 보이길 바란다는 것이었다. 인영은 방해하고 싶은 마음이 없었다. 송영로의 연애가 망가지면 피곤해지는 건 인영과 엄마였다. 집에서 자기 마음대로 했던 송영로가 고개를 숙이며 부탁하는 게 신기할 뿐이었다.

토요일 점심에 방문한 새언니는 엄마와 인영에게 인사하며 활짝 웃었다. 엄마가 만든 음식을 먹으며 맛있다는 말을 여러 번 했고 묻지도 않았는데 송영로의 이러저

러한 점이 좋다고 했다. 인영이 입은 카디건을 보며 색이 잘 어울린다고 했고 송영로와 안 닮았다며 웃었다. 천성이 명랑한 사람 같았다. 저런 여자가 왜 송영로와 만날까. 의아하면서도 얼른 송영로를 데리고 먼 곳으로 가주었으면 싶었다. 그 옆에서 송영로는 순하고 과묵한 사람처럼 행동하며 평범한 아들과 오빠 역할을 잘 소화해 냈다.

두 사람이 나간 뒤에 음식과 그릇을 정리하며 엄마와 인영은 송영로가 아니라 송영로가 데리고 온 여자에 대해 얘기했다. 멀쩡해 보이는데……. 엄마는 뒷말을 잇지 못한 채 같은 말을 반복했다. 멀쩡하니까. 멀쩡해서 이상한 사람을 만나 본 적이 별로 없는 거지. 그러니까 속은 거야. 인영과 엄마는 그런 결론에 도달했다. 그런데 가족들과 같이 있는 걸 봤으니 무언가 눈치챘을지도 모른다고, 기대를 버리자고, 송영로의 연애가 끝나서 집에 일찍 들어와도 어쩔 수 없는 거라고 마음을 접었다. 모녀는 송영로의 연애가 이어지는 것에 대해 비관적이었다. 인영은 엄마도 멀쩡해서 그랬던 거겠지. 송인문이 이상하다는 걸 눈치채지 못해서 결혼했던 거겠지 이해하려고 애썼다. 그날의 식사가 진짜 결혼으로 이어질 줄은 몰랐다.

늦가을의 거리는 노랗고 붉었다. 카페 출입문 쪽으로 걸어가는데 창가에 앉아 있는 새언니의 모습이 보였다. 지난주에 인영이 앉았던 자리였다. 새언니는 밖을 내다 보는 것 같은데 인영을 알아보지 못했다. 인영은 잠시 그 대로 지나쳐 버릴까, 휴대폰 전원을 끄고 여기저기 걸어 다니며 시간을 보낼까 생각했다. 카페 안에서 기다리는 사람과 상황을 모두 피하고 싶었다. 인영은 출입문 앞에 서 잠시 망설이다가 안으로 들어갔다.

인영이 맞은편에 앉는 걸 보고 새언니는 바쁠 텐데 갑자기 찾아와서 미안하다고 했다. 화장기 없는 얼굴이 푸석했다.

"무슨 일이에요……."

가볍게 날씨와 점심 식사에 대한 얘기부터 나누려고 했는데 새언니의 얼굴을 보자 질문이 먼저 튀어나왔다. 새언니는 폴라 티를 입고도 추운지 몸을 자꾸 움츠렸다. 손으로 감싸 쥔 머그잔에서는 레몬 향이 났다. 안 좋은 예감과 그림들이 머릿속에서 뒤엉켰다.

"오빠 문제로 상의 좀 하려고요."

새언니가 엉킨 뭉치들을 가위로 싹둑 잘라 버렸다.
웃으려고 애쓰는 입술에 피가 말라붙은 자국이 보였다.

고등학생이 되었을 때 송영로는 이미 송인문보다 키
가 크고 몸통이 두꺼웠다. 손을 펴서 휘두를 때면 쉭쉭
바람 소리가 났다. 중학생 때까지 송영로는 눈을 똑바로
쳐다보거나 말대꾸를 하는 정도로 반항했지만 고등학생
이 된 뒤로는 송인문의 회초리를 피하거나 현관문 밖으
로 도망쳤다. 한번은 파리채를 든 송인문의 팔을 잡고 맞
서는 바람에 난리가 났다. 두 남자는 서로 놓으라며 소
리를 질렀고 죽여 버리겠다고 악을 쓰며 대치했다. 옆에
서 인영과 엄마가 울면서 두 사람을 말렸다. 이달부터 용
돈을 한 푼도 주지 않겠다는 송인문의 말에 송영로가 아,
씨발 하며 현관문을 열고 뛰쳐나갔다. 분을 삭이지 못한
송인문이 엄마를 불러 놓고 잔소리를 퍼부었다. 그러고
도 화가 풀리지 않는지 회초리를 들고 와서 바닥을 계속
두드렸다. 엄마에게 자식 교육을 잘못 시켰으니 대신 종
아리를 맞으라고 했다. 그 말을 듣고 인영은 몸을 부들부

들 떨며 울었다. 엄마는 한 대 맞을 때마다 영로 아빠 잘 못했어요, 용서해 줘요 하며 손을 모으고 애원했다.

오랜 시간이 흐른 뒤에도 인영은 종종 그 장면의 습격을 받았다. 아무리 깊은 곳에 묻어 두고 무거운 것으로 눌러 놓아도 스프링이 달린 듯 그때의 상황과 감정이 튀어나와 눈앞에 펼쳐졌다. 그 자리에 있던 세 사람만 아는, 그 뒤로 아무에게도 말한 적 없고 털어놓지 못한 장면이었다. 드라마에서 결정적인 장면을 여러 대의 카메라가 촬영해서 반복적으로 보여 주듯 그 상황은 다각도로 재현되었다. 어느 때는 회초리를 휘두르는 송인문의 얼굴과 금테 안경 속의 길게 찢어진 눈이, 어느 때는 엄마의 후들거리던 종아리와 마주 대고 빌던 두 손, 눈물로 번들거리던 얼굴이 클로즈업되었다. 용서해 달라고 덜덜 떨며 빌던 목소리가 머릿속에 떠다녔다. 무엇보다 우는 자신의 모습을 제일 견디기 힘들었다. 왜 말릴 생각도 못하고 울고만 있었을까. 송인문과 엄마 사이에 앉아 맥없이 울고 있는 열네 살의 자신이 보이면 인영은 눈을 부릅떴다. 정신을 차리라고 어깨를 흔들어 깨우고 싶었다. 처음 그 장면이 떠올랐을 때는 슬펐는데 시간이 지날수록 점점 화가 나고 몸이 떨렸다.

인영은 설거지를 마친 엄마가 종아리에 연고를 바르는 걸 지켜본 뒤 침대에 누웠다. 방 밖에서 나는 작은 소음에도 눈을 뜨고 몸을 일으켰다. 엄마가 집을 나갈까 봐, 자신만 남겨 두고 새벽에 사라져 버릴까 봐 깊이 잠들지 못했다. 일상이 멈출까 봐 두려운 것만큼이나 그런 일이 일어난 뒤에도 같이 밥을 먹고 찌개의 간과 바지 다림질에 대해 얘기하고 멀쩡한 얼굴로 출근하고 학교에 가는 일상이 이어진다는 걸 받아들이기 힘들었다.

친구 집에서 며칠 지내다 들어온 송영로는 송인문 앞에서 무릎을 꿇은 채 싹싹 빌었고 빗자루가 부러질 때까지 맞았다. 그런 뒤에도 말대꾸와 반항은 멈추지 않았다. 확 다 뒤집어엎을 수 있지만 아직은 때가 아니라는 듯 치고 빠지기를 반복했다. 송영로에게 집중한 송인문은 날카롭고 신경질적이었지만 엄마와 인영에게는 느슨해졌다. 인영은 불안과 기대 속에서 송영로가 송인문의 세계에 조금씩 흠집을 내는 걸 지켜보았다. 송영로는 말대답을 하다가 송인문이 엎드려뻗쳐를 시키거나 회초리를 가져오면 반성하는 것처럼 입을 다문 채 고개를 숙였다.

송영로는 연기에 능했고 여러 개의 얼굴을 바꾸어 썼다.

송인문은 못마땅한 게 많은 인간이었다. 늘 미간을 구긴 채 좌우를 살폈고 '왜'라는 말을 입에 달고 살았다. 현관문을 열고 들어서면서부터 '왜'가 창궐했다. 신발이 왜 이렇게 많이 나와 있어. 이건 무슨 냄새야. 거실이 왜 이렇게 어둑해. 가장이 일하고 들어왔는데 표정이 왜 그 따위야. 밥은 왜 이렇게 꼬들거려. 김치가 왜 저번보다 맛이 없어. 집은 깔끔한 편이고 엄마가 만든 음식도 맛있었지만 송인문의 '왜'를 잠재울 수는 없었다. 그가 움직이며 보고 듣고 맛보는 모든 것이 '왜'를 만들어 냈다.

뛰어난 관찰력과 완벽주의적인 기질 덕분에 송인문은 회사 내에서 젊은 나이에 승진했고 고액 연봉을 받는 임원이 되었다. 사람들과 어떻게 지내는지 모르겠지만 회사 내에서 그는 닮고 싶은 상사였으며 롤 모델로 꼽혔다. 그가 가족들에게 가혹하리만치 엄격하다는 걸 아는 외부인은 없는 듯했다. 엄마와 인영에게는 그걸 증명하는 데 쏟을 시간과 에너지가 없었다. 그때는 매일 쏟아지는 잔소리를 피하는 것만으로도 바쁘고 피곤해서 무엇이 잘못되었는지조차 제대로 인식하지 못했다. 송인문에게 문제가 많고 송인문 때문에 가족들의 관계가 뒤틀리고 있다는 걸 알았지만 거기에 머무른 채 더 나아가지 못했다. 가끔은 트집을 잡아 잔소리하는 송인문보다 원인을 제공하는 다른 가족에게 더 짜증이 났다. 송인문이 폭탄을 던지면 송영로가 인영에게, 인영이 엄마에게 떠넘기기 바빴다. 엄마가 끌어안고 터지는 걸 보면 죄책감이 밀려왔지만 멀찍이 떨어져서 조용히 안도했다.

학창 시절에 인영은 송인문과 부딪치는 시간을 줄이려고 학원과 독서실에 열심히 갔다. 친구들은 학원에 다니기 싫고 집에서 뒹굴거리고 싶다던데 인영은 하루도 빠지지 않았고 학원 수업이 끝나면 독서실로 옮겨 갔다. 좁고 딱딱한 독서실의 칸막이 책상 안에 몇 시간 동안의 평화와 휴식이 놓여 있었다. 좋아하는 가수의 사진과 명언을 써 붙여 둔 책상에 엎드려 인영은 깊이 잠들었고 우상의 얼굴과 명사의 말에 기대 구겨진 마음을 폈다. 성적이 떨어지면 그만 다니라고 할까 봐 시험공부도 열심히 했다.

독서실 책상에 앉아 기출문제를 풀다가 책상에 붙여 둔 명언을 가만히 보고 있노라면 아득해졌다. 라디오에서 좋아하는 노래가 나오면 인영은 고개를 뒤로 젖힌 채 눈을 감았다. 그것들은 너무 멀리 있고 너무 아름다워 한숨이 나올 정도였다. 인영은 노래가 끝날 때까지 눈을 뜨지 않았다. 무얼 피해 여기에 있고 밤이 되면 어디로 돌아가야 하는지, 현실에 대해 생각하지 않으려고 애썼다.

괜찮은 점수를 받은 시험지나 성적표를 들고 가도 송인문은 칭찬만 하고 끝나는 법이 없었다. 표정이, 말투가, 머리가, 눈썹 모양이 왜 그러냐며 잔소리를 늘어놓았다. 이러니 네가 발전이 없지. 목소리만 들어도 인영의 어깨는 안으로 말려 들어갔다. 상대의 감정을 고려하지 않고 찌르는 인간. 지적하고 잔소리하는 일에 지칠 줄 모르는 인간. 아니 지친다는 건 송인문에게 어울리지 않았다. 예상하지 못한 트집을 잡아 따지고 드는 게 그의 취미이며 특기이자 존재의 이유였다.

집에 돌아가야 할 시간이 다가올수록 자신을 기다리고 있는 집과 부모와 생활이 깨지 않는 꿈처럼 느껴졌다. 집에서 송영로와 인영의 몫까지 들볶이고 있을 엄마를 생각하면 머리가 아팠다. 만나지 말았어야 할 인간들, 태어나지 말았어야 할 인간들이 한집에, 인영의 머릿속에 모여 있었다. 가방을 챙기고 독서실 책상의 불을 끌 때면 호흡곤란 비슷한 증상이 나타났다. 인영은 책상에 붙어 있는 넬슨 만델라의 명언을 중얼거렸다.

용기 있는 사람은 두려움을 느끼지 않는 사람이 아니라 두려움을 정복하고 압도하여 뛰어넘는 사람이다.

그 문장을 주문처럼 외우며 집으로 돌아갔다.

송영로가 송인문의 세계를 박살 낸 건 군에서 제대한 뒤였다. 퇴근하고 들어온 송인문이 소파에 누워 드라마를 보는 송영로에게 잔소리를 늘어놓았다. 아버지가 들어왔는데 인사도 안 하는 게 인간이냐. 그걸 시작으로 벌레에게는 미래가 없다는 잔소리가 이어졌다. 그런데도 송영로가 자세를 바로 하지 않자 송인문은 옷도 갈아입지 않은 상태에서 회초리를 집어 들었다. 인영은 집에 일찍 들어온 걸 후회했고 분위기를 험악하게 만든 송영로가 원망스러웠다.

"일어나."

송인문이 명령하자 송영로는 쏘아보거나 말대꾸도 하지 않은 채 벌떡 일어났다. 그리고 몸을 옆으로 틀더니 곧장 송인문의 얼굴에 주먹을 날렸다. 그걸 시작으로 배와 옆구리와 등에 계속 주먹을 내리꽂았다. 비틀거리는 송인문을 붙잡아 세우고 샌드백을 치듯 쓰러질 때까지 주먹질을 했다. 인영은 말릴 생각도 하지 못하고 거실 구석에 숨어 상황을 지켜보았다. 바닥에 그대로 뻗은 송인문은 벽 쪽으로 고개를 돌린 채 끙끙거리며 신음 소리를 냈다. 엄마가 다가가려 하자 송영로가 소리를 질러 막았다.

다음 날 송인문이 퇴근해서 현관문을 열고 들어서자 송영로는 어떤 말이나 신호도 없이 송인문의 멱살을 잡고 안방으로 끌고 갔다. 안방 문이 닫히고 잠기기 전까지 엄마는 송영로의 팔을 붙들고 늘어졌다. 이러는 건 아니다, 이렇게 하는 건 아니야, 울면서 그에게 호소했다. 인영은 멀찌감치 떨어져서 끌고 가고 끌려가고 매달리는 모습을 보았다. 집에서 이런 일이 벌어진다는 게 끔찍하지만 말리고 싶지도 않고 너무하다거나 가엾다는 생각도 들지 않았다. 눈앞에서 세 사람이 엉겨 붙은 채 악다구니를 쓰는데 질 나쁜 드라마를 보는 것처럼 감각이 무뎌졌다.

두 사람이 안방에 있는 동안에도, 송영로가 숨을 거칠게 내쉬며 밖으로 나온 뒤에도 집 안에는 긴장감이 감돌았다. 치열하던 전투가 멈춘 상태로 날이 저물어 버린 전쟁터 같았다. 침묵과 방관 속에서 서로가 서로를 의식하고 감시하며 밤이 깊어 갔다. 인영은 작은 인기척에도 잠에서 깼다. 기습 공격이 이어질까 봐 신경이 곤두섰다. 현실은 지나갔는데 머릿속에 저장돼 있는 장면들이 악몽처럼 펼쳐졌다. 아침이 되자 비로소 이 불가해한 상황이 앞으로의 삶이나 관계를 어떻게 바꿀지 다음 화를 예측할 수 없다는 게 두려워졌다.

그 일은 사흘 동안 이어졌고 나흘째 되는 날 송인문은 집으로 돌아오지 않았다. 송영로는 송인문에게 전화해 이혼 서류를 회사로 보낼 테니 도장을 찍으라고 했다. 집의 명의도 바꾸고 1년 동안 생활비를 송금하라고 했다. 그렇게 안 하면 회사에 가서 다 뒤집어 버릴 테니까. 송영로는 송인문의 어디를 건드리면 되는지 잘 알고 있었다. 그래도 인영은 송인문이 조용히 퇴장할 리 없다고 생각했다. 당장이라도 경찰을 데리고 나타나거나 돈으로 고용한 깡패들을 앞세운 채 들이닥칠 것 같았다. 그런 일은 절대 없을 거라고 큰소리치면서도 송영로는 사람을 불러 도어록을 교체했다.

송영로의 요구에 송인문이 뭐라고 대답했는지 알 수 없지만 이혼은 진행되고 생활비도 입금되었다. 인영은 송영로가 맨손으로 벽을 허물어 송인문을 완전히 철거해 버리는 것을 지켜보았다. 30년 가까이 자리를 지키던 단단한 벽들이 일주일 만에 사라져 버렸다. 송영로는 적폐 세력을 몰아낸 반란군처럼 제 손으로 이끌어 낸 해방과 자유에 흠뻑 취했다.

"엄마, 그동안 고생 많았어. 너도 힘들었지. 이제 우리 사람답게 살아 보자."

식탁에서 맥주를 마시며 송영로는 거들먹거렸다. 송인문이 얼마나 비겁하고 나약한 인간인지 얘기하며 비웃었다. 인영은 이 모든 상황이 믿기지 않았다. 자고 일어나면 송인문이 소파에 앉아 있다가 다 끝난 줄 알았지 하며 회초리를 집어 들 것 같았다. 송영로는 엄마와 인영이 송인문 얘기를 꺼내면 불에 덴 것처럼 소리를 질렀다. 다시 그 인간 얘기를 꺼내면 가만히 있지 않을 거라고 했다. 송영로의 눈치를 보면서도 인영은 송인문에 대한 두려움을 완전히 버리지 못했다. 그때마다 독서실 책상에 붙여 놓았던 링컨의 명언을 떠올렸다. "나는 천천히 걸어간다. 그러나 뒤로는 가지 않는다." 뒤로 가지 않는다는 그 말을 믿고 싶었다.

송인문이 사라진 집에는 침울한 평화가 번져 나갔다. 한동안 세 사람은 한자리에 모이지 않고 각자의 공간에서 생활했다. 거실이 한산해지고 식탁의 풍경이 달라졌다. 예전에 송인문은 끼니때와 상관없이 배고프면 부엌을 향해 밥 먹자고 했다. 엄마는 그때부터 정신없이 식사 준비를 하고 집에 있을 때는 인영도 도왔다. 송인문이 식탁에 앉으면 배가 고프지 않아도 모두 앉아 먹는 시늉이라도 해야 했다. 대화 없이 밥만 먹는 것도 힘들지만 한 사람이 일방적으로 하는 말을 듣는 것도 고역이었다. 인영은 식탁 유리 위에 미세하게 난 여러 줄의 스크래치에 시선을 고정한 채 밥과 반찬을 씹었다. 그때의 분위기에 대항하듯 송인문이 나간 뒤 세 사람은 각자 먹고 싶은 시간에 냉장고 문을 열었다. 엄마는 여러 번 차리고 치우다가 자연스럽게 송영로의 식사 시간에 맞추어 먹었다.

송인문이 나타나지 않을 게 확실해진 뒤에도 인영은 깊이 잠들지 못했고 자주 깼다. 무언가 잘못되어 가고 있다는 불안함과 침묵으로 폭력을 인정하고 송영로에게 동조했다는 죄책감이 방의 구석구석과 그녀의 내부에 촘촘하게 거미줄을 드리웠다. 열심히 치우고 털어 내도 완전히 사라지지 않았다. 무심결에 방에 들어가거나 고개를 돌리는 순간에 여러 가닥의 거미줄이 미세하지만 확실하게 얼굴에 들러붙었다. 그 소름 끼치는 감촉이 얼굴에 번지면 인영은 눈을 감으며 숨을 몰아쉬었다. 그리고 해결되지 않는 감정을 떼어 내려 얼굴을 거칠게 문질렀다.

집에서 송영로는 거칠 것이 없었다. 엄마가 송인문이 좋아하던 반찬을 만들면 어떤 때는 잘 먹다가 어떤 때는 소리를 지르며 숟가락을 내던졌다. 엄마가 얼른 반찬을 치우며 달래지 않으면 옆에 있는 것들까지 집어 던지면서 난동을 부렸다. 시간이 흐를수록 송영로는 그러는 게 당연하다는 듯 새로운 송인문이 되어 갔다. 송인문이 약불에서 계속 끓는 물이었다면 송영로는 잠잠하다가 한순간에 끓어올라 냄비 밖으로 흘러넘쳤다. 비슷한 일이 반복되자 인영은 견디기 힘들고 가만히 있을 수 없었다. 자기 안에서도 뭔가가 끓어오르는 것 같았다. 흩어진 반찬과 그릇을 치우며 인영이 노려보자 송영로가 뭘 봐 하며 주먹으로 때리는 시늉을 했다.

"네가 송인문이랑 다른 게 뭐야."

"뭐? 너 말 다 했어?"

송인문 얘기에 눈이 뒤집어진 송영로가 인영의 등을 주먹으로 쳤다. 씨발, 뭐? 내가 힘들게 송인문을 쫓아냈는데 뭐? 다른 게 뭐냐고? 어? 누구 덕에 편해졌는데. 어? 은혜도 모르고. 어어? 누군가 볼륨 버튼을 누르는 것처럼 송영로의 목소리는 점점 커졌고 어어 할 때마다 주먹이 날아왔다. 몇 대인지는 기억나지 않지만 등이 쪼개지는 느낌과 몸을 바로 펼 수 없다는 공포감이 온몸으로 번져 갔다. 맞아서 아프다는 감각은 시간의 흐름과 함께 뒤로 물러나는데 이제 송영로는 때리고 자신은 맞는 인간이 되었다는 것이, 이것이 지속되리라는 공포가 인영을 칭칭 감고 단단하게 옭아맸다.

그 뒤로 주먹은 수시로 날아왔다. 자기 말을 듣지 않는다고, 그깟 라면 좀 끓이는 게 힘드냐고. 왜 그따위로

쳐다보느냐고. 심부름하는 게 억울해? 어어? 송영로는
목적지가 잘못 입력된 내비게이션의 지시를 받으며 폭
주하는 운전자 같았다. 브레이크를 밟아 멈추거나 방향
을 선회해야 하는데 그럴 의지가 없어 보였다. 인영은 송
인문의 독재가 그런 방식으로 철거된 게 부메랑처럼 돌
아와 송영로와 자신을 망쳤다고 생각했다. 그때 이미 이
런 결말을 예상하고 두려웠던 건지도 모른다. 그런데도
송영로에게 대들지 않고 참았더라면 최초의 주먹을 피
할 수 있지 않았을까, 그러면 살기 편하지 않았을까 하고
후회했다. 그 순간을 돌아보는 자신이 혐오스러웠다.

엄마와 인영의 예상과 달리 송영로는 새언니와 결혼
할 날을 잡았다. 가족들이 다 같이 밖에서 점심을 먹는
날 인영과 엄마는 죄책감과 안도감이 범벅된 심정으로
메뉴를 고르고 물을 마셨다. 맛도 제대로 느끼지 못하면
서 열심히 젓가락질을 했고 송영로의 옆에 앉아 있는, 곧
가족이 될 여자를 힐끔거렸다. 새언니는 엄마와 인영에
게 좋은 사람으로 보이고 싶다는 듯 조심스럽게 식사를
했고 눈이 마주치면 부드럽게 웃었다. 집에서 봤을 때는

몰랐는데 키가 크고 손발이 크고 이목구비가 큼직해서 전체적으로 훤칠하다는 인상을 풍겼다. 여기서 멈추라고 얘기해 줘야 한다는 걸 알면서도 이 기회를 놓칠지 모른다고 생각하면 아찔했다. 진짜 이 결혼을 멈추고 저 여자를 구하고 싶은가 들여다보면 자신이 없었다. 인영은 여자가 크다는 데에 안심했다. 그것에 안심하는 자신이 비겁하다는 걸 알면서도 안심이 되었다.

지금 그 크고 긴 손이 레몬티가 든 컵을 감싸 쥐고 있다. 레몬티를 마시며 새언니는 코를 훌쩍거렸다.

"어디서부터 얘기해야 할지 모르겠어요."

며칠 전 있었던 말다툼 얘기를 꺼내며 새언니는 감정이 북받치는 듯 중간에 말을 여러 번 멈추었다.

"가끔 화를 참지 못하는 걸 빼면 좋은 사람이라고 생각했는데…… 내가 잘못 알고 있었던 것 같아요."

그 얘기를 하고 나서 새언니는 티슈로 얼굴을 가린 채 울음을 터뜨렸다. 새언니의 울음소리는 손과 티슈 안에 갇혔다가 이따금 튀어나왔다. 우는 사람의 뜨거운 감정만 인영 쪽으로 흘러왔다. 인영은 두려워하던 순간이 왔고 피할 수 없다는 걸 직감했다. 고개를 숙인 채 원목 테이블 위의 얼룩에 시선을 고정했다.

점심시간에 카페에 온 사람들은 타인에게 무관심했다. 주문한 커피를 들고 자리로 가던 사람들 몇이 고개를 돌려 쳐다보았지만 일행에게 돌아가며 본래의 표정을 되찾았다. 힐끔거리긴 해도 사람들은 우는 사람에게 관대하다. 그럴 만한 사연이 있고 울 수밖에 없어서 우는 거라고 이해해 준다. 엄마가 회초리를 맞는 걸 보며 울던 날 이후로 인영은 우는 일에 거부감이 생겼다. 울고 싶거나 울 것 같은 상황과 맞닥뜨리면 화가 났다. 분노로 표출하느니 우는 게 낫다는 걸 아는데도 화가 멈추지 않았다. 인영은 속에서 뭔가 스멀거리는 걸 느꼈다.

한참 울고 난 새언니는 감정을 추스르려는 듯 창밖을 내다보았다. 그리고 붉어진 눈으로 인영을 쳐다보았다. 젖은 티슈 뭉치를 손에 꼭 쥐고 있었다.

"오빠가 원래 그런 사람이었나요?"

그 말에 인영은 눈을 감았다가 떴다. 얼굴에 거미줄이 덕지덕지 달라붙는 느낌이었다. 인영이야말로 어느 것부터 어떤 것까지 얘기해야 할지 알 수 없었다. 창밖으로 고개를 돌리자 지난주보다 좀 더 진해진 나뭇잎들이 바람에 떨어지는 모습이 보였다.

"……오빠 때문에 많이 힘든 거 알아요."

송영로의 폭력성에 대해 입을 연다는 게 너무 어렵게 느껴졌다. 새언니는 인영의 눈을 가만히 들여다보았다. 다시 코끝이 붉어지고 눈동자가 흔들렸다. 무슨 말이 새언니의 눈물샘을 건드렸는지 알 수 없었다. 혹시 인영이 모르는 다른 문제도 있는 건가 싶어 겁이 났다.

송인문은 여자 문제는 일으키지 않았다. 퇴근하자마자 집에 들어오는 걸 보며 인영은 차라리 밖에서 바람이라도 피우기를 간절히 바랐다. 그러나 송인문은 공식적인 야근이나 회식을 제외하면 저녁 약속을 잡지 않았고 퇴근하면 한 시간 이내에 귀가했다. 주말에도 외출하는 일이 거의 없고 한 손에는 바싹 깎은 연필을 다른 손에는 회초리를 든 채 송영로와 인영의 숙제와 시험을 챙겼다. 왜 이렇게 사람을 들들 볶느냐고 좀 내버려 두라고 송영로가 말대꾸할 때마다 송인문이 자신 있게 내민 카드는 내 덕에 니들이 먹고산다는 것과 내가 바람이라도 피웠냐는 것이었다. 아빠와 남편 역할에 충실하다는 게 그의 자랑이자 스스로 내세운 면죄부였다. 송인문이 소파에 앉아 눈을 가늘게 뜨고 채 집 안을 둘러보는 모습은 뱀을 연상시켰다. 아무도 저런 남자를 만나려 하지 않으리라는 걸 알 수 있었다. 엄마가 바보 같아서 걸려들었지. 사람 보는 눈이 없어서. 저런 인간을 만나 송영로와 자신을 낳은 엄마가 원망스러웠다.

"점점 더 나빠지네요. 처음에는 이 정도는 아니었는데."

결혼 초에 송영로는 화가 나면 방문을 세게 닫고 소파 쿠션이나 텔레비전 리모컨을 바닥에 던졌다. 왜 저런 식으로 감정을 표현하지. 바닥에 떨어진 물건을 제자리에 놓는 횟수가 점점 늘면서 새언니는 물건은 정돈할 수 있지만 훼손된 감정은 돌이킬 수 없다는 걸 깨닫게 되었다. 연애할 때도 가끔 무언가를 던졌는데 시간이 지날수록 별것 아닌 일에도 소리를 지르며 컵을 던지고 주먹으로 식탁을 치고 발로 화분을 걷어차는 일이 많아졌다.

새언니의 얘기를 들으며 인영은 송영로가 송인문과 얼마나 닮았고 그보다 더 악질인지 확실히 깨달았다. 결혼 생활이 길어지니 더는 연기할 필요가 없다고 판단했겠지. 인간은 왜 자신이 증오하는 대상과 방식을 닮아 가고 멈출 수 없는 걸까 회의가 들었다.

몇 달 전부터 송영로는 새언니의 말이나 반응이 마음에 들지 않으면 주먹을 쓰기 시작했다. 그가 어떤 표정으로 소리를 지르고 발을 구르다가 참을 수 없다는 듯 주먹을 휘두르는지, 팔을 어떻게 비틀고 주먹으로 등을 때렸는지 듣는 동안 인영은 주먹을 꽉 쥐었다. 이야기의 배경과 등장인물만 바뀌었을 뿐 익숙한 스토리였다.

"왜 그러는 거냐고 물었더니 내가 자기를 화나게 만든대요."

새언니는 그 말을 전하며 또 울먹거렸다. 자신의 어떤 부분이 송영로를 화나게 하는지, 정말 자기가 그렇게 만든 건지 겁이 난다고 했다.

"결혼 전엔 어땠어요? 아가씨는 어떻게 같이 살았어요?"

새언니의 간절한 목소리가 인영을 흔들었다. 인영은 새언니에게 무슨 얘기를 해야 하는지, 자신이 무슨 얘기를 할 수 있을지 고민했다.

송영로가 결혼한 뒤 인영은 조금씩 깊이 잠들었다. 주말이 되면 인영과 엄마는 거실 소파에 앉아 과일을 먹으며 텔레비전을 봤다. 배우의 연기에 울고 웃으며 두 사람은 이런 생활이 가능하다는 것에 놀랐다. 반찬과 청소 상태와 표정에 대해 잔소리하는 사람도 없고 난데없이 화를 내며 주먹질하는 사람도 없었다. 눈치를 보고 입을 다물고 고개를 숙이고 몸을 웅크리고 도망 다니고 울고 거짓으로 잘못을 빌 필요가 없었다. 엄마와 인영은 저녁이 되면 식탁에 마주 앉아 밥을 먹었고 밤이 되면 각자의 방에 들어가서 잤다. 두 사람은 이따금 하루를 어떻게 보냈는지에 대해 대화를 나눴지만 송인문이나 송영로 얘기는 꺼내지 않았다. 그런 사람들이 있었고 그 사람들로 인해 어떤 일을 겪었지만 아무 일도 일어나지 않았던 것처럼 함구했다. 인영이 생활비를 내고 엄마가 빨래와 청소 같은 집안일을 하는 느슨한 공생 관계를 유지했다.

새언니가 송영로와 결혼하지 않았다면 누릴 수 없는 일상이었다. 엄마는 새언니에게 고마워해야 한다고, 그걸 잊으면 안 된다고 했다. 그렇지라고 대꾸하면서 인영은 송영로의 행동에 눈감음으로 동조했을 때의 찝찝함을 떠올렸다. 아무 일 없는 척 괜찮은 인간인 척 지내고 있지만 그때에서 한 발짝도 나아가지 못했다. 조금이라

도 나은 인간이 되고 싶은데 발밑을 내려다보면 여전히
진창이었다. 입 다물어 버린 비겁함과 영영 발각되지 않
기를 바라는 졸렬함 사이에 발을 담근 채 서 있었다.

인영은 가끔 새언니가 사라져 버리는 꿈을 꾸었다.
꿈속에서 송영로는 눈이 뒤집어진 채 나타나 집 안의 물
건들을 부쉈다. 네가 얘기했지, 부추겼지 하면서 주먹을
휘둘렀다. 그러면 인영은 자기가 그런 게 아니라고 아무
말도 하지 않았다고 울면서 빌었다. 송영로의 주먹을 피
해 도망치면서 새언니가 자기한테 어떻게 이럴 수 있는
지 분노했다. 만나면 가만히 있지 않을 거라고 이를 악물
며 깨어났다. 주먹 쥔 손을 내려다볼 때면 울고 싶어졌다.

엄마는 새언니가 좋아하는 반찬과 김치를 택배로 보
냈다. 고맙거나 미안한 마음과 상관없이 인영은 엄마의
태도가 불편했다. 예전에도 송인문에게 혼난 뒤 울고 있
으면 같이 욕하고 편을 들어 주다가도 마지막에는 아빠
에게 고마워해야 한다고, 그래도 우리가 아빠 덕에 이만
큼 먹고사는 거라며 인영을 달랬다. 송영로에 대해서도
비슷한 맥락의 얘기를 했다. 오빠 덕분에, 오빠가 있어서
우리가 조금은 편해진 거 아니냐. 엄마의 말에 인영은 뭔

가를 집어 던지고 싶은 충동을 느꼈다. 내가 맞는 거 못 봤어? 언제까지 보고 싶은 것만 보고 살 거야? 인영이 소리를 지르면 엄마는 어깨를 움츠렸다. 인영은 누군가의 돈이나 힘에 기대지 않으면 살 수 없는 엄마와 자신의 삶을 깊이 경멸했다.

인영은 그들과 연결된 것을 끊어 내고 지우는 것으로 시간을 견뎠다. 아빠라는 호칭에 담긴 다정함이 싫어서 그 단어를 머릿속에서 삭제했고 아버지라는 말 안에 배어 있는 존경의 뉘앙스가 싫어서 그마저도 버렸다. 인영의 성장은 아빠가 아버지가 되었다가 송인문이 되어 가는 과정이었다. 송영로도 그런 식으로 오빠가 아닌 송영로가 되었고 나중에는 엄마의 아들, 새언니의 남편으로 인영에게서 분리되었다. 자신과 그들이 무엇도 주고받지 않고 아무 연관도 없는 사이가 되기를 바랐다.

그 속에서 인영은 끊임없이 자신의 이름 송인영에 대해 생각했다. 송인문과 송영로의 이름이 한 글자씩 들어가 있는 것에 대해, 그 두 글자가 만나 자신의 이름이 된 것에 대해 오랫동안 의문과 혐오를 품어 왔다. 사춘기 이후로 그녀는 개명을 계획하며 마음에 드는 이름을 수집

했다. 그 전에는 기회가 없었고 성인이 된 뒤로는 이름을 정하지 못해 몇 차례 미루었지만 이제 때가 되었다. 결혼과 함께 개명하려던 계획은 틀어졌어도 송인영의 시절을 깔끔하게 마무리할 수 있다면 다른 이름으로 시작해 볼 수 있을 것 같았다.

인영이 결혼할 사람이 생겼다고 했을 때 좋아하던 엄마의 얼굴이 떠올랐다. 집에서 미어캣처럼 긴장 상태로 지내던 엄마는 송인문이 사라지자 표정이 조금 풀어졌고, 송영로가 결혼한 뒤 살이 많이 올랐다. 관절염 때문에 활동은 불편하지만 엄마는 비로소 몸에 맞게 늘어난 고무줄 바지를 입고 느긋하게 생활하고 있다. 인영까지 결혼하면 엄마의 남은 삶이 좀 더 편해졌을 텐데. 엄마에게 어떻게 전해야 할지 알 수 없었다.

테이블에 올려놓은 새언니의 휴대폰이 진동했다. 새언니는 발신자를 확인한 뒤에도 휴대폰이 울리도록 내버려 두었다. 휴대폰은 잠시 멈추었다가 다시 울렸고 새언니는 창밖으로 고개를 돌렸다가 인영을 한 번 쳐다보았다. 인영은 휴대폰에 뜬 이름만 봐도 몸이 굳고 속이 울렁거렸다. 진동이 멈추지 않자 새언니가 통화를 하고 오겠다며 일어섰다. 카페 밖으로 나가는 뒷모습 위로 자리에서 일어나 등을 돌리던 애인의 뒷모습이 겹쳤다.

　그날 애인의 결별 선언으로 인영은 인생의 계획이 어그러진 것 같아 절망스러웠다. 그동안 이별은 한 줄짜리 메시지나 연락이 끊어지는 방식으로 이루어졌다. 마주 앉아 얼굴을 보며 얘기를 나누는 이별은 처음이었다. 애인은 만나는 동안에도 헤어지는 순간에도 인영을 인간적으로 존중하려 애썼다. 그래서 헤어지자는 말이 더 견디기 힘들고 받아들이기 어려웠다. 애인이 포기하고 떠나는 자신의 삶은 가망이 없는 것 같았다. 속에서 불 같은 것이 솟구쳐서 테이블 위의 컵을 깨고 그 조각으로 팔이나 허벅지를 그어 버리고 싶은 걸 겨우 참으며 인영은 자리에 앉아 있었다. 주먹 쥔 손을 덜덜 떨면서 애인에게 물었다. 다른 사람이 생긴 거냐고. 나보다 괜찮은 인간이야 얼마든지 많겠지. 인영은 제 안에서 빈정거리고 폭주하고 싶어 하는 송인영과 노력하고 변할 테니 제발 떠나지 말라고 울면서 매달리고 싶은 송인영을 동시에 느꼈다. 둘 다 자신이지만 어느 쪽도 드러내고 싶지 않았다. 애인이 고개를 천천히 저었다.

"당분간 혼자 지내고 싶어."

애인은 만나는 동안 인영이 날카롭게 지적하고 화를 자주 내서 견디기 힘들었다고, 저 사람은 왜 나에게 함부로 대하는가라는 의문 속에서 자신의 어떤 부분이 지속적으로 부서지고 황폐해졌다고 고백했다.

인영은 애인에게 무릎 꿇고 빌라고 소리 지른 날을 기억했다. 생일 선물로 사 준 지갑을 잃어버린 걸 알았을 때. 애인이 약속 시간에 늦으면서 전화도 안 받던 날은 패닉 상태에 빠져서 그가 들고 온 꽃다발을 바닥에 던졌다. 미안하다는 애인의 사과가 마음에 들지 않아 길길이 날뛰다가 뺨을 때린 것도 기억났다. 뺨을 맞은 애인은 화를 내거나 그대로 가 버리지 않고 가만히 서 있었다. 애인이 돌변해서 주먹을 휘두를까 봐 겁이 났는데 그는 인영을 가만히 쳐다보기만 했다. 자신이 무슨 짓을 한 건가 가슴이 철렁했지만 겁에 질린 눈동자를 보며 이 사람은 자기를, 자신의 이런 부분도 받아 줄 거라고 기대하게 되었다. 그런 이해가 언제까지나 계속될 거라고 착각했다. 인영이 다른 미래를 꿈꿀 수 있었던 건 애인이 참고 버티며 기다려 준 덕분이었다. 인영이 변할 거라고 믿었던 애인의 희망 속에 구원이 존재했다. 그걸 알면서도 인영은 꾸준히 배반해 왔다.

지난 일주일 동안 인영은 애인에게 연락하지 않고 찾아가지 않으려고 애썼다. 송인영이 애인에게 하던 것을 멈추기 위해 안간힘을 썼다. 그녀에게는 다시 링컨의 명언이 필요한 시기가 찾아왔다. 뒤로는 가지 않는다. 나는 천천히 걸어가지만 뒤로는 가지 않는다. 애인이 떠남으로써 인영은 브레이크를 밟게 되었고 다시 목적지를 입력할 수 있게 되었다.

새언니가 휴대폰을 들고 자리로 돌아왔다. 눈동자와 코끝이 붉었다. 오빠가 사과를 한다고, 잘못했다고 빈다고, 나쁜 사람은 아닌데 어떻게 해야 할지 모르겠다고 말하며 얼굴을 비볐다. 새언니는 마음이 흔들리는 것 같았다.

송영로가 결혼해서 집을 나간다고 좋아하던 때가 떠올랐다. 송영로가 결혼하면 삶이 분리될 거라고 생각했다. 송인문이 집을 나감으로써 그들에게서 사라져 버린 것처럼. 쓰레기봉투를 내다 버리듯 새언니에게 떠넘기고 싶었는데. 발각돼서 이혼당하고 엄마에게 돌아올까 봐 조마조마했는데. 환기를 제대로 시키지 못해 집 안에 쓰레기 냄새가 다 배었다. 언니의 얼굴을 보고 있으니 이제는 용기를 내야 할 것 같았다.

"언니, 이제 그만해도 돼요."

인영의 목소리는 떨렸다. 내 애인도 그렇게 떠났어요. 그게 맞아요.

"다 바꾸고 떠나요, 언니."

인영은 울먹거렸다. 마주 앉은 언니의 눈동자에 눈물이 차올랐다.

이 밤은 괜찮아,
내일은 모르겠지만

손님들을 태운 봉고차가 호텔 앞에 도착했다. 나는 테이블에서 일어나 구겨진 셔츠를 매만졌다. 투숙객들이 체크인을 하는 동안 호텔 로비와 카페가 북적거렸다. 그들은 배를 타고 오면서 본 섬의 풍경과 이곳에 번져 가는 봄에 대해 얘기했다. 아이스커피의 주문이 이어졌다.

냉동실에서 얼음을 꺼내는데 호텔 문이 열리며 지호가 들어왔다. 차에서 짐을 내리고 뒷정리를 하느라 앞머리가 땀에 푹 젖었다. 그 애는 스태프 룸으로 걸어가다가 내 쪽을 쳐다봤다. 나는 컵에 얼음을 담으며 눈인사를 했다. 지호가 손바닥을 펴서 양쪽 뺨에 갖다 댄 뒤 목도리 도마뱀 흉내를 냈다. 면장갑의 손바닥 부분에 붉은 고무 칠이 돼 있었다. 나는 배에 손을 대고 웃겨 죽겠다는 표정을 지었다. 지호가 어깨를 으쓱거리며 복도 안쪽으로 걸어갔다.

테이블 위의 컵을 치울 때 매니저가 라테 아트를 배워 보는 게 어떠냐고 물어봤다. 컬러링 북의 나뭇잎과 꽃송이들이 떠올랐다. 글쎄요라고 말하려다 생각해 보겠다고 대답했다.

침대에 누워 있다가 컬러링 북을 꺼냈다. 주말도 아닌데 오후 산책을 못 갈 정도로 카페에 손님이 많았다. 꽃이 만발한 정원을 펼쳐 놓고 색연필이 든 틴 케이스를 열었다. 베이지부터 블랙까지 사용감이 느껴지는 36색의 색연필을 보고 있으니 마음이 차분해졌다.

컬러링 북을 선물해 준 건 회사 선배였다. 퇴사 이유에 대해 듣더니 컬러링 북과 색연필이 든 쇼핑백을 선넸다. 머리 아플 때 한 장씩 칠해. 이걸 칠하는 동안에는 다른 생각이 지워질 거라고 했다. 그 말을 믿은 건 아니지만 짐을 챙길 때 트렁크 바닥에 컬러링 북을 깔고 그 위에 옷을 올리고 옷 사이에 색연필 케이스를 넣었다.

호텔에 처음 왔을 때는 일이 끝나면 침대에 엎드려 유튜브를 보거나 소셜 네트워크를 부지런히 돌아다녔다. 면접 장소와 비슷한 곳만 봐도 심장이 조여서 섬으로 도망쳐 놓고 세상의 흐름에서 완전히 밀려나는 것 역시 두려웠다.

인스타그램에서 대학 동기의 이직 소식을 접한 날 그 회사의 최종 면접까지 갔던 날이 떠올라 심장박동이 빨라졌다. 여러 날 동안 불면이 이어졌고 커피 잔을 치우다가 현기증이 나서 그대로 주저앉았다. 내 인생은 이 섬에 고여 있고 누군가 내 시계의 태엽을 계속 반대로 감는데 저항할 방법이 없었다. 지호가 부축해서 휴게실로 데려갔다. 나는 벽에 머리를 기댄 채 심호흡을 했다.

그날 밤 트렁크에서 컬러링 북을 꺼냈다. 색칠의 순서나 꽃과 나무의 색이 정해져 있지 않고 아무렇게나 칠해도 된다는 점이 마음에 들었다. 생각이 지워지고 있는지 알 수 없지만 흰 종이 위에 검은 선으로 그려진 단순한 그림 위에 내가 색칠한 시간이 가만히 쌓였다.

지호는 장작을 쌓아 둘 때 기분이 좋아진다고 했다.
겨우내 호텔 앞의 벤치에는 모닥불을 피워 두었다. 다들
장작을 패고 불 지피는 걸 귀찮아하는데 지호만 신나서
땀을 뚝뚝 흘렸다. 저녁을 먹을 때 매니저가 지호의 운전
매너와 성실함에 대해 칭찬했다. 픽업 서비스를 이용한
투숙객들의 반응이 좋다는 것이다. 직원들은 지호가 호
텔 일을 그만두고 섬을 떠날까 봐 걱정했다. 나는 여행을
마치고 일상으로 돌아간 사람들이 느낄 친절과 좋은 인
상에 대해 생각했다.

매니저가 달력을 보더니 다음 주부터 빙수를 시작해
야겠어라고 말했다. 여름이 오는 건가. 나의 봄은 어디로
갔지에 생각이 닿자 심장박동이 조금씩 불규칙해졌다.

별 보러 나올래.
꽃을 세 개쯤 칠했을 때 지호의 메시지가 도착했다.
내일 볼래.
다음 주부터 빙수라는 단어를 들은 뒤로 머릿속이 복
잡해졌다. 지호와 섬 전체를 감싼 까만 하늘을 보는 순간
현재의 좌표와 미래에 대해 고민하게 될 것 같았다. 내일

오후에 같이 산책하자고 덧붙였다.

그래. 산책도 별도 내일 해.

지호는 검은색 크레파스로 공들여 칠한 것 같은 밤하늘 사진을 보냈다. 그 아래 붙은 웃는 이모티콘이 조그맣게 빛났다. 웃지 않아도 웃는 이모티콘을 받으면 마음이 놓였다.

내일은 괜찮아질 거라고, 내일 하면 된다고 막연한 기대를 품은 채 버티던 때가 있었다.

나는 더 좋은 회사로 옮겨 갈 계획이었고 그곳에서 일하면 중요한 사람이 될 수 있을 거라고 믿었다. 괜찮은 사람이 돼서 괜찮은 인생을 사는 게 오래 품어 온 꿈이었다.

이직하고 싶던 회사에 최종 면접을 보러 간 날 대기는 깨끗했고 컨디션도 좋았다. 행운이라 부를 만한 일들이 징검다리처럼 이어져 그날 아침에 도착할 수 있었다. 버스가 막히고 지하철이 거리 조절 문제로 두 차례나 멈춰 섰지만 괜찮은 미래가 기다리고 있다는 확신을 깨뜨릴 정도는 아니었다.

회사 앞 사거리에서 보행 신호에 맞춰 건너갈 때 주

위 사람들이 파도처럼 밀려오는 느낌을 받았다. 앞과 옆과 뒤에서 걷던 사람들이 생생한 입체감을 확보하며 나를 압박해 왔다. 심장이 거세게 쿵쾅거리며 경고를 보냈다. 그 전까지 한 번도 느껴 보지 못한 강도의 긴장감이었다. 온몸에서 다양한 방식으로 밀려오는 신호를 무시한 채 진땀을 흘리며 걸었다. 이런 상태로 가면 다 망쳐 버릴 것 같다는 불안함과 여기서 멈추면 먼 곳까지 밀려나 버릴 것 같다는 초조함 속에서 겨우 나아갔다.

건물 안으로 어떻게 들어가 자리에 앉았는지 기억나지 않는다. 면접관의 말이 머릿속으로 들어오지 않고 귓가에서 흩어지던 것만 떠오른다. 유체 이탈한 것처럼 단어들을 겨우 조합해 답변하는 나를 조마조마한 심정으로 바라보았다. 내 입에서 나오는 말들이 이해되지 않았다. 면접장을 나와 회사의 회전문을 나서는 순간 정체해 있던 인파가 또다시 달려들었다. 세상은 시끄럽고 사람들은 너무 많고 나는 형편없었다. 나는 어디로 가야 할지 몰라 한동안 길 한복판에 가만히 서 있었다. 앉아서 좀 쉬어야 한다고 생각하면서도 가위에 눌린 것처럼 꼼짝할 수 없었다.

그날 이후로 도심 한복판, 주말의 쇼핑몰 같은 곳에 가면 문득 사람들의 흐름이 느껴졌다. 맛집을 향해 걸어가고 사야 할 것을 구경하는 동안에는 감지하지 못하다가 무질서하게 오가던 사람들의 소용돌이가 갑자기 나를 휘감으며 숨통을 조였다. 심장이 터질 것 같은 공포 속에서 숨을 곳을 애타게 찾았다. 눈을 감고 심호흡을 하는 것으로는 나아지지 않았다.

내가 최종적으로 도달한 곳은 벽의 구석, 가로 벽과 세로 벽이 만나는 지점이었다. 아무도 없고 아무것도 보이지 않는 곳. 거기에 이마를 댄 채 가만히 있으면 거세게 요동치던 심장박동이 차츰 제 속도를 찾았다. 출퇴근 길에도 나는 종종 사람들의 흐름에서 빠져나와 등을 돌린 채 벽에 머리를 기댔다.

겨울의 섬은 눈이 많이 내리고 고요했다. 여름에 남자 친구와 놀러 왔을 때 이곳에서 새해의 첫날을 보내자고 약속했다. 회사를 그만둔 뒤 호텔에 와서 한 해의 마지막 시간이 나를 지나 새해의 어둠으로 이어지는 걸 고요히 지켜보았다. 늦게까지 잤고 카페에서 커피를 마신 뒤 섬 안을 걸어 다녔다. 사람보다 토끼와 더 자주 마주쳤다. 토끼는 흙길로 뛰어다니다 주위를 두리번거렸고 식물의 뿌리를 열심히 파냈다. 다가가도 무서워하지 않고 입을 오물거리며 하던 일에 집중했다. 산책하는 동안 길을 여러 번 잘못 들었지만 걱정되지 않았다. 나는 토끼들의 섬이 마음에 들었다. 집에 돌아와 멍하게 시간을 보내다 호텔 카페에 붙어 있던 아르바이트 공고가 떠올라 전화를 걸었다.

섬의 아침은 배의 운행과 함께 열리고 호텔의 아침은 조식과 함께 시작되었다. 카페 창문으로 내다보면 지호는 면장갑을 끼고서 모닥불이 꺼지지 않도록 장작을 넣거나 호텔 마크가 붙은 차를 닦았다. 섬의 봄은 먼 곳의 손길이 툭 건드린 도미노의 물결처럼 안쪽으로 차근히 밀려왔다.

처음에는 지호와 일에 관한 얘기만 몇 마디 나눴다. 픽업 차량을 운전하고 잡일을 하는 지호와 카페에서 커피를 내리고 그릇을 닦는 나는 임시 동료였다. 친해진 뒤 우리는 섬 생활에 대해 얘기했고 자신의 어제가 어땠는지 앞으로 몇 장씩 넘겨 가며 보여 주었다. 왜 이곳에서 일하느냐고 묻자 지호는 어쩌다 보니 하며 웃었다. 회사를 그만두고 도시를 떠나게 된 이유를 고백하는 건 어렵지 않았다. 미래에 대해 얘기하는 쪽이 더 큰 용기가 필요했다.

커피를 내리고 테이블을 닦는 동안 지호와 나눈 대화에 대해 생각하는 일이 많아졌다. 지호가 어디에 있는지 신경 쓰였고 눈이 마주치면 마음에 이모티콘이 떠올랐다. 오후에는 같이 산책을 하고 밤이 되면 호텔의 뜰에 나가 별을 보았다.

예전에는 그 사람을 둘러싼 배경과 그라는 인물이 어우러져야 비로소 그가 되었다. 어느 학교를 졸업했고 전공이 뭐고 어디에 살고 부모님 직업이 무엇인지 안다는 건 선택을 쉽고 편하게 만들었다. 지호에 대해 아는 건 동갑이고 운전을 잘하고 졸업을 앞둔 상태에서 휴학 중이라는 것 정도였다. 아는 게 없는데 마음이 기울고 무모함에 기대 관계를 이어 간다는 게 십 대로 돌아간 것 같은 기분을 선사했다. 손을 잡고 각자의 숙소로 숨어 들어간 뒤에도 앞날이나 앞으로 어떻게 살지에 대해서는 얘기하지 않았다. 마음이 통하는 것과 미래를 공유하는 건 다른 문제였다.

남자 친구와는 섬에 오기 전에 헤어졌다. 뜨거웠던 때도 있고 우리를 주인공으로 하는 그림도 그려 봤지만 그 안에 함께 시련이나 역경을 통과하는 미래는 포함되어 있지 않았다. 너의 어떤 상황을 같이 견디고 네가 그걸 지나갈 때까지 기다려 주는 게 불가능하기 때문에 나를 참아 달라거나 기다려 달라는 말도 하지 않았다. 치명적인 문제가 생기면 상황을 설명한 뒤 관계에서 로그아웃하면 그만이었다. 돌아보지도 돌아보라고 하지도 않았다.

크리스마스를 앞둔 주말에 저녁을 먹으러 가다가 쇼핑몰에서 그대로 멈춰 섰을 때 나를 벽의 구석으로 데려간 건 남자 친구였다. 시간이 얼마나 흘렀는지 모르는 상태에서 이마를 문지르며 뒤를 돌아보니 남자 친구가 가방을 들고 난처한 표정으로 서 있었다. 미안해, 벽을 보며 서 있는 건 나 혼자 해도 될 것 같아라고 하자 그가 슬픔과 안도가 뒤섞인 얼굴로 고개를 숙였다.

한 장의 정원을 다 칠하고 나니 자정이 되었다. 밑에 조그맣게 날짜를 쓴 뒤 사진을 찍어 놓았다. 그 한 장이 어떤 때는 안녕의 기록처럼 가끔은 병상일지같이 느껴졌다. 병원과 약 대신 섬에서 지내기로 한 걸 후회하는 건 아니지만 이렇게 평면적이고 단조로운 밑그림을 원한 적은 없었다. 36색보다 열 배쯤 다채로운 색연필을 갖고 싶었다.

지호와 나란히 서서 섬의 하늘을 보면서 가끔 다른 사람들의 밤에 대해 생각했다. 혼자가 아니라 괜찮은 모임이나 만남에 속해 있을 그들의 청춘을, 커리어를 쌓아가며 의미 있는 지점으로 나아갈 그들의 시간을 상상하면 심장박동이 빨라지며 잠이 달아났다. 제대로 해보기도 전에 밀려났고 섬에 유배되었다는 느낌을 떨치기 힘들었다.

체크아웃과 체크인의 시간을 지나면서 오후가 되었다. 체크인한 손님들은 테이블 옆에 트렁크를 세워 둔 채 커피를 마시거나 테이크아웃한 커피를 들고 객실로 들어갔다. 봄이 왜 이렇게 짧아. 시간이 점점 빨리 흘러가. 호텔 안의 모든 사람들이 계절과 시간에 대한 애기만 주고받는 것 같았다.

오후 산책 못 할 것 같아.

지호가 우는 이모티콘을 보냈다. 섬 밖으로 나갔다가
마지막 배를 타고 돌아올 거라고 했다.

괜찮아. 산책은 다음에 하면 되지.

이번에는 내가 웃는 이모티콘을 붙였다. 무슨 일 때
문에 나가는 거냐고 묻고 싶었지만 몇 글자 쓰다가 지
웠다.

산책 대신 강기슭의 벤치에 앉아 삼십 분의 휴식 시
간을 보냈다. 처음에는 섬이 넓다고 생각했는데 섬에 대
해 알아 갈수록 부피는 줄어들고 밀도가 진해졌다. 휴양
지라 사람들은 잠시 머물렀다 떠나지만 어떤 것은 결국
남아 마음과 장소에 흔적을 남겼다.

지호가 없는 호텔은 조용하고 시간이 더디게 흘러갔
다. 그 애가 이대로 영영 돌아오지 않는다 해도 이상할
게 없었다. 한 사람이 자리를 비운 것만으로 세상이 텅
빈 듯한 기분이 드는 게 더 놀라웠다.

카페의 영업이 끝나고 배의 운행 시간이 종료되자 섬
은 어둠에 잠겼다. 섬의 메인 가로등과 호텔의 로비를 제
외한 상점과 간판의 불이 꺼지자 투숙객들은 기다렸다

는 듯 밖으로 나가 하늘을 올려다봤다.

나는 숙소에서 창밖을 내다보다가 블라인드를 내리고는 침대에 누웠다. 컬러링 북을 펼 기운도 없었다.

별 보러 나올래.

지호의 메시지가 도착했다. 나는 그 여섯 개의 글자를 한참 쳐다보았다. 그것은 어제의 것과 같았다.

사람들은 호텔 로비 앞에 모여 있고 뒤뜰은 한적했다. 일교차가 커서 바람이 찼다. 까만 하늘 아래 우뚝 선 나무의 초록빛이 선명했다. 바람이 불자 나뭇잎과 지호의 앞머리가 흔들렸다. 바람 속에 가만히 서 있으니 아세톤을 듬뿍 묻혀 닦아 내는 것처럼 머릿속이 시원해졌다.

지금 괜찮지 않냐. 이만하면 괜찮지 않아? 별도 있고 일도 하고.

하늘을 보며 지호가 물었다. 그 애가 섬 밖에서 어떤 시간을 보내고 왔는지는 알 수 없었다.

이 밤은 괜찮아. 이 별도 괜찮고.

그런데 표정이 왜 그래.

지호가 고개를 돌려 나를 쳐다보았다. 나도 고개를 돌려 마주 보았다.

다음 주부터 빙수를 만들겠다는데…… 너무 막막한 거야. 내일도 어떻게 될지 모르는데 여름이 온다니까.

내일은 원래 모르는 거야.

그렇지. 그건 알지.

지호가 내 손을 잡았다. 그 애의 얼굴 위에서 웃는 이모티콘이 빛났다.

나는 미래가 두려워.

나도 그래.

지호가 고개를 끄덕거렸다. 이번에는 둘 다 웃지 않았다. 웃지 않아도 나란히 서 있으니 완전히 깜깜하지 않았다. 내일은 모르겠지만 이 밤은 괜찮다고 생각했다.

처음으로 돌아가는 길

저녁을 먹다가 아이 입학 얘기가 나온 건 그녀 입장에서는 벼르던 일이고 그의 입장에서는 어쩌다 얘기가 그쪽으로 흘러간 것이었다. 초등학교 입학 준비와 관련된 대화는 아이의 학습 능력과 사교육이라는 정류장에 잠시 머물렀다. 그녀는 아이가 늦되긴 하지만 공부에 흥미를 잃지 않는 게 더 중요하다는 의견이었고, 그는 초등학생 때 뛰어난 것보다 상급 학교에 진학하면서 성적이 꾸준히 올라가는 게 낫다는 의견이었다.

교육을 지나 그들의 대화가 본격적으로 정차한 곳은

이사였다. 그들이 1년 5개월째 살고 있는 빌라는 교통이 편하고 편의시설도 많지만 교육 환경으로는 적합하지 않았다. 아이 유치원과도 거리가 멀고 그 유치원을 졸업한 아이들이 진학할 초등학교와 학군도 달랐다.

2년 전에 이사할 때 그들은 3년 후인 아이의 입학에 대해 심각하게 고민하지 않았다. 계약 기간에 맞춰 이사하는 사이클에 익숙해져 삶을 자꾸 2년 단위로 쪼개어 인식했다. 3년 뒤나 아이의 입학은 그들에게 먼 미래였다.

그녀는 입학 통지서가 나오기 전에 초등학교가 가깝고 아이에게 좀 더 큰 방을 줄 수 있는 곳으로 옮기는 게 좋겠다고 판단했다.

"이사 가야겠지?"

그녀가 두부부침을 젓가락으로 자르며 묻자 남은 두부 조각을 입에 넣으며 그가 대답했다.

"그래, 이사 가자."

두부가 영어로 뭐더라 중얼거리던 아이도 말을 보탰다.

"이사 좋아. 우리도 아파트로 가자."

아이가 두 사람의 대화를 듣고 있었다는 사실에 그녀는 정신이 번쩍 들었다. 거름망 없이 내뱉은 말들이 후회됐지만 주워 담을 수는 없었다.

집주인에게 계약을 연장하지 않겠다고 연락한 뒤 부동산에 집을 내놓았다. 그것을 시작으로 그들은 이사를 향해 출발하는 차에 올라탔다. 아직 속도를 내지 않은 차 안에서 그녀는 가벼운 멀미를 느꼈다.

아이가 이사 가자는 아파트는 유치원에서 오 분 거리였다. 유치원 근처를 지날 때마다 그녀는 상가 마트에서 장을 본 뒤 그 아파트 안을 한 바퀴 둘러보았다. 열 개동으로 이루어진 아파트는 조경이 잘돼 있어 걷기 좋고 놀이터 시설도 테마별로 꾸며놓아 뛰어노는 아이들이 많았다. 단지 안의 주민들은 천천히 걸었고 표정에서 여유가 넘쳤다. 초등학교가 가깝고 주변에 유흥 시설이 없어서 아이의 유치원 친구들 중 80퍼센트는 그 아파트에 살았다.

하원 후에 아이는 가끔 아파트 놀이터에서 놀았다. 또래의 친구들과 소리 지르며 뛰어다니고 미끄럼틀을 타고 잡기 놀이를 하다가 집에 돌아올 때면 어깨가 축처졌다. 놀이가 끝났다는 아쉬움과 거대하고 활기찬 아파트에서 나와 조촐한 빌라촌으로 돌아가야 한다는 쓸쓸함을 동시에 느끼는 듯했다. 물론 그것이 진짜 아이의 기분인지 그녀의 마음이 반영된 시선인지는 알 수 없었다. 그녀도 일주일에 두 번이나 세 번 정도 아파트 상가의 마트에서 장을 보고 산책하고 놀이터 벤치에 앉아 아이가 노는 걸 지켜보며 같은 유치원의 엄마들과 얘기를 나눌 때면 그곳에 사는 것 같은 착각에 빠졌다.

아이를 데리고 나와 빌라들이 이어지는 골목으로 걸어갈 때, 4층의 부엌에 도착해 저녁을 준비할 때면 인생이 한곳에 머물러 있지 않고 흘러간다는 것이 무슨 뜻인지 알 것 같았다.

가족 모임 자리에서 이사 얘기를 꺼내자 부모님은 지난번에 이사할 때 집을 샀어야 했다며 목소리를 높였다.

"힘들어도 아파트를 사라니까 말을 안 듣고."

집 사서 돈 벌 수 있는 마지막 기회가 지나갔다며 혀를 찼다.

"막차를 놓친 거야."

막차라는 말에 그녀는 입 안의 음식을 그대로 삼켜
버렸다. 이제 그들에게는 미래가 없다는 소리처럼 들렸
다. 무리해서 집을 사고 대출을 갚으며 그다음 집으로 옮
겨 갈 때 무리했던 시간에 대한 보상을 톡톡히 받아 온
부모님은 확신에 차 있었다. 부모 세대들이 그렇게 집과
땅을 사들였기 때문에 젊은 사람들이 고통받고 있다는
말은 할 수 없었다. 그녀는 입 안에 맴도는 말들을 천천
히 씹어 삼켰다.

이사를 결정하고 나서 그녀와 그는 저녁마다 마주 앉
았다. 지난 1년 동안 두 사람은 저녁을 먹은 뒤 아이가
혼자 동화책을 보거나 블록을 갖고 노는 시간을 이용해
거실과 침실에서 각자 보고 싶은 영상을 봤다. 할 얘기
가 있다는 건 해결해야 할 문제가 생겼다는 뜻이므로 말
하지 않는 개별적인 휴식 쪽이 편했다. 그때 그들이 바란
건 삼십 분 동안 아이가 엄마나 아빠를 부르며 같이 놀
아 달라고 조르지 않는 것뿐이었다. 그러나 이제는 개인
의 휴식을 쪼개어 공동의 목표인 이사에 투자해야 했다.

그는 낡은 소파에 앉기 전에 냉장고에서 캔 맥주를
꺼냈다. 맥주를 많이 마시는 그가 신경 쓰였지만 그녀는
공통의 화제 속에서 대화를 나누는 게 좋았다. 두 사람
다 유치원 근처의 아파트 단지를 염두에 두고 있었다. 부
모님들의 조언이 마음에 들지 않고 대출이 부담되어도
그 아파트와 그곳에서 학창 시절을 보낼 아이를 생각하
면 무리하고 싶어졌다. 아이로 인해 좋은 집이나 생활하
기 편한 환경의 조건이 달라졌고 대출의 규모도 변했다.

다음 날부터 그녀는 아파트 상가의 중개업소를 돌아
다니며 괜찮은 물건이 나오면 연락 부탁한다고 말했다.
중개업소에서는 지금 나와 있는 물건이 대형 평수뿐이
라고 했다. 중간 평수는 나오면 바로 빠지니까. 중개업자
는 장부에 그녀의 전화번호를 적었다. 연락을 기다리는
사람들이 몇 명일까 생각하자 간절한 마음이 되었다. 그
녀는 두 손을 모은 채 고개를 숙였다. 목적지를 정했지만
적당한 때에 전세나 매매가 나오는 것도 아니고 물건이
있다고 바로 이사 갈 수 있는 것도 아니었다.

매매와 전세의 실거래가를 확인한 뒤 그는 점심시간
에 은행에 가서 대출 상담을 받았다. 저녁 식사 뒤에는

은행 직원이 챙겨 준 종이를 펼치며 캔 맥주를 땄다. 대출 상품 옆에 이자율과 원금, 이자 균등 상환 같은 설명이 적혀 있었다. 상담 직원의 얘기를 전하며 그는 평소보다 맥주를 빨리 마셨다. 그녀는 대화에 등장하는 돈의 단위가 비현실적이지만 매달 갚아야 할 액수는 생생한 게 이상했다. 은행에 다녀온 그는 아파트로 이사 가겠다는 의지가 강해졌고 매매로 마음이 기울었다.

그녀는 그가 깜박이를 켠 채 부모들이 안내했던 경로로 핸들을 바꾸는 걸 지켜보았다. 몇 시간 전에는 그녀도 목적지가 확실하고 언제쯤 목적지에 도착할 수 있을까 질주의 타이밍을 기다렸지만 중개업소에서 나온 뒤로 마음이 조금 달라졌다.

중개업소에 들렀다가 하원하는 아이를 데리고 아파트 놀이터에 놀러 갔다. 안면이 익은 여자 둘이 그녀가 앉아 있는 벤치로 왔다. 놀이터에서 자주 보았던 긴 머리와 단발머리의 여자였다. 두 사람은 항상 같은 벤치에 앉아 얘기를 나눴고 작은 손가방을 챙겨 다녔다. 아이들이 뛰어놀다 벤치에 오면 그 안에 든 간식을 꺼내 먹였다. 그녀의 장바구니에는 마트에서 산 과자와 음료수가 들

어 있었고 가끔은 그마저도 챙기지 못했다. 두 사람의 손
가방에서 나오는 쿠키나 은박지에 싼 샌드위치를 볼 때
마다 어쩔 수 없이 죄책감을 느꼈다. 두 사람은 그녀보다
어려 보였고 아이들은 그녀의 아이보다 키가 한 뼘쯤
컸다.

두 사람이 눈인사를 하며 다가왔을 때 그녀는 어쩐지
반가운 마음이 들었다. 가볍게 고개를 숙였고 두 사람이
늘 앉던 벤치에 놓여 있는 손가방을 쳐다보았다. 긴 머리
여자가 턱짓으로 그녀의 아이를 가리키며 씩씩하네요,
지금 유치원 다녀요 하고 물었다. 그녀는 웃으며 내년에
학교에 간다고 대답했다. 아이가 아주 어릴 때는 동네 키
즈 카페나 문화센터에 가면 몇 개월이냐고 묻고 대답하
며 엄마들과 얘기를 나눌 기회가 있었다. 어딘가에 소속
된 뒤로는 그런 일이 줄었다.

"가끔 보는데 이 아파트 분은 아닌 것 같아요."

단발머리가 말하자 긴 머리가 고개를 끄덕거리며 말
을 받았다.

"요즘 외지인들 때문에 문제가 많이 생겨서요."

그들의 말투는 부드러웠고 얼굴에는 미소가 덧칠되

어 있었다.

"앞으로 아파트 놀이터에 안 오시면 좋겠어요."

그 말을 한 뒤 그들은 서로의 얼굴을 쳐다보았다. 그녀 역시 두 사람의 얼굴을 번갈아 쳐다보았다. 얼굴이 굳는 게 느껴졌지만 그들의 표정을 따라 하려고 애썼다.

두 사람은 무슨 말인지 알죠라고 말한 뒤 그들이 늘 앉는 벤치, 손가방이 있던 자리로 돌아갔다. 그녀와 스무 걸음쯤 떨어진 곳에서 평소와 똑같이 웃음 띤 얼굴로 아이들이 노는 모습을 지켜보았다.

그녀는 떨리는 손으로 유치원 가방의 손잡이를 꼭 잡았다. 이게 무슨 일인지 자신이 진짜 그런 말을 들은 건지 혼란스러웠다. 시간이 뒤죽박죽 흘러갔고 모욕감 때문에 얼굴이 뜨거워졌다. 그녀는 아이를 데리고 바로 놀이터에서 나가야 하는지 두 사람의 말에 신경 쓰지 않는다는 듯 버텨야 하는지에 대해 계속 고민했다.

가만히 있어야 하나. 가서 따져야 하는 거 아닌가. 그런데 뭐라고 하나. 자신과 아이는 문제를 일으키지 않는다고? 우리는 그런 사람들이 아니라고? 곧 여기로 이사 올 거니 예외가 되어야 한다고? 속으로 그런 말을 고르는 자신이 한심했다. 저 사람들과 한동네에 살고 싶지 않다는 마음과 이곳의 주민이 되어 당당하게 산책하고 놀이터에서 노는 모습을 보여 주고 싶다는 마음이 다 그녀의 것이었다. 미끄럼틀을 내려오면서 웃는 아이가 아득히 먼 곳에 있는 것처럼 느껴졌다.

처음 이사 얘기가 나왔을 때 그녀는 이사 자체에 대해서만 생각했다. 마음에 드는 집을 고르고 그들이 사는 집에 누군가 오기로 하고 가계약을 하고 계약서를 쓰면서 계약금을 건네고 이사 날짜를 맞추고 이삿짐센터를 정하고 그 차가 이 집의 짐을 모두 싣는 동안 잔금을 치르고 그 짐을 저쪽에 내린 뒤 마무리되는 대이동만 차질 없이 진행되길 바랐다. 그 여정을 떠올리는 것만으로도 벅찼다. 그런데 출발한 지 얼마 되지 않아 한쪽 바퀴에 커다란 못이 박혀 바람이 빠져나가는 것 같았다.

그녀가 먼저 아이를 데리고 놀이터에서 나왔는지 그들이 먼저 일어났는지는 기억나지 않는다. 집에 오는 길에 아이가 어디 아프냐고 물었고 그녀는 고개를 저었다. 그녀는 좋은 집과 좋은 동네와 이웃에 대해 계속 생각했다. 그러는 동안 그들을 저주했다가 이해하기를 반복했다.

아파트를 사자고 하면 좋아할 줄 알았는데 그녀가 아무 말도 하지 않아서 그는 기운이 빠졌다.

"좀 힘들어도 애를 생각하면 그게 낫잖아."

그녀가 침묵하는 이유가 이사 뒤에 빠듯해질 생활 때문인 것 같아서 그는 지금이 마지막일지 모른다고, 또 미적대다 놓치면 나중에 진짜 후회할 거라며 그녀를 설득했다. 그가 꺼낸 카드는 놀이터에 가기 전에 그녀가 준비해 둔 것이기도 했다.

"그렇지. 애가 학교 가면 이사 가기 힘들지."

누구든 한 사람이 차에서 내리지 않는 한 그 아파트로 이사 가게 되리라는 걸 그녀도 알고 있었다. 그녀가 원하던 목적지이기도 했다. 그녀는 마음 한구석을 지그시 누르는 장면에 대해 털어놓는 대신 작게 접어 주머니에 넣었다.

말귀를 알아듣게 된 뒤로 부모의 얘기에 자주 끼어드는 아이가 블록을 만지작거리며 물었다.

"그럼 우리도 아파트로 이사 가는 거지?"

그가 고개를 끄덕이자 아이는 유치원에서 다 같이 그곳 놀이터로 놀러 간 일과 그 아파트에 사는 친구가 누구누구인지에 대해 조잘거렸다. 신난다. 완전 잘됐어. 그가 그녀를 쳐다보았다. 애가 이렇게 좋아하잖아. 그는 액셀에 올린 발에 힘을 주었다. 그녀는 놀이터의 장면에 대해 말할 일이 없으리라 확신했다.

남편과 아이가 하이파이브를 하며 이사 얘기를 하는 동안 그녀는 아파트 후문에서 일 분 거리인 초등학교와 단지 내에 있는 세 개의 놀이터, 그 안에서 뛰어놀며 친구들을 사귀게 될 아이의 미래에 대해 생각했다. 그건 얼마 전까지 그녀가 원하던 안정적이고 평화로운 그림이었다. 그런데 이제 어디로 가고 싶은 건지 거기로 가는 게 좋은지 알 수 없어졌다.

참나무 숲 사람들의

낮 동안 비어 있던 집에서는 구운 빵 냄새가 났다. 여름 해가 길어서 블라인드를 쳐 둔 집 안이 건물 밖보다 더 어둑했다. 중개업자가 벽을 더듬어 조명 스위치를 켰다. 맞벌이 부부가 사는 빌라의 거실이 한눈에 들어왔다. 나는 벽에 걸린 TV와 3인용 소파, 작은 테이블과 그 위에 세워 둔 여러 개의 액자를 둘러보았다. 집의 구조와 거실 크기보다 웨딩드레스와 턱시도를 입은 부부, 한복을 입은 부부, 캐주얼한 차림으로 웃는 부부의 모습이 더 눈에 들어왔다.

중개업자는 평수에 비해 구조가 잘 빠졌고 세입자
가 집을 깔끔하게 썼다며 칭찬했다. 중개업자가 부엌으
로 들어가 다용도실 문과 새것에 가까운 싱크대의 서랍
을 여는 동안 나는 개수대에 담긴 접시의 빵 부스러기와
말라붙은 잼의 흔적을 보았다. 한쪽 컵에는 우유가, 다른
컵에는 갈색의 커피가 조금 남아 있었다. 침실에는 킹사
이즈 침대와 옷장이, 다른 방에는 한 칸짜리 책장과 테
이블 위에 커다란 모니터와 데스크톱이 있었다. 18평형,
투룸의 빌라에는 평균적인 신혼부부의 라이프 스타일이
담겨 있었다.

내가 호의적인 표정으로 둘러보자 중개업자는 남향
이라 해도 잘 들어요 하면서 블라인드를 올리고 이중창
을 열었다. 후텁지근한 바람과 함께 맞은편 건물의 창문
이 드러났다. 고개를 내민 채 담배를 피우는 초로의 남자
가 이쪽을 보고 있었다. 중개업자는 아파트도 이 정도는
다 보이더라고 하면서 자연스럽게 문을 닫았다.

신발을 신고 현관문 밖으로 나오며 내가 고개를 숙여
인사하자 중개업자는 신랑이랑 상의해 보고 연락 줘요,
이런 데는 금방 나가 했다. 투룸을 원한다는 말에 부부가

살 거라고 넘겨짚은 듯했다. 때마침 중개업자에게 걸려 온 전화 덕분에 불필요한 말을 섞지 않고 빌라 앞에서 헤어질 수 있었다. 나는 출근할 때 꼈던 반지를 빼서 파우치 안에 넣었다. 정류장으로 걸어가며 이마가 동그랗고 웃을 때 덧니가 살짝 보이던 사진 속 여자에 대해, 아침에 남편과 마주 앉아 토스트에 잼을 발라 먹고 출근한 여자의 하루에 대해 잠시 생각했다. 침실과 침대와 싱크대 안의 그릇까지 봤지만 여자에 대해 아는 것은 아무것도 없었다.

원룸의 도어 록을 열고 들어서자 희미한 나프탈렌 냄새가 느껴졌다. 겨울옷을 보관하는 옷장에 들어온 것 같았다. 나는 불도 켜지 않은 채 소파 베드에 앉아 땀을 식혔다. 나무로 된 블라인드를 올리니 해가 완전히 사라지지 않은 대기의 희미한 빛이 원룸 안으로 흘러 들어왔다.

뜨거운 물로 샤워를 한 다음 창가 테이블에 앉았다. 휴대폰으로 음악을 틀고 가방에서 김밥이 든 검은 비닐을 꺼냈다. 포일에 싸인 김밥을 하나씩 집어 먹으며 맞은편 건물의 창문을 바라보았다. 불 켜진 3층의 창가는 비

었고 가스레인지 위에 은색 냄비가 놓여 있었다. 나는 텅
빈 스크린을 응시하듯 네모난 두 쪽의 창문을 바라보며
김밥을 천천히 씹었다. 건물 사이로 보이는 회색빛의 하
늘이 어둠 속에 차근히 잠겨 갔다. 김밥을 반쯤 먹었을
때 머리를 틀어 올린 여자가 등장했다. 목 부분이 늘어진
회색 면티 차림의 여자는 냉장고 문을 연 채로 물을 꺼
내 마셨다. 물을 다 마신 뒤에도 여자는 냉장고 문을 닫
지 않고 고개를 왼쪽으로 기울인 채 가만히 서 있었다.

처음 원룸을 구했을 때는 블라인드를 끝까지 내려 둔
상태로 지냈다. 석 달 동안 나무 블라인드로 가린 창문
을 벽이라고 생각하며 신경 쓰지 않았다. 집에서 먼 동네
고 나를 아는 사람이 없는데도 블라인드를 올리거나 밖
을 내다보지 않았다. 자정 무렵이 되면 진이 여러 개의
메시지를 보내던 때였다. 트렁크를 끌고 집을 나간 걸 비
난했고 어디에 있는지 말하라고 다그쳤다. 낮에는 잠잠
하다가 밤에만 메시지를 보내는 걸 보면 행방이 궁금한
게 아니라 화풀이할 곳이 필요해서 그러는 것 같았지만
마음을 놓을 수는 없었다. 진이 아니더라도 나는 여기에
서 지낸다는 걸 누구에게도 들키고 싶지 않았다. 창밖으

로 맞은편 상가 주택의 주방이 선명하게 보이는 것도 부담스러웠다.

일주일 전쯤 새벽에 비가 쏟아지는 소리를 듣고 깼다. 블라인드를 올린 뒤 창문을 열자 빗소리와 축축한 나무 냄새가 원룸 안으로 밀려 들어왔다. 나는 땅을 적시고 창문 위로 흘러내리고 팔에 닿는 현실의 비를 어리둥절하게 바라보았다. 비가 잦아들자 서늘한 공기 가운데 검게 젖은 골목이 드러났다. 창밖의 오롯한 현실을 보고 있으니 잠이 달아났다. 고요하고 어두운 골목에서 불 켜진 건너편의 창문은 책상 위에 올려놓은 탁상 스탠드처럼 빛났다. 그 창문 안에 식탁이 놓여 있고 식탁 의자에 뒷모습만 보이는 여자가 앉아 있었다. 새벽 2시에 여자는 고개를 왼쪽으로 기울인 채 태블릿 화면을 들여다보고 있었다. 틀어 올린 머리가 느슨하게 흘러내렸고 회색의 면 티셔츠가 헐렁하게 몸을 감쌌다. 여자는 한쪽 다리를 의자 위로 올린 채 턱을 괴기도 하고 두 다리를 다른 의자 위에 뻗기도 하며 자세를 바꾸었다. 그때마다 오른쪽 옆얼굴이 슬쩍 드러났다.

여자는 어쩐지 회사의 김 팀과 비슷해 보였다. 나는

진짜 김 팀인가 의심하며 냉장고에서 캔 맥주를 꺼냈다. 명에게 메시지를 보내 김 팀이 어디 사는지 물어볼까 하다가 시간을 확인하곤 그만두었다. 다 마신 캔의 가운데 부분을 찌그러뜨릴 때 김 팀이 맞구나 싶었다. 회사에서 보는 김 팀은 눈매가 또렷하고 단발머리에 셔츠 차림이지만 여자가 흘러내리는 머리를 모아 핀으로 고정하는 순간 김 팀이라는 확신이 들었다. 김 팀일지도 모른다고 생각했을 때는 새벽에 마주친 기묘한 상황에 대해 누군가에게 얘기하고 싶었는데 김 팀이라고 확신하게 되자 말하고 싶은 마음이 사라졌다. 여자는 무표정한 얼굴로 태블릿의 화면을 보다가 이따금 입술을 움직여 표정을 바꾸었다.

스마트폰의 화면 위로 확인하지 않은 진의 메시지가 주르륵 떠올랐다. 어떤 글자는 제대로 읽지 않아도 감정의 결을 느낄 수 있다. 비가 그친 뒤에도 나무에 고인 빗물이 한동안 떨어져 내리듯 내가 집을 나오고 결혼이 중단되었는데도 진의 메시지에서는 해결되지 않은 감정들이 드러났다. 그 집에 남아 있지만 진의 마음도 그곳에서 떠났고 축축한 기억들만 덜 마른 얼룩처럼 남아 그를 괴

롭혔다. 나는 이어폰을 꽂고 '비 오는 날 깨어 있는 당신을 위한 팝' 리스트를 클릭한 뒤 볼륨을 높였다. 종이컵에 브랜디와 맥주를 따른 다음 푸른색의 티스푼으로 섞어 천천히 마셨다.

여자는 냉장고에서 캔 맥주를 꺼냈고 새벽이 깊도록 태블릿 화면을 들여다보았다. 식탁 위에 빈 캔이 늘어 갔지만 자세가 흐트러지지 않았다. 나는 술기운이 오르는 걸 느끼며 건너편 창문에 불이 꺼지길 기다렸다. 외로운데 그리운 사람은 없는 새벽이었다. 이곳에 온 뒤로 줄곧 고독과 마주 보며 앉아 있었다. 아쉽지만 후회는 없고 이 새벽이 몹시 낯선데 오래 전부터 이 원룸의 창가에 앉아 있었던 것 같은 기분이 들었다. 나는 축축해진 종이컵을 버리고서 여자보다 먼저 블라인드를 내렸다.

그날부터 잠들기 전이나 자다가 깼을 때 테이블에 앉아 창문 너머를 바라보았다. 무대에 불이 켜진 뒤 배우가 나타나기를 기다리듯 김 팀의 등장을 기다렸다. 김 팀은 집에 오면 대부분의 시간을 주방에서 보냈다. 머리를 틀어 올린 중년 여자가 되어 싱크대에서 설거지를 하거나 식탁에 가만히 앉아 있었다. 멀리서 보기에도 식탁은 꽤 크고 의자도 여러 개인데 누군가와 같이 식사를 하거나 차를 마시는 모습은 본 적이 없다. 화면 속의 여자는 언제나 혼자였고 태블릿 화면을 보거나 책을 읽으며 맥주를 마셨다. 가끔은 아무것도 하지 않고 멈춘 듯 그저 가만히 앉아 있기만 했다. 누군가를 기다리는 것 같기도 하고 태블릿과 책과 맥주에 의지해 밤과 새벽을 지나는 것처럼 보이기도 했다. 여자를 지켜보는 동안 나는 뒷모습에도 표정이 있다는 걸 알게 되었고 여자가 묵묵하게 무언가를 견딘다는 인상을 받았다. 회사 안에서 김 팀과 나는 친분도 없고 마주치면 인사 정도만 나누는 사이지만 밤과 새벽의 그녀를 보는 동안 무언가 알게 된 것 같은 기분이 들었다.

나는 다 먹은 김밥의 포일을 구긴 뒤 맥주를 한 캔 꺼냈다. 불을 켜지 않은 실내에 어둠이 여러 겹으로 내려앉았다. 창 너머의 여자도 냉장고에서 맥주를 꺼내 마시기 시작했다. 나는 음원 서비스에 접속해서 추천 선곡의 제목을 보며 음악을 골랐다. 외로운, 고독한, 불면의 밤 같은 단어들과 수록곡을 눈여겨봤다. 혼자 앉아 있는 여자의 뒷모습과 식탁 위에 쌓여 가는 맥주 캔을 보고 있으면 여기의 나는 보는 눈으로만 존재하고 다른 건 다 지워졌다. 멀리서 보면 인생은 고요하고 단순하고 사는 것 역시 별거 아니라는 생각이 들었다. 누구의 인생이나 거기서 거기라는 감각이 필요해서 창 너머를 보는 것 같았다.

오전 회의가 끝난 뒤 중개업자와 통화하는 내용을 듣고 명은 내가 집을 보러 다닌다는 사실을 눈치챘다. 중개업자는 맞은편 건물이 보이는 것 때문에 계약을 망설이느냐고 물었다. 좀 더 보러 다녀야 할 것 같다고 하자 그 빌라의 장점에 대해 장황하게 설명했다. 몇 달 동안 진과 대화하면서 나는 오해를 풀려고 애쓸수록 얘기가 길어지고 불필요한 감정 소모가 많아진다는 걸 깨달았다. 대화를 끝내려면 빨리 수긍하는 편이 나았다. 전망이 중요해서 안 되겠다고 말한 뒤에야 전화를 끊을 수 있었다.
"이사 준비하는구나."
명의 얼굴에 호기심이 묻어났다.
"알아만 보고 있어."
"좋겠다. 알아보는 것도 부러워."

탕비실에서 만났을 때 명은 어느 지역으로 갈 거냐고 물었고 점심 먹는 동안에는 주거 형태와 평수에 대해 물었다. 나는 정해진 게 아무것도 없다고, 빌라와 아파트, 주택을 두루 보러 다니고 있다고 대답했다. 이러다 그냥 주저앉을지도 모르지.

"이사하면 집들이 꼭 해야 돼."

"그래. 이사하게 되면."

본부장의 집에서 신년 모임을 한 뒤로 명은 좋은 집에 관심이 많아졌고 이사에 대한 열망도 커졌다. 그때 명은 전세 만기가 몇 달 남지 않은 상황이라 열심히 집을 보러 다녔지만 돈에 맞는 집은 하나같이 마음에 들지 않는다고 했다. 점심시간마다 명은 뻔한 돈으로 집을 알아봐야 하는 고충에 대해 털어놓았다. 애는 크고 짐은 늘어나고 눈은 높아지는데 모은 돈은 얼마 안 되고 집값은 계속 올랐다. 이 명료하고 아이러니한 고통은 해결될 길이 없어 보였다. 같이 회사를 다니는 몇 년 동안, 트렁크를 끌고 집에서 나오기 전까지 나도 명과 비슷한 고민을 했다. 그런데 원룸에 트렁크를 내려놓는 순간 대출을 받아 집을 늘리고 돈을 모아 이자와 원금을 갚는 세계에서 걸어 나와 다달이 월세를 지불하는 세계로 이동했다.

　이사 대신 계약을 연장하기로 결정하고 나서 명은 한동안 우울증 비슷한 상태에 빠졌다. 다른 사람이 이사한다고 하면 격하게 부러워하며 어디로 가고 몇 평이고 금액이 얼마인지 꼬치꼬치 캐물었다. 본부장의 집에 다녀온 뒤로 사는 게 시시해졌어. 명은 그 집에 놀러 가지 않았더라면 자신의 집이나 삶에 대해 좀 더 만족했을까 하고 중얼거렸다. 본부장의 집에 갔던 날을 생각하면 한 편의 영화를 보고 온 것 같았다. 그 집과 그날 일어난 모든 일들이 화면 위로 흘러간 영상 같았다. 내가 진짜 그 집 거실에서 창밖을 내다보았나. 명이나 다른 동료들과 함께 대리석 식탁에 앉아 있었나. 멀찍이 떨어져서 음식과 와인을 먹으며 이야기를 나누는 여자들을 잠시 관람하고 돌아온 것만 같다.

　본부장이 신년 모임에 초대한 여자들은 일곱 명이었다. 설 연휴 끝에 이어지는 대체 휴일이라 연초는 아니어도 새해 느낌은 충분히 났다. 나는 아파트의 공동 현관문 앞에서 명과 만나기로 했고 집에 도착한 뒤에야 한 손에 핸드백을 들고 다른 손에는 쇼핑백을 든 동료들의 얼굴을 보게 되었다. 명 외에 회사에서 인사만 나누는 사람이 셋, 나머지는 얼굴과 이름, 직급만 겨우 구분하는 사이였다. 사람들이 답례로 들고 온 쇼핑백의 로고가 화려했다. 나는 터틀넥 안쪽으로 땀이 차오르는 걸 느끼며 근처 베이커리에서 산 마카롱 상자를 든 채 서 있었다. 평소 본부장은 적게 먹고 단것도 좋아하지 않는다는 사실이 뒤늦게 떠올랐다. 트렁크에 짐을 챙겨 나오느라 아침부터 정신이 없었다. 며칠 떠나는 여행이 아니라 다시 돌아가지 않을 예정이라 넣고 빼기를 반복하며 신중하게 채운 트렁크였다.

사람들은 전시회를 관람하듯 거실의 장식장과 벽에 붙은 액자와 콘솔 위의 화병을 구경하다가 본부장이 부르자 식탁에 모였다. 루스한 니트 차림의 본부장은 회사에서 보던 것보다 느슨하고 여유로운 느낌을 풍겼다. 자리에 앉으며 나는 터틀넥을 뒤집어 입었다는 사실을 깨달았고 당황하기보다 체념하는 마음이 되었다. 본부장은 일곱 명의 여자들을 둘러보더니 이렇게 모이자고 한 건 같이 일하는 여자들끼리 오붓하게 밥이나 한 끼 먹자는 취지라고 말했다.

식사를 시작하려는데 한 사람이 휴대폰을 들고 거실로 나갔다. 여섯 명은 간단하게 통성명을 한 뒤 그 집의 아름다움에 대해 칭찬했다. 한강이 내려다보이는 거실과 벽에 걸린 그림들, 천장의 조명과 바닥재와 양탄자, 소파와 장식장, 대리석 식탁과 음식까지. 각자 집중하는 분야는 달랐지만 그 집을 구성하는 모든 것이 훌륭하다는 점에는 동의했다. 본부장은 이런 건 아무것도 아니라는 듯 고개를 저었다.

"자기들은 나보다 젊잖아. 내 나이가 되면 더 많이 가지게 될 거야."

그 말에 공감하는 사람은 없었지만 다들 기분 좋게 웃어넘겼다. 나는 옷을 바꿔 입으러 갈 타이밍을 엿보았다.

통화를 마친 사람이 자리로 돌아와 자신의 쇼핑백을 본부장에게 건네며 먼저 일어나야 할 것 같다고 했다. 남편이 출장을 갔는데 일정이 변경돼서 오후에 도착한다는 것이다. 혼자 좀 있으라고 해, 애도 아닌데 뭘 챙겨, 본부장이 가볍게 질책했고, 남편 진짜 사랑하나 보다, 신혼이네, 신혼이야, 몇몇이 농담을 던지며 배웅했다. 잘

가. 다음에 봐요. 나도 사람들의 목소리에 섞여 같이 인사했다. 본부장이 현관문 앞까지 나갔다 오는 동안 남은 사람들은 주방 인테리어와 음식의 맛에 대해 얘기했다. 나는 푸른색의 크고 작은 접시와 가지런히 놓인 커트러리를 내려다보았다. 그러다 대리석 식탁의 단단하고 차가운 표면을 손으로 쓸어 보았다. 짙은 네이비색 셔츠를 입고 안으로 둥글게 만 단발머리를 한 사람, 남편 때문에 먼저 일어난 사람이 김 팀이라는 건 나중에 알게 되었다.

삼사십 대 여자들은 쉰 살의 본부장이 회사에서 도달한 직급에는 무감각했지만 본부장이 이 도시에서 소유한 것들과 인생에서 이룬 성과를 확인하고는 진심으로 부러워했다. 화장실에 간 사람들이 식탁으로 돌아오는 시간이 조금씩 늦어졌다. 자리에 앉으며 저마다 아까는 제대로 못 봤는데라는 말과 함께 새롭게 발견한 것에 대한 감상을 꺼내 놓았다. 그때마다 본부장이 그건 몇 년 전에 프랑스에 가서 사 온 거야 하며 대수롭지 않게 대답했다. 나이가 제일 젊은 직원이 1인용 리클라이너 소파의 안락함에 대해 얘기하며 명품 백 들고 다니는 사람들을 왜 부러워했나 싶네요라고 해서 모두 웃었다.

나는 화장실에 들러 옷을 갈아입은 다음 거실의 창문 앞에 서서 밖을 내다보았다. 25층의 창 너머로 한강이 펼쳐졌고 강 한가운데에 손바닥만 한 유람선이 떠 있었다. 유람선은 아주 천천히, 움직임이 느껴지지 않을 정도로 조금씩 나아갔다. 창문 위에 손바닥을 대었다 떼자 유람선이 사라졌다가 나타났다. 그 잔잔한 물결 위로 밤부터 새벽까지 진과 주고받았던 악다구니가 지나갔다. 몇 달 동안 우리의 밤은 고성과 비난과 호소의 변주와 함께 흘러갔다. 나는 반년 동안 다른 사람을 만났던 일을 진에게 들켰고 진은 나 모르게 대출을 받은 뒤 동업자와 사업을 하려고 준비 중이었다. 두 일은 거의 동시에 드러났고 나와 진은 자신이 저지른 일에 대해 순순히 인정했다. 진은 돈보다 사랑을 배신하고 감정을 속인 게 더 나쁜 거라며 울부짖었다. 처음에 나는 진심으로 사과하고 마음을 이렇게 저렇게 표현하면서 진이 알고 싶어 하고 궁금해하는 걸 풀어 주려고 애썼다. 그러다 시간이 지날수록 그가 원하는 진실이란 진짜 있었던 일이나 마음에 대한 것이 아니라 듣고 싶은 대답을 내놓으라는 요구라는 걸 깨닫게 되었다. 그때부터 입을 다물었다.

나는 진의 잘못이나 사건의 경중에 대해 따지고 싶은 마음이 없는데 진은 시비를 가리고 싶어 했고 그때그 때 파고드는 지점이 달랐다. 제일 많이 한 질문은 진심이 었느냐는 것이었다. 그 사람 만났을 때 진심이었느냐고, 지금은 그 진심이 사라진 거냐고, 진실을 말하고 밝히라 고 다그쳤다. 진심과 진실이 나오면 나는 벽에 둘러싸이 는 기분이었다. 밖으로 나갈 수도 내다볼 수도 없게 꼼짝 없이 추궁 속에 갇히는 것 같았다. 들키고 인정하고 자백 했을 때 일상을 회복하는 데 시간이 걸리리라는 걸 예상 했지만 돌아오지 말았어야 했고 돌아오면 안 되는 거였 다고 후회하게 될 줄은 몰랐다. 진심이 아니었다고, 그게 진실이니 믿어 달라고 진이 믿을 때까지 언제까지나 참 을성을 가지고 말해야 하는데 인내심이 부족했다. 진심 과 진실이 그런 식으로 사용되는 걸 견디기 힘들었고 더 이상 용서를 빌고 싶은 마음도 생기지 않았다. 내 안에 어떤 열정이 있어서 진을 속인 채 반년이나 다른 사람을 만났는지도 의아했다. 내가 좀 미쳤던 것 같은데 지금은 네가 더 미친 것 같네. 그렇게 말하자 진은 두 손으로 머 리를 감싸 쥔 채 소리 내어 울었다.

기분이 상하면 진은 며칠씩 말이 없다가 한번 입을 열면 줄기차게 질문을 쏟아 내며 사람을 지치게 했다. 술도 안 마신 상태에서 한 말을 또 하고 이미 물은 걸 다시 묻고 또 물었다. 반년의 시간 동안 그가 상상하고 두려워한 진한 사랑과 깊은 육체적 교감 같은 것은 없었다. 전혀 없었다고 할 수 있었다. 몇 번의 저녁 식사와 술자리, 산책과 티타임이 있을 뿐이었다. 그 안에는 일상적인 얘기와 농담, 각자 살아온 시간에 대한 토로와 자잘한 후회와 고백 같은 게 있었다. 만나는 동안 상대와 나는 스킨십을 극도로 자제했다. 우리는 서로에 대한 호감을 확인했다는 것과 어떤 선을 넘는다는 것에 흥분했지만 서로의 배우자를 속이며 만나는 것에 죄책감을 느꼈다. 진이 알게 된 건 더 이상 만나지 않기로 합의한 뒤였다.

진은 사과를 하라고 했다가 사과가 뭘 바꿀 수 있겠냐며 말뿐인 사과는 집어치우라고 했다가 제 설움에 겨워 울었고 배신당한 게 너무 억울하고 화가 난다며 더욱 거세게 울었다. 그 시간을 지나면서 진과의 결혼 생활이나 다른 사람을 만났던 일 모두 내게서 분리되고 희미해졌다. 사랑했던 기억과 후회도 지우개로 지운 듯 흔적만 남았다. 어느 순간에는 진이 속은 것에 대해 왜 이렇게 억울해하고 속상해하는가 의심이 생겼다. 너의 동업자는 누구냐고, 진짜 그 사람이 맞느냐고 묻고 싶었지만 의미 없는 질문이라는 걸 알았다. 진이 돌이키고 싶은 게 무언지, 정말 예전으로 돌아갈 수 있다고 믿는 건지 궁금했다. 우리는 같이 살면서 서로를 속였고 서로의 바깥에 서 있었다. 어떤 진실과 변명도 진이 한 일과 내가 저지른 일을 무효로 만들 수는 없었다. 그걸 확인했는데 무얼 더 하자는 거지. 진심이라는 게 다 무슨 소용인가. 전부 흩어질 말뿐이지. 가끔 진이 한 일과 내가 한 일이 바뀌었다면 좀 더 빨리 마무리됐을까 생각해 보았다.

진이 같은 말을 되풀이하면 나는 집안일에 집중하려고 애썼다. 건조기에서 꺼낸 옷과 수건을 개거나 싱크대 앞에서 설거지를 시작했다. 싱크대의 작은 창으로는 앞 동의 베란다가 보였다. 16층의 여자는 밤마다 러닝 머신 위에서 빠르게 걸었고 나는 진의 말이 여자의 운동보다 빨리 끝나기를 바랄 뿐이었다. 여자가 걷기를 마치고 집 안으로 들어가면 나는 물을 틀어 놓은 채 공구함에서 망치를 가져왔다. 싱크대 안쪽에 보관해 두었던 좋아하는

시리즈의 그릇을 하나씩 꺼내 깨고 부쉈다. 특별한 날에
기념품처럼 몇 개씩 사서 싱크대 안쪽에 모아 둔 것들이
었다. 진은 가방이나 화장품이 아니라 그릇을 사는 나를
의아해했다. 나중에 근사한 식탁이 생기면 꺼내 쓰고 손
님들도 초대하고 싶다고 하자 어느 세월에 하며 웃었다.
내가 망치로 그릇을 깨면 진은 잠시 말을 멈추었다. 아껴
두었던 식기들이 쓰레기봉투에 들어가는 걸 보며 나는
마음을 닫았고 남은 그릇의 개수를 세면서 삶 밖으로 걸
어 나왔다.

　설 연휴 때는 하루도 빠짐없이 그릇을 깼다. 새벽에
진이 잠든 걸 확인한 뒤 트렁크를 끌고 나왔다. 그동안은
퇴근 후 다시 집으로 돌아가며 지겹다고 생각하면서도
출근 전에 몇 번이나 트렁크의 손잡이를 잡았다 놓기를
반복했다. 이제는 원하지 않는 배역을 그만두고 세트장
밖으로 나가고 싶었다. 남은 찻잔 두 개를 꺼내서 버린
다음 트렁크의 지퍼가 잠기지 않을 정도로 물건을 더 챙
겨 넣었고 드디어 손잡이를 끌고 나왔다. 미안하고 후회
스러운데 진이 원하는 만큼 미안하지 않고 진의 아픔이
내 것으로 다가오지 않았다. 진 때문이 아니라 나 때문에

관계를 지속할 수 없을 것 같았다. 트렁크를 지하철 보관함에 넣어 두고 근처 베이커리에 들어가 알록달록한 색감의 마카롱을 한 상자 골랐다.

주방에서 사람들이 동시에 웃는 소리가 거실 창가 쪽으로 밀려왔다. 아름다운 집과 그것을 열렬히 부러워하는 사람들 속에서 수시로 진의 목소리가 들리고 나는 자꾸 다른 시공간으로 밀려났다. 동료들과 음식을 먹고 대화하는 동안에도 새벽의 악다구니가 재생되었다.

식탁 의자로 돌아왔을 때 와인을 마신 사람들의 얼굴은 발그레했다. 내가 자리를 비웠다는 걸 아무도 눈치채지 못한 것 같았다. 명이 여기서 살고 싶다고 하자 본부장이 자고 가도 돼 하며 웃었다. 남편이 아이들을 데리고 스키장에 가서 다음 날 저녁에나 올 거라고 했다. 명과 아이를 키우는 여자들 셋이 어머, 너무 멋지시다 하며 감탄사를 내뱉었다. 나는 본부장의 생일과 결혼기념일마다 사무실로 배달되던 꽃바구니를 떠올렸다. 티 없이 매끈하던 꽃송이들과 인쇄된 것처럼 정갈한 글씨로 카드 위에 쓴 사랑해요, 축하해요라는 글귀도. 두 사람은 서로에게 들킬 것도 억울할 것도 없이 각자의 일이 끝난 뒤 만

나서 저녁을 먹고 하루 일과에 대해 나눈 뒤 굿 나이트 인사를 하고 자러 가겠지. 예의를 지키고 해야 할 말만 하며 지내는 관계란 어떤 것일까. 나는 다용도실 문에 길게 드리워진 패브릭의 무늬를 바라보았다. 하늘 위에 떠 있는 구름, 그 사이로 지나가는 비행기, 거기에 난 작은 창문이 아득해 보였다. 누군가 창가 자리에 앉아 밖을 내다보고 있었다.

명절과 새해와 자신이 사는 동네와 남편에 대해 험담하고 자랑하고 너스레를 떠는 목소리들을 들으며 나는 테이블에 앉아 있는 사람들을 둘러보았다. 모두 팔을 뻗으면 닿을 만한 거리에 있는데 목소리와 웃음소리가 내 접시 근처까지 밀려왔다가 멀어져 갔다. 현실을 잊으려고 그릇을 부수기 시작했는데 이 세계에 대한 현실 감각이 부서졌다. 인생을 사는 것이 아니라 해변에 앉아 바다에 뛰어들고 헤엄치고 소리 지르고 모래 놀이 하는 사람들을 구경하는 것 같았다. 앞에 놓인 푸른색의 식기를 내려다보았다. 아름다운 접시 위에 먹다 만 케이크 조각이 남아 있었다. 나는 푸른색 티스푼을 만지작거리며 밀려오고 쓸려 나가는 파도를 바라보았다. 한 손에 들어오는 티스푼의 단단하고 매끈한 감촉이 현실로 돌아오는 열쇠처럼 느껴졌다. 그것을 꼭 쥐고 있다가 주머니에 집어넣었다. 무음으로 해 둔 휴대폰의 화면이 밝아지며 메시지가 주르륵 올라왔다. 내가 트렁크를 끌고 나가 버린 것을 눈치챈 진이 욕을 퍼부으며 돌아오라고, 와서 얘기를 마무리하라고 보낸 것들이었다.

연휴가 끝난 뒤 사무실에서 본부장을 볼 때마다 푸른색의 식기들이 떠올랐다. 정갈한 글씨체를 가진 남편과 식탁에 마주 앉아 그 그릇으로 식사를 하고 차를 마시겠지. 티스푼이 하나 사라진 것쯤은 그들의 관계에 아무 영향도 끼치지 못할 것이다. 초대받았던 사람들에게 본부장의 집은 한동안 화제와 자극이 되었다. 누군가는 인생의 목표가 달라졌다고 했고 자신의 삶이나 부부 관계를 돌아보게 된 사람도 있었다. 그 여파로 이사를 고민하거나 소파 혹은 식탁을 바꿔 버린 사람도 있었다. 한나절 엿본 본부장의 집과 생활은 그렇게 사는 게 제대로 된 인생이라고, 진짜 삶은 거기에 있다고 말하는 것 같았다.

집에서 나와 석 달쯤 지나자 진이 메시지를 보내는 횟수가 현저히 줄어들었다. 격하던 감정은 가라앉았고 폭격처럼 퍼붓던 비난도 하소연과 푸념으로 바뀌어 갔다. 나는 진의 메시지에 답을 보내지 않았지만 지우지 않고 그대로 두었다. 상담 치료를 받기 시작했다는 마지막 메시지에 기대 보기로 했다.

명에게 혼자 살 집을 구하러 다니는 거라고 말하지 않았다. 원룸의 창문 너머로 보이는 김 팀의 뒷모습에 대해서도 입을 다물었다. 신년 모임 때 김 팀은 남편 얘기를 하며 먼저 일어났는데 창문 너머에서는 남편과 같이 있는 걸 본 적이 없다. 그녀는 밤이 지나 새벽이 되는 동안 식탁에 혼자 앉아 있었고 드라마나 책을 보며 맥주를 마셨다. 누군가와 마주 앉아 대화를 나누거나 차를 마시는 일도 없었다. 집에서는 저녁을 먹지 않았고 술을 많이 마셨고 아주 늦게 자거나 거의 자지 않는 것 같았다. 여자의 뒷모습을 보고 있으면 건너가서 맞은편에 앉아 같이 맥주를 마시고 싶은 충동이 일었다. 내 얘기가 아닌 것처럼 깨어진 결혼 생활과 미쳐 버린 진과 다른 사람을 만났던 반년의 시간에 대해 털어놓고 싶었다. 사랑은 아니었지만 보드를 타고 서핑하듯 아슬아슬하고 짜릿하게 균형을 유지하던 날들에 대해. 그런데 큰 파도에 보드가 뒤집히고 물에 빠졌다. 나와서 정신을 차려 보니 보드도 옆에서 타던 사람들도 보이지 않았다. 파도는 잦아들고 바람의 방향도 바뀌었다. 다시 보드를 타고 싶지는 않지만 발이 푹푹 빠지는 모래밭을 걸어 돌아가고 싶지도 않았다. 그게 진심이라고 말하고 싶었다.

테이크아웃한 커피를 들고 사무실로 걸어오며 명이 내일 모임 올 거지 하고 물었다. 내가 머뭇거리자 이번에는 다 모일 것 같다고, 빠지지 말라고 했다.

출근하면서 꼈던 반지를 파우치에 넣었다. 손가락에 남은 반지 자국을 손으로 문지르며 회사 근처의 중개업소에 들렀다. 한 곳에는 어린아이가 있다고 했고 다른 중개업소에는 연로하신 부모님이 살 곳을 보러 다니는 거라고 둘러댔다. 기분이나 상황에 따라 부부가 살 거라고 했다가 아이가 둘이라고 말하기도 했다. 원하는 평수와 가격대도 즉흥적으로 바꾸어 말했다. 처음에는 정말 이사 갈 집을 찾으려고 돌아다녔는데 어느 순간 그냥 다른 사람들이 사는 모습을 구경하는 게 흥미로워서 퇴근길에 중개업소에 들렀다. 빈집을 둘러보거나 저녁을 준비하는 중이거나 식사가 끝난 집에 들어가 음식 냄새를 맡으며 식탁과 가스레인지 위의 냄비를 흘깃거렸다. 돌아오는 길에 허기 속에서 그곳에 사는 사람들에 대해 잠시 상상해 보고 그 집에서 살 일이 없는 나의 미래에 대해서도 생각했다.

원룸이 있는 정류장에서 내려 초밥집에 들렀다. 몇 개의 메뉴 중에 롤을 골라 포장했다. 김 팀의 존재를 알게 된 뒤로 동네에서 마주치면 근처에 잠깐 들렀다거나 친정이 이쪽이라 온 거라고 둘러대려고 했는데 밖에서 한 번도 본 적이 없다. 출퇴근 시간의 정류장이나 마트에서도 마주친 적이 없다.

카트에 맥주와 소주, 생수를 담으면서 나는 종이컵과 일회용 접시 앞에서 머뭇거렸다. 몇 달 동안 컵과 그릇을 사지 않은 채 버텼다. 싱크대 안에 넣어 둔 종이컵을 하나씩 꺼내 쓰며 이사를 가게 되면 제대로 된 컵과 그릇을 사야겠다고 생각했다. 본부장의 집에서 가져온 푸른색 티스푼을 떠올리면 어떤 것도 마음에 들지 않았다. 이사 갈 곳도 구하지 못하니 그릇이나 수저 장만하는 일을 자꾸 뒤로 미루게 되었다.

가끔 트렁크에 챙겨 오지 못한, 한때 나의 물건이었지만 이제는 쓸 수 없는 것들이 생각났다. 처음에는 필요한 건 다 두고 나온 것 같았는데 차츰 무엇을 두고 나왔는지 잊었고 없는 상태로 지내는 데 익숙해졌다.

띄엄띄엄 이어지던 진의 메시지는 일주일 전 너는 나한테 마음이 없으니까, 다시 잘해 보고 싶은 마음이 없으니까 그러는 거지, 나도 다 안다라는 내용을 마지막으로 멈추었다. 입만 열면 모르겠다고, 제대로 밝히라고 하던 진이 다 안다고 하기까지 오랜 시간이 걸렸다. 나는 맥주와 소주를 섞어 마시며 천천히 안도했다. 앞으로 감정 소모 없이 홀가분하게 지낼 수 있으리라는 기대가 생겼다. 그러나 안도와 기대는 희박해서 나를 삶 쪽으로 끌어당기진 못했다. 다음 날 출근해서 일을 하고 밥을 먹고 동료들과 얘기하고 이러저러한 감정을 느끼고 돌아오는데도 삶의 테두리 바깥에서 세상과 다른 사람들의 인생을 구경하는 것 같은 기분이 들었다. 버스를 타고 가며 차창으로 보는 풍경처럼 매일 같은 노선으로 다녀서 눈을 감고도 그릴 수 있을 것처럼 익숙한 거리인데도 지나가고 있을 뿐이라는 느낌을 지우기 힘들었다. 삶에 대한 접착

력을 잃은 것 같았다.

창 너머의 여자는 식탁에 앉아 책을 읽었고 나는 롤과 맥주를 먹으며 여자를 보았다. 한참 책을 읽던 여자가 책을 엎어 놓더니 시야에서 사라졌다. 잠시 뒤에 여자는 동그란 탁상 거울을 들고 나타났다. 식탁에 앉아 거울 안을 한참 들여다보다가 틀어 올렸던 머리를 풀었다. 그녀가 보는 거울에 이쪽 창문이 비치지 않을까 잠시 걱정했지만 등 뒤의 시선에는 관심이 없는 듯했다. 머리카락을 이쪽저쪽으로 신중하게 넘기며 고개를 옆으로 돌리기도 하고 깊이 숙이기도 했다. 그때마다 거울에 머리가 잘 비치도록 자세를 바꾸었다. 그녀가 손에 든 것을 식탁 위에 하나씩 털어 낼 때야 흰머리를 뽑고 있다는 걸 알았다.

김 팀의 머리에 흰머리가 많았다. 회사에서 엘리베이터 안쪽에 타면 원하지 않아도 사람들의 뒤통수를 보게 되었다. 염색할 때를 알리듯 갈색 머리 위쪽으로 검게 자라나는 정수리 부분을 발견하기도 하고 길게 늘어뜨린 머리 중간에 섞여 있는 흰머리가 눈에 띄기도 했다. 나는 짙은 갈색인 김 팀의 단발머리를 떠올렸다. 멀리서 잠깐씩 보았던 김 팀의 단발머리에서 흰머리를 발견하지 못한 건 당연한 일일 거다.

여자는 한참 동안 몸을 구부린 채 머리카락을 움직여 가며 흰머리를 뽑았다. 보이지 않는 뒤통수의 흰머리를 뽑으려고 거울을 하나 더 가져와 비춰 보기도 했다. 꽤 오랫동안 그 일에 몰두하던 여자는 헝클어진 머리 그대로 일어나 냉장고에서 맥주를 꺼내 마셨다. 캔 하나를 빠른 속도로 비운 뒤 두 번째 캔은 천천히 마셨다. 다른 사람이 본다면 드잡이를 했거나 누군가에게 머리채를 잡히고 나서 술을 마시는 거라고 오해할 만했다.

본부장의 집에서 신년회를 했던 멤버들은 두 달에 한 번 모임을 가졌다. 일곱 명이 모두 모인 적은 없어도 평균 다섯 명 정도가 만나 술을 마시며 저녁을 먹었다. 본부장은 첫 모임에 못 오면서 자연스럽게 빠지게 되었다. 본부장이 빠진 걸 아쉬워하는 사람은 아무도 없었다.

세 번째 모임 장소는 회사 근처 참치집이었다. 처음에는 다들 맛집을 찾고 추천하더니 점점 음식과 상관없이 개별 공간이 있는 회사 근처 식당을 골라 예약했다. 타인에게 방해받지 않으면서 이야기를 나누고 싶다는 쪽으로 모임의 성격이 바뀌어 갔다. 다음에는 누구네 집에 모여도 좋겠다는 얘기가 나왔지만 공감하면서도 나서는 사람은 없었다.

수저를 놓고 물 잔을 옮기며 나는 맞은편 옆자리에 앉아 있는 김 팀의 머리를 힐끔거렸다. 우리가 모임에서 얘기를 나누는 것은 처음이었다. 김 팀은 술을 좋아하지 않는다며 음료수를 주문해 마셨고 나는 맥주를 마시며 베이지색 셔츠를 입고 회를 먹는 김 팀의 얼굴에서 메이크업을 지워 내고 그 위에 헐렁한 티셔츠를 입혀 보았다. 원룸의 창문으로 봤을 때는 김 팀이 맞다고 확신했고 뒷모습을 보는 동안 설명하기 어려운 친근함을 느꼈는데 마주 앉으니 매일 보는 화면 속의 그녀가 맞나, 다른 사람인데 착각한 게 아닐까 의심이 들었다.

두 번의 모임에 빠지고 처음으로 참석했더니 멤버들 사이에 끈끈한 친밀감이 형성된 상태였다. 나는 둘러앉은 여자들이 볼이 약간 붉어지거나 술 냄새를 살짝 풍기며 누군가를 죽이고 싶다고 말하고 남편 몰래 저지른 일들에 대해 털어놓는 걸 신기하고 흥미로운 심정으로 바라보았다. 그 문제들이 혼자 안고 있기에는 너무 무거워서 밖으로 꺼내 놓을 수밖에 없는 건지 비밀이긴 하지만 남에게 얘기하기 괜찮은 정도의 무게라 말할 수 있는 건지 궁금했다. 그들의 사연과 내 안에 아슬아슬하게 쌓여 있는 외도와 발각과 지난했던 다툼, 그 위에서 간신히 버티고 있는 별거를 견주어 보았다.

전 팀이 미용실에 가야 하는데 스타일을 바꾸고 싶어도 나이가 드니까 쉽지 않다는 얘기를 꺼냈다. 테이블 위로 한동안 헤어스타일에 대한 의견과 미용실 정보가 오갔다. 가만히 듣고 있던 김 팀이 자신은 흰머리가 늘어서 염색을 해야 하나 고민이라고 했다. 괜찮아 보이는데. 아직 염색할 나이는 아니지. 사람들이 김 팀의 머리를 보며 한마디씩 보탰다.

"어젯밤에 거울 보면서 얼마나 뽑았는지 몰라."

명은 팀장님이 흰머리를 뽑는 게 상상이 되지 않는다고 했다. 김 팀은 소리 없이 웃더니 족집게로 이렇게 뽑는 거지 하며 어제 창 너머로 보았던 모습을 연출했다. 그걸 보며 나는 소리 내어 웃을 뻔했다. 간밤에 보았던 여자가 내 앞에 있다는 것, 밤마다 본 모습이 허상이 아니라는 것에 거리감이 확 줄어드는 듯했다. 김 팀에게 말을 걸고 싶어졌고 이 모임이 끝나기 전에 멤버들 앞에서 진이나 자신에 대해 털어놓고 싶은 충동이 생겼다.

택시를 잡아타고 원룸에 도착했을 때 맞은편 창가는 어두웠다. 나는 불을 켜지 않은 채 의자에 앉았다. 테이블 위에 올려놓은 휴대폰 화면이 밝아졌다. 오랜만에 진이 보낸 메시지는 두 개였다. 하나는 집을 내놓았고 계약되는 대로 일부를 입금시키겠다는 것, 다른 하나는 남은 짐을 챙겨 가라는 것이었다. 진은 몇 개의 날짜와 시간을 적으며 이때 집에 없으니 와서 가져가라고 했다. 현관문 앞에 세워 놓은 빈 트렁크를 쳐다보다가 몇 달 만에 진에게 답을 보냈다. 거기 있는 것들은 알아서 처분하라고, 다 버려도 된다고, 나는 그 집에 가지 않을 거라고. 진에게서는 답이 없었다.

건너편 창가에 불이 켜지고 네이비색의 헐렁한 티셔츠를 입은 여자가 고무줄로 머리를 묶으며 나타났다. 여자는 냉장고 문을 열고서 망설이듯 한참 서 있었고 맥주를 꺼내더니 선 채로 급하게 마셨다. 나는 몇 달 만에 처음으로 술을 마시지 않았다. 진이 감정을 거두어 가고 집을 정리하겠다고 하자 비로소 이것이 내 삶이고 여기에 생활이 있다는 감각이 생겨나기 시작했다.

점심을 먹으며 명이 어제 너무 아쉽더라, 술 부족했
지 하고 물었다.

"가서 몇 잔 더 마시고 잤지."

나는 술을 마시는 여자의 뒷모습을 본 것과 진의 메
시지를 받은 것, 그 메시지가 불러온 감정에 대해서는 말
하지 않았다. 명은 집에 가던 길에 전 팀과 한 잔 더 마
셨다고 했다. 전 팀이 놀라운 얘기를 하더라며 몸을 내
쪽으로 기울였다.

"본부장 말이야, 이혼했대."

명은 목소리를 한껏 낮췄다. 더 놀라운 건…… 명은
내가 놀랄 틈도 주지 않고 얘기를 이어 갔다.

"본부장이 우릴 초대했을 때 이미 이혼한 상태였다는
거야."

명은 자신이 말해 놓고도 소름이 끼친다는 듯 양쪽
팔을 쓸어내렸다. 나는 놀랍다기보다 좀 쓸쓸해졌다. 본
부장의 집 거실에서 보았던 한강의 잔잔한 표면과 그 위
로 나아가던 유람선이 떠올랐다. 혼자 보내는 밤이면 본

부장은 소파에 앉아 한강을 내려다보았을까. 아니면 블라인드로 가려 두고 지냈을까.

"그 넓은 집에서 혼자 지냈다는 건가?"

내 말에 명이 목소리의 볼륨을 더 줄였다.

"그 집에서 안 살았대. 거기서는 전남편하고 애들만 살고 혼자 나와 있었다는 거야."

그 말끝에 명은 몸을 가볍게 떨었다. 나는 하마터면 소리 내어 웃을 뻔했다.

"남편이 애들 데리고 스키장 간 거 빼고는 다 거짓말이었던 거야."

그렇게 안 봤는데. 명은 수저를 내려놓으며 진짜 이상한 사람이라고 중얼거렸다. 우리를 왜 집으로 불렀을까. 명은 이해할 수 없다는 듯 고개를 가로로 여러 번 저었다. 나는 그날 보았던 본부장의 모습과 그 집의 아름다운 가구와 물건에 대해 생각했다. 명에게 글쎄라고 대답했지만 본부장의 마음을 조금은 알 것 같았다.

점심시간이 끝나고 사무실의 먼발치에서 본 본부장은 웃는 얼굴로 전 팀과 얘기 중이었다. 본부장이나 전 팀이나 아무것도 모르고 아무 말도 옮긴 적이 없다는 듯 가까워 보였다. 앞으로 본부장의 집에 초대받을 일은 없으리라는 것이 아쉬웠다.

퇴근 후에 창 너머의 김 팀은 식탁 위에 그릇을 꺼내 놓으며 분주하게 움직였다. 음식의 포장을 뜯어 그릇에 옮기고 전자레인지에서 데운 것을 가져다 놓았다. 무언가 끓이며 인덕션 레인지 앞에서 서성거렸고 식탁 의자에 한 번도 앉지 않았다.

저녁 시간에 음식을 준비하는 김 팀을 보는 건 처음이었다. 출장 갔던 남편이 돌아오나. 사람들을 초대했나. 평소와 다른 저녁 시간을 보내는 여자의 모습을 보고 있으니 기분이 이상해졌다. 김 팀에 대해 잘 모르고 여자의 밤이나 새벽의 일부만 지켜봤을 뿐이지만 여자와 내가 비슷한 상황과 처지의 사람일 거라고 상상해 왔다. 그것이 비슷한 종류라는 뜻이 아니고 상상일 뿐인데도 달라진 창 너머의 풍경에 마음이 가라앉았다. 나는 상실감 속에서 여자를 지켜보고 여자의 손님을 기다렸다.

식탁 위에 음식들이 놓이고 여자가 옷을 갈아입고 나오자 주방 오른편에 처음 보는 남자가 등장했다. 그는 창과 창틀의 경계에 서 있어 옆모습의 일부만 보였다. 남자를 본 여자의 옆얼굴에 웃음이 번졌다. 나는 두 사람이 식탁에 마주 앉아 보내게 될 시간을 그려 보았다. 중개업자와 함께 집을 보고 나올 때마다 내가 살 가능성이 전혀 없는 집에 사는 사람들의 저녁과 일상에 대해 상상해 보았던 것처럼.

두 사람은 식탁에 앉지 않고 선 채로 이야기를 나누었다. 소리는 들리지 않고 두 사람의 옆모습만 보이는데 분위기가 점점 심각해진다는 걸 알 수 있었다. 그걸 어떻게 아는지 나조차 이해할 수 없었다. 들을 수 없고 짐작도 불가능한 대화가 험악한 입 모양과 손짓으로 이어졌다. 나는 상실감이 불안감으로 바뀌는 걸 느끼며 창 너머를 주시했다. 옆모습이 3분의 1쯤 보이던 남자가 화면에서 사라졌다. 몸을 옆으로 홱 돌린 여자는 식탁 위의 접시를 가져가 개수대에 부었다. 손도 대지 않은 음식들이 하나둘 개수대로 들어갔다. 망치로 접시를 내리치던 순간, 오랜 시간에 걸쳐 사 모은 아름다운 그릇들이 한순간에 깨지고 쓸모없어지던 감각이 떠올랐다. 부서지는 순간에 그릇들은 모두 비슷한 소리를 냈고 깨진 조각들은 본래의 아름다움과 상관없이 날카로웠다.

식탁 위의 음식과 그릇을 대충 치워 버린 여자가 의자에 멍하게 앉아 있다가 입을 크게 벌려 소리를 질렀다. 나는 야인지, 아인지, 악인지 알 수 없는 한 단어가 여자의 입 밖으로 나오는 걸 목격했다. 그것은 내게만 보이는 모양이 아니라 엄연히 존재하는 실체였다. 건너편의 소리가 골목을 지나 내 방 창문까지 닿았다. 나는 소리의 실체를 확인하는 것이 두려워 창문을 열지 않았다. 창문 밖으로 사라졌던 남자가 화면 안으로 들어왔다. 두 사람은 다시 인상을 구기며 어떤 말들을 주고받았다. 남자가 손을 들어 올렸다가 내리자 여자가 두 손으로 남자의 가슴을 힘껏 밀었다. 여자는 의자에서 일어나더니 개수대 쪽으로 갔다. 식탁으로 돌아온 여자의 손에 식칼이 들려 있었다. 남자는 가만히 서 있다가 양손을 펼쳐 방어 자세를 취했다. 여자가 팔을 앞으로 뻗을 때 나는 자리에서 일어나 창문을 열었다. 얼굴에 닿는 바람이 느껴졌고 소리인지 말인지 알 수 없는 것들이 입에서 터져 나왔다.

토요일 오후 5시의

앤지루

10월 둘째 주 금요일 저녁, 일기예보에서는 주말 날씨가 대체로 맑다고 보도했다. 엄마 아빠는 잠들기 전까지 친척들과 친구들이 오가는 길이 불편할까 봐 걱정했다. 청첩장을 받은 사람들이 모두 참석해서 박수를 쳐 주는 게 두 사람의 바람이었다. 지수의 걱정은 주변이 아닌 자신에게 집중되어 있었다. 얼굴이 부어서 화장이 잘 받지 않고 과민대장증후군이 도질까 봐 저녁은 따뜻한 물 한 잔으로 대신했다.

10월 둘째 주 토요일 아침, 날씨는 화창하고 하루의

시작은 무난했다. 얼굴 상태도 괜찮고 속도 편했다. 결혼하기에 좋은 날인지는 모르겠지만 나들이를 떠나기에 괜찮은 날인 건 분명했다. 가족들은 1차 관문을 무사히 통과한 안도감과 함께 식탁에 모였다. 아빠와 동생은 평소와 다름없는 식사량을 채웠고 엄마와 지수는 죽 한 그릇을 대충 비웠다.

웨딩 관련 카페에는 결혼식 당일에 관한 에피소드가 많이 올라왔다. 대부분 예측 불가능하고 돌발적인 생리 현상 때문에 곤혹스러웠던 경험에 대한 것이었다. 드물게 파혼에 대한 글도 있었지만 높은 조회 수에 비해 댓글은 적은 편이었다. 배부른 것보다는 배고픈 게 낫고 깨질 거라면 하루라도 이른 게 낫다는 것이 두 글의 교훈이었다.

미용실 예약 시간은 정오였다. 동생은 오디오 볼륨을 높이고 어깨를 들썩거리며 핸들을 잡았다. 지수는 시트에 등을 기댄 채 마스크 팩을 꺼내 얼굴에 붙였다.

"언니, 어때. 떨려?"

"아무렇지도 않아."

잘 모르겠다는 게 솔직한 심정이었지만 지수는 마스

크 팩 뒤에서 말과 표정을 지웠다. 잘 잤어? 미용실 가는 중, 밥 잘 챙겨 먹고 와. 현수에게 평소와 다를 바 없는 메시지를 보냈고 그 뒤에 하트를 몇 개 찍어 보내는 것도 잊지 않았다.

미용실 문을 열고 들어가자 커피를 마시고 있던 헬퍼가 지수 씨 하며 손을 흔들었다. 이모님 소리가 입 안에서 맴돌다 잘 지내셨어요라는 인사말로 바뀌었다. 스튜디오 촬영과 결혼식 날 신부를 곁에서 도와주는 헬퍼들을 부르는 업계의 통칭은 이모님인데 결혼하는 날까지 그 말이 입에 붙지 않았다. 헬퍼와 메이크업 담당 실장 모두 스튜디오 촬영 이후 다시 만나는 것이다. 오늘 날씨가 좋네요, 실장이 말을 건네자 좋은 날 결혼하는 거 보니 잘 살겠어, 헬퍼가 마무리했다. 의례적인 인사를 나누는 동안 느슨한 팀워크 같은 것이 그들을 감쌌다.

실장과 테이블에 앉아 드레스에 맞는 메이크업과 헤어스타일 방향을 정했다. 스튜디오 촬영 때 밝고 화사한 분위기로 했으니까 본식에서는 얌전하고 청순하게 가자고 했다. 화면을 넘기며 다른 사람들의 사진을 여러 장

보여 줬다.

"이런 분위기로 갈 거예요. 괜찮죠?"

베이지와 피치, 핑크 톤으로 화장한 신부들의 얼굴은 하나같이 잘 익은 복숭아 같았다. 안내받은 자리에 앉으면서 지수는 고개를 천천히 끄덕거렸다.

몇 자리 건너에 앉은 동생은 자기 휴대폰을 보여 주며 담당자에게 원하는 헤어와 메이크업에 대해 열심히 설명했다. 지수는 이제 그 열정이 자신에게서 떠나갔음을 느꼈다. 스튜디오 촬영 때 이미 겪어 본 상황이기도 했고 집을 구하고 가전제품과 가구를 사러 다니면서 결혼과 관련된 일에 지나친 의욕이나 의지를 발휘하는 것이 의미 없다는 걸 깨닫게 되었다.

실장이 예열해 놓은 롤로 머리카락을 둥글게 말았다. 거울을 보며 지수는 10월 둘째 주 토요일에 자신처럼 미용실 의자에 앉아 신부 화장을 하고 사람들 앞에서 성혼서약을 하고 예식장 밖으로 걸어 나가는 신혼부부가 몇이나 될까 헤아렸다. 전체 인구도 줄었지만 결혼도 줄어서 혼인 건수는 매년 최저 기록을 갈아 치웠다.* 그런 분위기 속에서 결혼을 결심하고 감행하고 실행에 옮기면서 청첩장에 기록된 날짜에 도착한 사람들이 전국 각처, 전 세계에 흩어져 있을 거라고 생각하니 동지애가 샘솟았다. 이제는 생일보다 결혼기념일이 같은 사람을 만나면 더 깊은 운명적 동질감을 느끼게 될 것 같았다.

이 모든 일은 새해 인사에서부터 시작되었다. 1월에 현수가 새해 인사를 오면서 지수도 그쪽 집에 인사를 가게 되었다. 그때의 인사는 결혼보다 예의에 초점이 맞춰져 있었고 우리 부모님이 너를 보고 싶어 한다는 욕망 해소 차원에서 진행되었다. 연애 2년 차에 접어들었지만 두 사람에게 결혼이란 근미래에 닥칠 지구 대재앙 정도로 막연하고 먼 사건이었다. 새해 인사가 어떤 파장을 몰고 올지 예측하지 못한 채 두 사람은 부모님들께 드릴 선물 고르는 일에만 힘을 쏟았다.

---

*통계청이 2016년 발표한 자료에 따르면 2016년의 혼인 건수는 28만 1635건으로 1974년 이후 최저치를 기록했고, 1976년 이후 처음 30만 건 이하로 떨어졌다.

인사하러 간 자리에서 양가 부모님은 말을 맞춘 듯 올해 결혼 카드를 꺼내 들었고 설 연휴 전에 상견례를 하자고 밀어붙였다. 그때 몇 년 뒤에 결혼하고 싶다는 의사 표현을 제대로 하지 못함으로써 두 사람은 결혼으로 가는 급행열차에 올라탔고 안쪽에 자리 잡아 뛰어 내리지도 못했다. 정신을 차려 보니 상견례 장소를 알아보고 있었고 한정식이 차려진 상 앞에 앉아 10월 결혼으로 윤곽을 잡아 가는 양가 부모를 복잡한 심정으로 바라보게 되었다.

네가 좀 말려 봐, 너희 부모님 너무 적극적이셔, 안 되면 내년 정도로 미루자고 해, 밥상 밑에서 눈치를 보며 메시지를 주고받았지만 기껏 발언 기회가 왔을 때는 10월은 너무 급작스러워서요, 준비도 안 돼 있고, 웃음으로 얼버무리는 바람에 10월 결혼설로 똘똘 뭉친 네 명의 어른들에게 아무런 영향도 끼치지 못했고 결혼 열차에서 하차할 기회를 놓쳐 버리고 말았다.

"준비야 이제부터 하면 되지. 서른둘이면 둘 다 이른

나이도 아니야."*

"그럼요. 미루면 뭐 해요."

한식당에서 걸어 나오며 두 사람은 결혼에 대해 짓궂은 농담을 주고받던 시절로 돌아갈 수 없게 되었다는 걸 깨달았다.

상견례가 끝나자 10월 결혼은 10월 중순으로 범위가 좁혀졌고 두 사람의 회사와 양가 위치를 고려해 A 지역에 신혼집을 얻자는 의견까지 오갔다. 지수와 현수는 결혼 문제가 자신들의 손을 벗어나 저만치 앞서가는 걸 초조하게 바라보며 따라갔다.

실장이 얼굴과 목에 미스트를 뿌리고 베이스 메이크업을 시작했다. 상견례 이후 시간은 지금껏 경험해 보지 못한 속도로 흘러갔다. 모든 여정을 마친 뒤 결혼식을 몇 시간 앞두고 의자에 앉아 남에게 몸을 맡기고 있는 현실이 오히려 꿈같았다.

커피 뭐 마실래요, 헬퍼가 메뉴판을 내밀었다.

---

* 통계청이 발표한 2016년 통계에 따르면 2016년 남자의 평균 초혼 연령은 32.1세, 여자는 30.1세다.

"지수 씨, 오늘 피부 너무 좋다, 화장 잘 받겠어, 스튜디오 때보다 살도 많이 빠진 것 같네."

그녀는 거울 속 지수를 한껏 추켜올렸다. 머리를 감고 나온 동생이 머리를 말고 있는 지수를 보더니 킥킥거리며 사진을 여러 장 찍었다.

"엄마한테 보낼게. 궁금해 죽겠대."

결혼 날짜가 정해진 뒤 지수가 제일 먼저 한 일은 회원 수가 가장 많은 웨딩 카페에 가입한 것이었다. 좋아하던 가수와 배우의 소박한 결혼식 장면을 본 뒤로 나중에 스몰 웨딩을 하고 싶다는 마음이 있었다.* 카페에서 관련 정보를 열심히 모았다. 드레스는 여기에서 빌리고 포토는 이 사람에게 맡기고 사진은 선유도에서 찍고 예식 장소는 공원이나 구청 중에 고르면 될 것 같았다. 결혼식만큼은 그렇게 하자고 현수를 설득했다.

양가 부모님이 반기를 거세게 흔들었다. 결혼은 원래 당사자의 행사가 아니라 부모들 잔치다, 손님들 오시는데 아무 데서나 대접할 수 없다는 게 지수네 입장이었고,

---

* 2015년 한국여성정책연구원의 '작은 결혼식 수요 조사'에 따르면 조사 대상자 중 91.7퍼센트가 작은 결혼식이 필요하다고 응답했다.

하나뿐인 아들 결혼인데 남들 하는 만큼은 해야 한다는 게 현수네 의견이었다. 최종 결론은 이 정도 비용 안에서 교통 괜찮은 웨딩홀로 알아봐라가 되었다. 지수는 의지를 상실한 채 웨딩 카페에 들어가 웨딩홀 정보와 웨딩 박람회 날짜를 체크했다.

2월에 준비를 시작했지만 3월에 방향을 바꾼 10월의 결혼은 여유 부릴 틈이 없었다. 주말에 웨딩 박람회를 찾은 두 사람은 규모와 인구밀도와 열기에 놀랐다. 수많은 웨딩 플래너 업체가 합리적이고 고급스러운 웨딩 문화를 선도하고 있다고 주장했고 솔깃한 패키지 상품이 넘쳐 났다. 그곳에서만큼은 결혼이 멸종 위기에 처한 풍습이 아니었다.

양측 부모님이 마음에 들어 한 웨딩홀의 주말 12시 예식이 마감되어 일요일 3시와 토요일 5시 사이에서 고민하다 토요일로 예식을 정했다. 웨딩 플래너 업체를 선정한 뒤로는 일이 좀 더 빨리 진행되었다. 플래너와 미팅한 이후 그녀가 이메일로 정리해 보내는 후보 중에서 마음에 드는 것, 편한 날짜를 고르기만 하면 되었다. 물론 선택의 기준은 취향보다 가격에 좌우되는 경우가 더 많았다.

결혼을 위해 쓰기로 한 전체 예산 중 예식과 관련된 항목의 지출 비용을 어느 정도로 할 것이냐*는 신랑과 신부 측의 입장이 미묘하게 달랐다. 현수는 스드메 비용을 신혼여행 쪽에 보태고 싶어 했고 지수는 스몰 웨딩을 꿈꿨으면서도 제일 싼 거로 하자는 현수의 말에 기분이 상했다. 지불하는 비용에 따라 결과물의 수준이 달라지는 세계에서는 중간 이상의 것을 선택해야만 후회하지 않을 것 같았다. 웨딩 카페에서 본 수많은 예비 신부들이 망설이며 선택하고 고개를 갸웃거리며 걸어간 그 길을 자신도 걷게 된 셈이었다. 결혼식을 준비하는 내내 두 사람은 모든 분야에서 평균을 약간 웃도는 수준을 유지하기 위해 애써야만 했다. 드레스를 여러 벌 골라 갈아입고 헤어와 메이크업을 하고 스튜디오에서 사진을 찍으며 지수는 종종 몇백 만원이 더 비싼 위 단계의 패키지

---

* 결혼 정보 업체 듀오가 2017년 발표한 「결혼 비용 실태 보고서」에 따르면 신혼부부의 평균 결혼 비용은 2억 6332만 원이며, 이 중 예식장과 웨딩 패키지가 2214만 원, 예식 외 예물, 예단, 혼수, 신혼여행 비용이 5478만 원이다.

는 어떤 것일까 상상해 봤다.

베이스 메이크업을 여러 단계에 걸쳐 한 뒤에야 옆자리에서 머리를 손질하는 현수를 볼 수 있었다. 그는 연하게 풍기는 숙취 해소 음료 냄새를 뜨거운 아메리카노 몇 모금으로 지우는 중이었다. 5시 결혼이라는 사실이 그에게 술을 권했을 것이다. 결혼식을 준비하는 동안 그는 이 예식이 부모와 신부를 위한 행사라는 걸 깨닫고 뒤로 슬쩍 물러나 적당히 장단만 맞추었다. 준비 기간 동안 그의 말과 행동은 그녀를 감동시키거나 믿음을 고조시킨 적도 없지만 절망으로 밀어낸 적도 없었다. 그는 평균 그 자체의 예비 신랑 역할을 잘 해냈다.

속눈썹을 붙이고 입술을 칠하고 머리를 올려 고정하고 드레스를 입자 실장이 보여 준 사진들 속의 신부들과 비슷해졌다. 그 사실은 지수를 안심시키는 동시에 따분하게 만들었다. 거울 안의 얼굴을 휴대폰으로 찍으며 비슷한 건 여기까지만이라고 스스로에게 말했다.

지수는 일어나서 흰색의 웨딩 슈즈를 신었다. 헬퍼가 허리와 가슴 부분의 드레스 주름을 매만지고 치마 아랫

부분을 고르게 펼쳤다. 예쁘다! 동생과 현수가 와서 사진을 찍었다. 실장과 헬퍼도 오늘의 신부를 위해 호들갑을 떨었다.

지수는 거울 속 자신의 모습을 잠시 바라보았다. 시간이 오래 흐른 뒤에도 이 순간과 모습을 잊지 못할 것 같았다. 한편으로는 결혼하는 날 이토록 돈 들이고 공들여 아름답게 꾸미는 저의가 의심스러웠다. 엄마가 해 주는 밥 먹고 보송하게 말려서 옷장에 넣어 주는 옷 챙겨입으며 회사에 다니는 일도 버거운데 신혼여행에서 돌아와 일상생활에 복귀하면 회사 일과 집안일을 동시에 하며 살아야할 것이다. 상상만으로도 숨 가쁘고 아득했다. 신랑과 신부를 왕자와 공주로 꾸미는 예식 퍼포먼스는 이후에 이들이 살아가게 될 머슴과 시녀의 삶에 대한 위로일 거라는 확신이 들었다.

헬퍼가 지수의 가방과 옷을 챙기고 드레스 뒷자락을 잡아 주었다. 동생이 드러난 어깨 위에 트렌치코트를 걸쳐 주었다. 현수는 차 문을 연 채 지수가 탈 때까지 기다렸다.

미용실에서 느슨하게 흐르던 시간은 예식장에 도착

한 뒤로 가속이 붙었다. 신부 대기실 의자에 앉을 때 헬퍼가 해 준 조언은 한 가지였다. 웃으라는 것. 오늘은 누구를 만나고 어떤 상황에 처하든 웃어야 한다고 했다. 신부가 웃지 않으면 사람들이 딴생각을 한다는 것이다. 헬퍼는 그 말을 할 때만큼은 호들갑을 떨지 않았다.

대기실에서 단독 사진을 찍고 현수와 커플 사진을 찍고 엄마 아빠와 가족사진을 찍었다. 친척들, 회사 동료들, 학교 친구들이 오가고 칭찬과 덕담과 감사를 주고받았다. 매 순간 지수는 웃음을 잃지 않으려고 애썼다. 친구들이 얘는 식이 끝날 때까지 울지 않을 것 같다고 했고 이런 애가 더 많이 운다고도 했다.

입장하겠습니다라는 직원의 말에 심호흡을 크게 한 뒤 신부 대기실에서 나왔다. 다이아몬드 홀 앞에 서자 문이 열리면서 행진곡이 울려 퍼졌다. 양옆을 꽃으로 장식한 길 위로 현수가 먼저 걸어 들어갔다. 지수가 아빠의 팔짱을 끼고 홀 안으로 들어가자 하객들이 일어나 손뼉을 치며 환호했다. 다이아몬드 홀 안의 모든 것은 앞날을 축복하기 위해 존재했다. 지수는 아빠와 함께 걸어 들어왔고 현수와 같이 걸어 나가게 될 문을 쳐다봤다. 많

은 것이 달라지겠지만 웃음을 잃지 말아야 한다고 생각
했다.

백수린(소설가)

　서유미의 소설을 생각하면 나는 불안해지는 법이 없다. 그녀의 작품이 가독성 좋은 것은 (굳이) 새삼 말할 필요조차 없지만 그 때문만은 아니다. 마음이 편안해지는 건, 괴롭고 불편한 현실을 이야기할 때조차 그녀의 소설 깊은 곳에는 인간에 대한 애정과 온기가 흐르고 있으리란 걸 알기 때문이다.

　『이 밤은 괜찮아, 내일은 모르겠지만』에 실린 7편의 단편소설과 5편의 짧은 소설들은 다양한 상황에 놓여 있는 사람들의 이야기를 다룬다. 품은 사연들은 저마다 다르지만 소설 속의 인물들은 대체로 젊음은 지났고, 아직 늙음에는 이르지 않았다는 공통점을 지닌다. 무엇이든 가능하다고 낙관할 수 있던 젊음은 진작 시들었는데, 살아가야 할 날들이 여전히 너무 많이 남아 아등바등할 수밖에 없는 사람들. 그들은 생계를 걱정하고, 살 만한 집을 찾아 전전하며, 느닷없이 옛 연인의 부고를 전해듣거나, 미래를 불안해하는 지극히 평범한 사람들이다. 작가가 재현해 낸 생활감은 늘 그렇듯 너무도 생생해서 한 번도 만나본 적 없는 인물들이 바로 '여기'에서 '오늘'을 살고 있는 '우리'라는 사실을 실감하게 한다. 소설들을 읽는 동안 나는 '가까스로'라는 단어를 여러 번 떠올렸다. 가까스로 버티듯 살아가는 이들을 함부로 비난할 수 있는 사람은 누굴까? 현실은 갈수록 녹록하지 않고, 살기 위해 우리는 점점 비겁해지고, 많은 것들을 외면하거나 침묵하게 된다. 그것은 틀림없는 사실이만, 작가의 세밀한 붓은 서글픈 자화상을 그리는 데서 멈추지 않는다.

『이 밤은 괜찮아, 내일은 모르겠지만』은 세상의 메마른 표면에 가만히 귀를 가져다대어, 낮이고 밤이고 한자리에 붙박인 채 비바람을 맞을 수밖에 없는 이들이 낮게

읊조리는 허밍소리의 아름다움을 듣게 하는 소설이다. 가까스로 살아남기 위해서 "우리가 말하지 않은 것", 말할 수 없던 것, 말하지 못한 것이 무엇인지를 찬찬히 들여다보게 만드는 소설이다. 우리의 삶은 이토록 비루할 수밖에 없는 걸까? 삶을 산다는 것은 끝이 보이지 않는 지루한 장마 속을 우산도 없이 터덜터덜 홀로 걷는 일에 불과한 걸까? 다행스럽게도 나는 타인을 위해 용기를 내어 오래도록 감추어 왔던 진실을 마침내 말하기로 결심하는 인물, 고통을 받는 누군가가 "완전한 타인이고 자신과 상관없으면서 동시에 깊이 연결되어 있다는 걸" 깨닫는 인물들을 이 책 속에서 만났고, 너무 쉽게 낙담하는 나의 마음속에도 희망이 깃드는 걸 느꼈다.

이 밤은 괜찮아,
내일은 모르겠지만

1판 1쇄 찍음 2021년 9월 24일
1판 1쇄 펴냄 2021년 10월 1일

지은이 서유미
발행인 박근섭·박상준
펴낸곳 (주)민음사

출판등록 1966. 5. 19. 제16-490호
서울시 강남구 도산대로 1길 62(신사동)
강남출판문화센터 5층(06027)
대표전화 02-515-2000 | 팩시밀리 02-515-2007
홈페이지 www.minumsa.com

© 서유미, 2021 Printed in Seoul, Korea

ISBN 978-89-374-7221-3 (03810)

＊ 2020년 서울문화재단 창작집 발간 지원금을 받았습니다.